*För oss som ännu lever vårt liv på jorden,
känns "livet efter detta" tveksamt,
kanske oroligt, men också som en möjlighet ... kanske (?).
Emellertid kan vi alla se fram emot en oändlig,
skön och avslappnande och inte minst en skojig tid
efter att livet på jorden är avklarat.*

Läs och se ...

© Ingemar Forsberg 2018
Förlag: BoD – Books on Demand, Stockholm, Sverige
Tryck: BoD – Books on Demand, Norderstedt, Tyskland
ISBN: 978-91-7699-727-7

DEL 1

PALME & STUBBEN

OLOF PALME OCH MIN PAPPA

Mitt i natten och mitt i Stockholm var det någon som sköt Sveriges statsminister Olof Palme till döds, då han tillsammans med sin fru stilla promenerade hemåt efter ett biobesök.

Mitt på dagen några timmar senare i solskenet på Ågestagården dog min pappa, stående på sina gamla skidor, den första mars 1986, där han väntade på min mamma, som motionerade runt 5 km-spåret

Millioner människor vet att Palme var en fin människa. Att min pappa också var fin, är vi betydligt färre som vet.

Kring pappas död finns min saknad och sorg. Han lyssnade alltid och gärna och för den som gör det, finns det mycket att berätta. Jag saknar honom och har så mycket mer att delge honom. Pappa gav så mycket, som jag kom att lägga märke till efterhand, så att säga. Ju äldre jag blev, desto mer förstod jag av detta.

Jag vill gärna tro att vi barn och barnbarn gav honom tillbaka. Detta ger en stilla glädje och tröst.

Olof Palmes vettlöst onödiga död är däremot omöjlig att försonas med. Jag kan aldrig acceptera den. Med vad rätt tar en människa en annans liv? Detta är även för mig, som mist min pappa, mycket värre än pappas död. Olof Palme hade så mycket ogjort i världen och alla vi, hans familj och alla vi andra, har mist en stor medmänniska och ledare.

Jag tycker, att jag är en stillsam humanist, men ibland rörs mitt inre om så att jag till och med kan ropa på dödsstraff.

Dock tror jag mig förstå att Olof Palme själv inte skulle hålla med mig.

MÖTE MED SANKTE PER

Jag drömmer om att pappa är på väg mot Himmelriket och han tänker:

- Ja, nu tog det slut på jorden för mig. Det var lite synd, för det var ju så fint. Även Ester hade ju hunnit få pension och vi hade fått så mycket tid att vara tillsammans. Jag undrar förresten hur hon ska klara sig ensam? Ungarna tar säkert hand om sin mamma, jag behöver nog inte vara orolig… Och här kommer jag väl inte att sitta i sjön precis, det verkar ju mysigt, varmt och vackert. Jag kan vänta på henne och jag kan vänta länge, hon har nog mycket kvar, som hon vill uträtta.

Han ser sig om där han sitter i gräset. En smal stig slingrar förbi och han lägger märke till att det finns blåbärsris med fullmogna, stora bär på andra sidan av den.

- Vad konstigt. Nyss var jag ju på Ågestagården, i snön. Det var vinter …

En ljum bris drar fram och han reser sig upp och börjar följa stigen.

Så ser han en figur som står vid en gärdesgårdsgrind under en stor "sparbanksek" och pratar med en vithårig, långskäggig man med herdestav. När han kommer närmare känner han igen den mindre, en mörkhårig, lite gråsprängd man med ivriga gester, det är ju … javisst, Olof Palme. Den andre, anar han, är Sankte Per.

- Åh, det var som fan, säger pappa för sig själv till sin egen förskräckelse och tänker att nu är det väl kört att komma in i Himmelriket, när man till och med svär på dess tröskel. Han tar mod till sig och fortsätter med att säga högt "ska man behöva komma ända hit för att få träffa dig?"

- Va, säger Palme och vänder sig förvånad om. Han ser en för honom okänd person, som kommer traskande emot honom.

- Ända hit? Vad menar … jo, jag förstår. Egentligen skulle jag inte vara här än, fortsätter han med ett lite bekymrat leende, den här förflyttningen kom lite väl plötsligt.

- Ja, jävlar, jag hörde´t på radion och trodde knappt jag hörde rätt. Det kan inte vara sant och hur fan ska det gå nu … nu när du är skjuten?

Pappa glömmer att försöka låta bli att svära i en blandning av förvirring och upphetsning.

- Det går säkert bra ändå, ingen är oersättlig.

Pappa letar med blicken efter kulhål i Palme och känner därvid en viss skräck för hur det skulle kunna se ut.

- Vad tittar du efter, frågar Palme.

Pappa känner sig lite dum, men svarar sanningsenligt, "kulhål".

- Äh, det finns inget.

- Inte?

- Nä, inte nu, inte här. Man kan väl inte gå omkring här med ett hål i kroppen. Palme skrattar, men pappa kan inte finna något roligt i det. Han tittar på sin hjälte, sitt politiska hopp.

- Gjorde det ont?

- Uppriktigt sagt vet jag inte, jag hann väl inte känna nå´t.

Sedan blir det tyst, ingen hittar något att säga och alla tre stirrar ut i tomheten en stund.

Så bryter Sankte Per tystnaden med en ganska skrovlig röst:

- Tror du mordet på dig var ett resultat av allt våld, som lär visas på bio och på videofilmer där nere på jorden? I så fall må det väl kanske och förhoppningsvis bli någon slags vändpunkt nu. Det där sanslösa visandet av våld måste väl ändå påverka folk, i varje fall dem som kanske är lite labila och har något hävdelsebehov. Det måste väl ändå få ett slut. Jag har inte sett något av det, men det sägs att de pucklar på varandra hur förfärligt som helst, men ändå reser sig som om inget hänt. Ett våld, som hur hårt man än slår, inte tycks skada…

Sankte Per tystnar för ett ögonblick och hans nya gäster har ingen direkt kommentar, så han fortsätter:

- Det påverkar säkert många till att få för sig att våld inte är så farligt. Nej, låt oss hoppas att det nu blir förbud mot våldsfilmer och sån´t.

- Tja, svarar Palme, jag vet inte om ett sådant förbud är lösningen på våldet i samhället, men skulle det vara så och detta som en följd av det som hände mig, kan man till och med acceptera den plötsliga avsättningen. Rent av glädjas åt den… eller?

Palme ser lätt förvirrad ut.

Pappa, lika förvirrad säger "sa du avrättningen?"

- Nää, det tror jag inte. Sa väl avsättningen? Jag vet inte hur jag uttrycker mig, känns det som. Hur kom du hit förresten?

Palme vänder sig mot pappa.

- Jag kravlade upp ur gräset där borta, pappa pekar, och så såg jag en stig och den följde jag. Den var rätt smal, men tydlig, så det var enkelt.

- Jamen, jag menar, hur dog du?

- Säg det, säger pappa och förklarar, egentligen vet jag inte riktigt hur det gick till, men det måste ha varit hjärtat som inte pallade längre. Jag stod på mina gamla lagg i solskenet och väntade på frugan, som körde runt ett spår och rätt var det var så låg jag där borta i gräset. Jag vet inget annat…

Han fortsätter:

- Fan vet, vem som tog av mig planken och vintergrejerna? Det var ju en sabla röta, för här är det väl aldrig nå´n snö?

Sankte Per ler lite:

- Fan vet faktiskt mer än du tror, när du säger så där.

- Jag, jag…, stammar pappa förläget, jag svär när jag snackar, det bara blir så. Jag menar inget illa.

- Du, det syns lång väg på hela dig och din blick att du är en snäll och hygglig prick, som inte menar något illa, säger Sankte Per. Du har ju dessutom kommit raka spåret hit. Men nu är det så att Fan och Djävulen är våra arbetskamrater och det gör ingenting att du åberopar dem. De jobbar där den breda vägen slutar, i Helvetet, men det är inte heller så farligt som det låter.

- Jaså? Palme, som lyssnat länge under tystnad och har, liksom pappa, blivit nyfiken på fortsättningen:

- Berätta!

- Ja, ja, ler Sankte Per igen, de har hand om vår stora skola, en välskött internatskola, som ligger i Helvetet. Därifrån godkänns och utexamineras alla, förr eller senare, de får den tid de behöver för att lyckas. Det är så att vissa människor under jordelivet aldrig lyckas lära sig det där om medmänsklighet, kärleken till sin nästa, att dela med sig, ja, ni båda borde ju veta, eftersom ni kan allt det där … inte minst du, Palme, som fått den "hjälp" du fick för att komma hit … för tidigt, kan man väl säga. Dessa "förtappade själar" kommer villkorslöst till Helvetesskolan, där de tas omhand och får lära sig allt de inte kunde och förstod.

Lite förvirrade tittar Palme och pappa ömsom på varandra, ömsom på Sankte Per.

- Vissa människor …, säger Palme ändå tveksamt frågande.

- Vilka, fyller pappa i.

- Bland andra de, som på jorden kallas tjuvar och banditer, svarar Sankte Per en aning förvånad, … med flera, tillägger han. För att inte nämna dem som kallas mördare.

Det klarnar för de två nykomlingarna, som utbrister ett "aha, var det så du menade"

Det blir tyst en stund.

- I alla fall, fortsätter Sankte Per, strävar vår skola att ge alla sina elever den rätta insikten, förståelsen, för hur man tillsammans måste greja livet.

- Men livet har de ju mist, liksom vi, invänder Palme misstroget.

- Nej, mina vänner, bara *jordelivet* har de mist. Men nu är det så att det verkliga livet, det eviga, som en del säger, väntar faktiskt. Det är så, berättar Sankte Per vidare, att vår skola, trots att den är stor, ändå är begränsad till sitt utrymme och vi har en viss kö. Därför är det nödvändigt att vi har ett "förliv", jordelivet, där de allra flesta lär sig den rätta andan och på så sätt kan slippa vår skola i Helvetet.

- Livet på jorden är alltså som en förskola, säger Palme, lätt förvirrad igen och frågande.

- Nja, inte på det sättet som era förskolor fungerar, men liknelsen kan väl ha sin poäng. Meningen är alltså att *alla* så småningom ska få komma hit, de flesta direkt och resten via skolan. Från den går en smal stig hit. När en elev fått tillräcklig insikt och mognad, kan han eller hon se stigen och är då följaktligen välkommen.

- Å fan, säger pappa och Palme samtidigt och Palme fortsätter ivrigt:

- Vi, du väl också, han nickar åt pappa, har ju fått lära oss att de som tror på Gud kommer hit och de andra ska brinna i Helvetet för alltid, för att uttrycka sig enkelt.

- En sådan Gud finns inte, en sådan Gud vore inte god. Vår Gud är god och allsmäktig, men hans makt finns bara här, den gäller tyvärr inte jordelivet. Det ni lärt er är ett påfund av de besuttna, de rika, ursprungligen lika gammalt som mänskligheten, för att kunna sätta skräck i de andra, de fattiga, ärliga och lättrogna. Fattiga och ärliga människor är oftast lättrogna, de har svårare att inse att någon ljuger och bedrar. Så, tyvärr, fungerar det, oavsett vad man över världen kallar sin gud, till exempel som ni, Gud eller som muslimerna, Allah.

- Jag har alltid tyckt att de var något sjukt med det så kallade kristna budskapet eller man kanske skulle säga det religiösa budskapet, muttrar Palme.

- Jesus, då, undrar pappa försiktigt.

- Jesus träffar ni därinne sedan om ni vill, förstås. Han var en av vår Guds budbärare på jorden då Gud försökte att på sitt icke-våldsmanér ta makten även på jorden. Det gick åt fanders, som ni vet och han har funnits här i snart 2000 år. Han var länge rätt lyckosam med sitt budskap, men när han började bli lite för stor och börjat få för många omkring sig, ansågs han uppenbarligen farlig för onda intressen, liksom kanske du, Olof Palme. Han mördades ju också.
Förresten, det är väl intressant för er att veta att han numera är god vän med sina mördare och dessas anhang här inne.

- Är de här, utbrister Palme häftigt.

- Ja, som jag sade tidigare, så ...

- Jo, jo, jo, jag minns. Det kommer att ta tid att vänja sig vid att saker är så annorlunda mot vad man lärt sig.

- Jag förstår det. Men det finns inga onda människor. Det finns bara onda handlingar, som alltså begås av människor, som inte fått den rätta insikten. De begriper inte bättre, helt enkelt.

- Vad säger du om det och vad heter du förresten? Palme vänder sig åter mot pappa.

- Sture. Sture Gustaf Erik Forsberg, svarar pappa tankspritt, ja, vad fan ska man säga, det är väl bra. Men konstigt känns det.

- Jaha du, och vad kallas du?

- Stubben, svarar pappa, fortfarande tankspritt undrande över allt han hört.

- Stubben, ja, det låter trevligt. Du, Stubben, hallå!
Palme ropar till.

- Vakna, du verkar frånvarande.

- Va? Pappa vaknar upp. Ja, Stubben ... det har jag alltid kallats av kompisarna. Och dig har jag alltid kallat bara Palme. Vad ska jag säga nu? Olle eller Olof? Det känns konstigt bådadera.

- Jamen, säg Palme då, det är jag så van vid.

- Det känns vant för mig också. Men tycker inte du att det är konstigt att kallas Palme?

- Äh, jag heter ju det. Också!

Palme vänder sig nu mot Sankte Per.

- Här kan vi inte stå hela tiden.

- Nä, inte ni, men jag stannar här. Det ingår liksom.

- Vad kan man göra därinne då? Är det bara att knalla in, fortsätta stigen?

- Visst, gör det. Det går utmärkt.

- Jamen, vart kommer vi då, undrar pappa.

- Det beror på vart ni vill komma. Det styrs av era tankar.

- Hur då?

- Det märker ni.

- Det där begriper jag inte, gör du? Palme riktade frågan till pappa.

- Nää …

- Bekymra er inte, säger Sankte Per. Det visar sig. Det är svårare för mig att förklara, än för er att uppleva. Kliv på bara. Det ordnar sig, jag lovar.

- Verkar inte klokt, men vad är det som gör det just nu? Här står man i porten till Himlen och surrar med Sankte Per. Kunde du tro nå´t sån´t?

Palme vänder sig åter till pappa.

- Nej, ärligt talat har jag inte funderat över det. Men att det känns egendomligt, måste jag erkänna.

- Ni vänjer er, skrattar Sankte Per. Ge er iväg nå´n gång, är ni inte sugna på en fika, till exempel?

- Jo, det vore gott. Ja, då går vi väl, hej med dig, Pelle, om man får säga så.

- Hej svejs, säger Sankte "Pelle", och välkomna!

Lite tveksamt passerar de grinden som Sankte Per håller upp åt dem och fortsätter stigen framåt, fortfarande tveksamma. De vänder sig om och då vinkar Sankte Per åt dem, liksom för att uppmuntra dem att vandra vidare. De vinkar tillbaka och snart gör stigen en krök och fortsätter. Sankte Per har försvunnit ur blickfånget.

EN ÄNGEL, TAGE OCH BEPPE

Två nyfunna vänner vandrar stigen framåt. Den blir bredare, så det är lätt att gå i bredd. Solen skiner, ängar och skogsdungar är gröna och inbjudande. Snart närmar de sig bebyggelse och något som liknar en by tar form. Bland det första de ser är ett kafé, en gul trästuga, som ser omåttligt inbjudande ut för två kaffesugna.

- Se där, ett fik! Vi går in.

- Har du några pengar? Stubben känner lite oroligt i de tomma fickorna.

- Nä, lika lite som du, antar jag, men Sankte Per lovade ju att det skulle ordna sig. Vi får väl se hur.

Stubben, som från jordelivet alltid var van att behöva betala för sig, följer den mer kavate Palme i hälarna.

Därinne är det ett behagligt ljus, inte så starkt. De ser ryggarna på två manspersoner, som sitter längre in i lokalen, men i övrigt ser de inga gäster alls.

Bakom en disk dyker en varelse upp iklädd ett lucialinne, förefaller det.

- Hej, säger varelsen, välkomna, vad vill ni ha?

- Varsin fika, svarar Palme, och nå´t att tugga på, tillägger han.

Vänd mot Stubben, säger han:

- Vill du ha nå´n bakelse, kanske?

- Det räcker med en bulle, sa Stubben, ännu osäker på fortsättningen. Du, säg att vi …

Han avbröt sig, "det kan jag väl säga själv," tänkte han:

- Vi har inga pengar!

Varelsen, som vid närmare betraktande, visar sig vara en kvinna, ler mot honom och säger:

- Det behövs inga pengar i Himlen.

- Åh, fan, säger Palme och Stubben samtidigt.

De får sitt kaffe och sina bullar och sätter sig ner. Men innan de hinner smaka på och innan de hinner börja samtala, utbrister båda samtidigt:

- Men hur kan det funka?

- Du, hej du, som serverade oss!! Palme ropar ivrigt.

- Ja?

- Om det inte kostar nå't, vem är det då som betalar? Inte skattebetalarna, väl? Om det finns så'na här ...

- Det är ingen som betalar. Kaffe, säd och alla råvaror finns här.

- Jamen, säger Palme, stopp och belägg! Det finns de som skördar, som fixar alla råvaror, så att det kan bakas bullar och bryggas kaffe. Och så finns till exempel du, som serverar. Vem betalar lönen till alla er?

- Lön? Vi har ingen lön.

- Va? Det finns slavarbetare i Himlen? Det låter som en dålig men typisk rubrik för kvällspressen, muttrar han samtidigt. Ursäkta, men va' fan menas? Palme börjar närapå att hetsa upp sig.

- Lugna ner dig, säger Stubben försiktigt, det finns nog en förklaring på det här också.

- Det ska vara en förbannat bra förklaring då, morrar Palme men ser samtidigt brydd ut. Morrandet är dock så ytterligt störande i den fridfulla miljön, att Stubben ryggar tillbaka.

- Det var väldigt, så du går an, säger kvinnan i lucialinnet, sån't liv har jag inte hört se'n Hjalle var här.

- Hjalle?

- Ja, Branting. Hjalmar Branting, om han är bekant. Han gick an likadant först. Man kan nästan tro att du också är en politiker från vänsterkanten.

- Hm, fnyser Palme, men finns det nå'n förklaring?

- Förklaring och förklaring. Du har nog hört talas om änglar. Guds änglar i skyn, väl?

- Ja, ja, men det är ju sagor.

- Kan man tro, kanske. Men vi finns. Inte med vingar på ryggen, förstås. Men med en önskan att behaga och att få hjälpa alla mer eller mindre vilsekomna själar som kommer hit.

- Säg inte att du är en ängel! Palme stirrar misstroget på kvinnan i lucialinnet.

- Jovisst, vi är många här och alla älskar vi vår uppgift.

- Som är?

- Att få Himlen att fungera som Paradiset, enkelt uttryckt.

- Har du hört på maken? Palme riktar frågan till Stubben, som åhört konversationen med slukande intresse.

- Men det här låter väl bra, försöker Stubben. En massa änglar jobbar gratis åt Gud, för att Himlen ska vara ett paradis och dessutom älskar de sysslan.

Palme är inte riktigt nöjd, han anar klasskamp och ojämlikhet.

- Hur vet jag, att du inte kör med mig, att du inte är tvingad att säga det du säger?

Ängeln i särken suckar lite.

- Bara du lugnar dig och ger dig en aning mer tid, så kommer du att upptäcka, att det är som jag säger. Vi änglar är skapta för vår uppgift och vet inget bättre än att fixa för själarna, alla själar, vilsna som ... ja, smått påstridiga.

- Hm, förlåt, säger Palme lite skamset, men jag har faktiskt en fråga till just nu.

- Visst!

- Varför och hur blir vissa människor änglar när de dör?

- Nej, så är det inte. Alla människor kommer hit som själar och förblir det och de ska ha det bra efter egna tankar och drömmar här i Paradiset ...

- Heter det Paradiset eller Himlen, undrar Stubben.

- Det spelar faktiskt ingen roll. Du kan säga vilket du vill.

- Snälla du, fortsätt, uppmanar Palme.

- Jo, vi änglar är änglar och inget annat. Har aldrig varit annat heller. Vi är dessutom desamma, som hängt med från tidernas början. Det enda är att vi blivit fler med tiden. Antalet själar ökar, kan man lugnt påstå och därmed våra sysslor.

- Det blir värre och värre, säger Palme lite uppgivet, Sankte Per och änglar och ... ja, fan vet vad.

- Gör han?

- Vem?

- Fan.

- Äsch, det är bara ett uttryck.

- Du, viskar Stubben efter en kort tystnad. Jag känner igen de där två.

Han nickar åt de två ryggarna längre in i lokalen.

- Tror jag åtminstone …, fortsätter han. Nej, jo, jag känner igen båda, men jag är inte säker. Det är väl för att allt är så snurrigt? Är det inte Tage … ?

- Jovisst, utbrister Palme, det är ju Tage Danielsson och Beppe Wolgers!

De båda ryggarna vänder sig om mot de nykomna med ett "hej, jo, vi satt allt och lyssnade på dig Olof Palme, du är dig rätt lik …"

- Ja, ska man inte vara det, svarar Palme, som fortfarande är lite uppvarvad efter diskussionen med ängeln. Det dög ju att jag var jag för att få direktbiljett hit, så då kan det väl duga, att fortsätta att vara sig själv.

- Snälle vän, säger Tage med sin mildaste stämma, du kan och ska vara dig själv förstås, men du ska veta att här finns inget att hetsa upp sig över, åtminstone inte vad jag märkt se´n jag kom hit. Änglarna är många, de har det lika bra som vi, ja, kanske bättre emellanåt, eftersom de har något att sköta. Ibland kan man sakna det häruppe, men man får lov att hitta sig trivsamma sysselsättningar.

- För den, som är nyfiken eller kanske jag ska säga vetgirig, fyller Beppe i, går det åt lång tid i början, för att finna alla svaren på det man undrade på jorden. Det är en otroligt intressant och spännande tid. Fantastiskt, faktiskt.

- Kan vi sitta hos er, frågar Palme, som nu hunnit gå ner i varv betydligt.

- Självklart och vem är din kompis?

- Får jag presentera Stubben, en god lyssnare och, är jag säker på, en pålitlig karl eftersom han också hade direktbiljett. Vi möttes vid grinden hos Sankte Per … vi kom ungefär samtidigt.

Palme och Stubben sätter sig mittemot de två före detta underhållarna.

- Min grabb, säger Stubben, ja, han fyller 43 i sommar, han sa för en tid se´n, "vilket oår i år, två av de finaste människor jag känner till, Tage Danielsson och Beppe Wolgers, har gått bort alldeles för tidigt."

- Det var smickrande! Tage ler.

- Kul! Nej, inte så, jag menar kul att han gillade oss, tillägger Beppe.

- Och lite senare blev du, Palme, skjuten och strax efter gav mitt hjärta upp. Grabbens år blev säkert inte bättre genom det.

Stubbens tre nya kompisar tystnar efter hans lite sorgesamma reflexion. Så förblir de tillsammans en lång stund, endast avbrutna av det lilla sörplande ljud, som uppstår då man försöker få i sig hett kaffe.

- Sorg är en naturlig del av livet på jorden, säger Beppe stillsamt och alla instämmer genom att ingen säger emot.

- Det går över och ersätts med en positiv saknad och underbara minnen, fortsätter han efter en stund.

- Mmm, instämmer Tage. Och så möts man igen. Här!

Stubben nickar tyst och tänker tillbaka på sin första tanke, den tanke han hann tänka innan han fick syn på Palme och Sankte Per: " Och här kommer jag väl inte att sitta i sjön, precis, det verkar ju mysigt, varmt och vackert. Jag kan vänta på henne och jag kan vänta länge, hon har nog mycket kvar, som hon vill uträtta."

Tystnaden och ron ligger kvar ännu en stund över den lilla skaran, innan Palme åter tar till orda, nyfiken, fundersam, som alltid.

- Jag tycker att det är konstigt att vi träffar just er två, som vi känner igen. Det måste ju finnas milliarder människor här. Varför ser vi inga av alla dessa, utan råkar möta just er?

Tage och Beppe tittar på varandra och nickar, liksom "ja, nu kom det". Stubben ser förvånad och förvirrad ut. Igen.

- Det har du förbannat rätt i, det var lattjo.

- Den frågan från en intelligent person väntade vi på, säger Tage. Vi sa det till varandra innan ni kom till vårt bord. Svaret är ett av de konstigare att begripa.

- Jaha?! Palme ser både uppfordrande och ytterst nyfiken ut. Stubben avvaktar och tänker, att "äh, va´ fan, vad spelar det för roll hur det är … egentligen".

Tage och Beppe tittar på varandra, Beppe nickar mot Tage, som tar till orda:

- Här inne i fiket kan det finnas tusentals …

- Jaså, avbryter Palme med ett ansiktsuttryck som att "jag går inte på vad som helst", om man röjer ut alla möbler och plockar in alla stående, packade som sardiner i en burk, kanske man kan få in tre-fyra hundra. Möjligen.

- Du talar om människor.

- Vad talar du om då? Små sparvar? Kaniner? Huggormar?

- Själar!

Palme stirrar på Tage, som såge han en totalt vansinnig. Stubben rynkar
pannan, som "själar, vad är det?"

Tage håller tyst och väntar på någon reaktion. Palme, den ivrige, väntar
på en fortsättning och är på väg att gå i bitar av tystnaden. Så står han
inte ut:

- Jamen, karl, fortsätt!

- Just nu, i denna stund och här inne, när du ser oss fyra, vilket jag antar
att du gör, kan det också finnas tusentals andra som oss. På den stol du
sitter, kanske det just nu sitter åttiofem stycken.

- Du kan inte vara klok ..., säger Palme och skakar på huvudet.

- Vänta, säger Stubben, kom ihåg allt vi hört hittills, som inte har varit
som vi trott.

- Fortsätt! Palmes uppmaning kommer som en pisksnärt.

- Jag ska inte tala i gåtor mer, men jag kunde inte låta bli att börja på det
där viset. Förlåt mig.

Tage, som ser ut som om han tycker att det var livat, att se minerna hos
sina bordskamrater, fortsätter:

- Så här är det. Alla vi människor här i Himmelriket är inte människor.
Ingen av oss är det ... nu, längre, alltså. Vi är själar. Det är våra själar
som finns här.

- Men vi ..., avbryter Palme.

- Lyssna nu, säger Beppe, snälla Olof Palme, det här är lite obegripligt,
så lyssna noga.

Tage tar sig lärarrollen, ler och fortsätter lugnt:

- Nu är det så fiffigt ordnat i Paradiset, att vi kommer hit som själar,
vilket innebär att det kan finnas hur många som helst. Det blir aldrig för
många. Himmelriket kan rymma milliarders milliarder själar. Jämför
med radiovågor i jordatmosfären, som finns där och "trängs" med
varandra utan att synas, så är det kanske lättare att förstå vad jag säger.

Äntligen sitter också Palme helt stilla och lyssnar tillsammans med
Stubben, ja, de suger i sig varje stavelse, som tålmodigt kommer från
magister Tage.

- Så till grejen med stort "G". Låt oss anta att det just nu är femtiotusen själar här inne i caféet. Fyrtioniotusenniohundranittiosex av dem är för oss obekanta personers själar. *Dessa själar kan vi varken se eller höra.* Så finns det utöver alla dem ... fyra stycken, som känner igen varandra. De ser och hör varandra, precis som vore de människor, det vill säga, *våra fyra själar är "förkroppsligade" inför varandra och vi kan umgås som vi är vana vid från jorden.*

- Vänta, vänta, säger Palme, jag måste tänka. Han nästan kippar efter andan.

Både han och Stubben försöker förstå vad Tages ord innebär och Stubben rör, så omärkligt han kan, sin hand för att liksom känna efter om han sitter på någon eller om någon sitter på honom.

Beppe petar honom på axeln och han rycker till.

- Lugn, det är bara jag, viskar Beppe, jag försökte också att känna efter i början.

Stubben ler, rycker på axlarna och känner sig lite dum.

- Det är helt okej, viskar Beppe på sitt tryggt varma sätt.

"Fan, va han är juste," tänker Stubben, "och jag som inte riktigt gillade honom efter de där Skäggen-programmen på TV."

Palme har nu tänkt färdigt och säger:

- Ursäkta, men jag är inte riktigt överens. Eller kanske jag ska säga, att jag inte riktigt förstår. Helt.

Palme fortsätter, nickande åt Beppe och Tage:

- Vi tre är så kallade kända personer, som åtminstone stött på varandra, ja, delvis känner jag er båda, särskilt Tage. Men Stubben, honom känner ingen av oss. Från förr, alltså. Hur kunde vi se honom innan vi blev bekanta här i Himlen?

- Med det kan det vara på två sätt. Men det förutsätter, att den ene känner igen den andre, det vill säga i detta fall, att Stubben känner igen oss, eller från början dig, Olof Palme.

- Två sätt?

- Ja, det kommer snart. Låt oss säga, att Stubben kände igen dig, när du stod i grinden hos Sankte Per.

- Ja, det gjorde han ju.

- Våra själar äro outgrundliga, skojar Tage med högtidligt mässande stämma men med leende ögon.

Palme och Stubben tittar undrande på Tage.

- Då Stubben såg dig möttes era själar, som på bråkdelen av ett ögonblick kände …, läste av varandra för att avgöra om där finns en "själarnas gemenskap", ett uttryck jag valt för att man använder det på jorden. Där har det ändå inte samma väsentliga betydelse som här.
Nu kommer vi till de två olika sätten eller snarare utfallen.
Antingen finns gemenskapen och då varseblir du, Palme, honom, som kände igen dig. Eller finns den inte och då ser du honom inte, samtidigt som åsynen av dig faller bort från Stubben så snabbt, att han aldrig hunnit bli medveten om att du var där.

- Aah …, aha! Palme tittar på Stubben:

- Jojo, själarnas gemenskap …, vad tror du det betyder?

- Ingen aning, svarar Stubben.

- Bekymra er inte om det, faller Beppe in, själarna avgör detta utan att vi hinner fatta nå't och det är inget vi kan påverka … eller begripa, tror jag.

- Nä, men det är en kul tanke, kul att veta, säger Palme med glittrande ögon, ler mot Stubben och slår honom lätt på axeln. Nya bekantskaper här i Himlen bör innebära, såvitt jag då begriper, att det är en passande och jättebra ny vän, fortsätter han.

Stubben ser förlägen ut, men är inom sig rätt stolt över att känna sig utsedd till själsbroder med Olof Palme.

- Det enda med detta är att …, fortsätter Tage tvekande, … Olof Palme har fått en ny vän, som han egentligen inte vet hur han se ut.

Palme ser tvekande på Stubben och förstår återigen inte vad Tage menar.

- Jag är inte upprörd, säger Palme, men jag ser ju för fanken karl'n framför mig. Nu får du faktiskt komma med ännu ett förtydligande.

- Visst. Stubben har sett dig där nere på jorden och när era själar möts blir ditt "förkroppsligande" så som Stubben minns dig.

- Okej, jag förstår.

- Du har inte sett Stubben på jorden och du har då ingen, ska vi kalla det referens till hur han ser eller såg ut.

- Jaha, och …?

- Då greppar din själ ett utseende som den tycker passar av alla de människor du sett på jorden utan att ha lärt känna eller kanske du inte ens har en aning om.

- Ja,men … säger nu Stubben, som hört på det hela under tystnad, då ser han alltså en helt annan än mig.

Stubben känner sig besviken.

Så tycker Beppe att det är dags att gripa in.

- Se det så här. Din själ på jorden var klädd i en kropp. Den kroppen är inte med här i Himlen. Själen här uppe är naken, kan man säga. De som känt dig från förr möter dig här med din gamla kropp som kostym, medan Palme möter dig i en annan kostym. Du är ju samma person, själsfrände till och med med Olof Palme, vare sig du har blåstället eller finkostymen på.

Stubben pustar, tänker ett litet ögonblick, ljusnar och tittar igen på sin nyfunna vän.

- Så Beppe, du menar att det är mig Palme har träffat, trots att jag inte ser ut som jag gjorde på jorden?

- Just precis, du är du fast du har en annan kostym.

- Kul att du pratade om blåställ. Det var precis vad jag hade på mig nästan jämt och folk därnere som minns mig tänker väl på mig i blåstället.

- Jag ser dig i kavaj och gabardinbyxor. En randig skjorta, ler Palme. Det passar bra. Du har ju jobbat färdigt.

- Precis. Men ansiktet, då?

- Ser trevligt ut, inga särskilt anmärkningsvärda drag. Välrakad.

- Det var jag sällan …

Stubben och Palme småskrattar tillsammans och de andra ler åt det lilla samtalet.

- Jag tror det räcker med lektioner nu på ett tag, säger Tage. Det tar tid att smälta och vänja sig.

- Bara en grej till, säger Stubben till sin egen förvåning. Om man nu vill träffa nå´n, det vore kul att återse farsan, som dog när jag var fjorton, hur gör man då?

- De, som har varit här så länge, att de inte längre söker en massa svar eller, som du nu frågar, söker andra härvarande själar, har ofta stunder då de inte är sysselsatta med något särskilt. Då är deras själar mottagliga för

kontakt, man kanske skulle kunna säga att de är öppna för telepati.
Jag vet inte om man kan kalla det telepati, för det uppstår ingen
medvetenhet, men den själ du tänker på känner "ropet" och dyker upp på
lämplig plats utan att du, den "förkroppsligade" Stubben, eller han, din
gamla pappa, vet hur. Ni möts bara.
Alltså, tänk dig tanken och det händer. Kanske inte på en gång, men det
dröjer heller inte alltför länge.
Förstår du?

- Mmm, tror det och tack ska du ha.

- Jävlar, vad spännande! Synd att man inte känner alla intressanta själar
från historien. Får försöka så gott det går.

Palme ser omåttligt entusiastisk ut.

Snart är hans ivriga hjärna på bettet igen.

- Nej, nu kom jag att tänka på en sak. Vi två hade inte tänkt på er innan
vi kom in här och ändå fanns ni.

- Man kan faktiskt, precis som på jorden, råka stöta på varandra även här.
En ren tillfällighet, alltså.

- Jaså. Betyder det att ni två brukar gå hit?

- Ja, i stort sett varje dag tar vi eftermiddagsfikat här. Vi trivs bra ihop.

- Kul. Då kanske man kan få dyka upp emellanåt?

- Ni är mycket välkomna i vårt sällskap, säger Tage, i det han reser sig
och bugar skämtsamt högtidligt.

Bullarna och kaffet är slut, samtalet känns avslutat, det är väldigt mycket
att ta till sig. En stunds rofylld vila sprider sig och Stubben är nära att
somna. Så sträcker Palme på sig, gäspar och säger:

- Tack för idag, bröder. Kom nu Stubben, så går vi.

- Vart?

- Det vete fan, spelar det nå´n roll? Det var så sant, var sover man?

- Det märker ni, hej svejs, vi ses!

Omtumlade står polarna Palme och Stubben utanför dörren och ser på
varandra. Så brister Palme ut i ett kluckande skratt:

- Själsbroder! Han omfamnar Stubben. Fattar du nå´nting?

Stubben ler och känner sig glad.

- Ja, jag tror det.

- Men fattade du hur och var vi ska sova i natt?

- Nej, men det skulle vi ju märka.

- Du är för härlig. Okej, då struntar vi i det, vi märker det väl, som du säger.

Trötta efter en mycket händelserik dag vandrar polarna långsamt bygatan framåt.

- Det vore skönt att gå och lägga sig nu.

- Sant.

De sätter sig tyst ner på en vacker lite äng och lyssnar till vindens sus från björkarna intill.

GUSTAF - FARSAN

Morgonsolen sticker Stubben i ögonen och han blinkar sömnigt, där han sitter på en ängsplätt utanför byn han besökt i går. Snett bakom sitter Olof Palme, som efter en lång gäspning säger:

- Ursäkta mina morgonfasoner och god morgon! Gick vi och la´ oss här igår? Som två luffare …

Subben vänder sig om och minns, "ja visst ja, jag mötte Palme igår." Hastigt far gårdagens upplevelser igenom huvudet.

- Va? Palme tittar uppfordrande på Stubben. Gjorde vi det, minns du?

- Jag kan ta mig fan inte påminna mig att vi gick och la´ oss överhuvudtaget.

- Usch, det här var nästan läskigt. Som nå´n gång på den studentikosa tiden, då man ovant fått för mycket i sig.

- Inte för att jag har tagit studenten. Men visst, för mycket kunde man få i sig ändå. Men aldrig har jag fått nå´n … black-out, eller vad det heter. Nog fan kom jag ihåg att jag la mig för att kvarta efter festande ...

- Mmm, det här är alltså värre. Var det nå´t knark i fikat? Hur mår du?

- Jaa … vad ska jag säga? Förbannat bra faktiskt, bättre än på länge, lika bra som förr, när man var ung.

- Jag med… Palme tittar på Stubben. Du, vi skiter i vad som hände. Vi får fråga någon sedan, Beppe och Tage, kanske.

- Om vi mår så jädra bra och är utvilade, kanske vi redan har fått svaret?

- Vad menar du?

- Jo, igår, du kommer väl ihåg när vi snackade om att sova. "Det märker ni", sa de då. Minns du?

- Javisst, men jag vill fatta vad som händer. Inte bara märka att något hänt eller att nå´t pågår.

- Ja, vi får väl fråga då. Se´n, som du sa.

De reser sig och tittar på varandra. Snygga, välkammade, rena, luktar gott och har oklanderliga kläder.

- Vi ser nyduschade och rent av nystrukna ut, jag begriper inget. Palme suckar.

- Jag är, jävlar i mig, snyggare än nå´nsin på morgonen! Jag brukar ha en jäkla skäggstubb. Stubben förundras.

- Ha, ha, Palme skrattar till, är det därför du kallas Stubben, det kanske ska vara en annan betoning, Stúbben?

Stubben ser lite förlägen ut, "nää .."

- Förlåt, säger Palme, jag skojade bara. Dumt skämt, förlåt.

- Det gör inget, säger Stubben, egentligen var det ju rätt kul.

- Fint, men broder, nu struntar vi i varför och hur vi ser så skapliga ut redan på morgonen, bara så där… Vad gör vi nu?

- Det vore kul att träffa farsan, som jag snackade om igår. Och morsan med, förstås.

- Jamen, då gör vi det ….. på varsitt håll. Men vi bestämmer i alla fall att vi ses igen. Jag gillar dig, själsbroder Stubben. Ska vi säga vid tretiden på fiket, så kanske vi kan höra med Tage och Beppe om den här obegripliga natten?

- Javisst, jag kommer. Hoppas bara jag hittar tillbaka i den här förvirrade världen.

Palme skrattar sorglöst:

- Tänk dig till fiket, så ordnar det sig nog. Lita på Tage och Beppe. Förresten, apropå fiket, vi har inte ätit frukost. Är du hungrig?

- Nej, inte ett dugg. Men det vore kanske gott ändå med en liten bit.

- Jag är inte heller hungrig. Men trevligt med en morgonfika, jag håller med.

Under spekulerande om varför de inte är hungriga, men lite småsugna på något gott, söker de upp gårdagens kafé igen och beställer in en slät kopp kaffe.

- Det här blir man varken fet eller mätt av, sa Palme, tur att vi inte är hungriga.

- Hej, och lycka till nu, fortsätter han, glöm inte bort att komma hit till fiket klockan tre!

- Nej då, jag kommer, hej, säger Stubben och traskar iväg på måfå, tänkande på sin pappa.

Han lämnar ängen och kommer in i en ljus skog, följande en smal, slingrande stig. Samtidigt som han njuter av lugnet, känner han sig åter sugen på något gott.

- Vi skulle kanske tagit en bättre frukost med lite att tugga på också. Plus en påtår, det hade varit gott.

Ingen frukostmöjlighet dyker upp, ingen människa heller och han börjar så smått längta efter Palmes sällskap. Skogen öppnar sig och där är några hus. "Kanske en liten gård?" Stubben tittar nyfiket på husen då han går vidare, men är lite för finkänslig för att tränga sig på.

- Jag måste koncentrera mig på farsan, tänker han, i det han ser en mansgestalt skymta mellan husen.

Han stannar till, undrande … "vem är det? Var det inte …?"

Han ändrar riktning och går tvekande mot husen. "Törs man?" Han rundar en husknut och ser ryggen på en karl, som står och tittar bortåt mellan två andra hus.

"Hallå, du, ursäkta att jag …" Stubbens påkallande av uppmärksamheten avbryts då mannen vänder sig om och han känner igen sin pappa.

- Farsan …, Stubben viskar fram stavelserna.

- Sture! Jaha, var det du som kändes. Ja, har du kommit nu?

Stubbens pappa kommer emot honom.

- Vad tittade du på, frågar Stubben, fortfarande viskande.

- Inget egentligen, Jag undrade vad som stod på. Jag kände något och visste inte vad som skulle hända, om jag skulle stå eller gå …och i så fall vart …och så kommer du!

- Ja, piper Stubben och snörvlar lite.

Stubbens pappa betraktar honom tyst. Ingen säger något på en stund och så snörvlar Stubben till igen.

- Vad är det? Du kan väl inte vara förkyld här?

- Nää …

- Det är obegripligt, att du blir rörd av att träffa mig igen. Många gånger har jag tänkt på hur hård jag var, ofta alltför hård … fast jag visste att jag var det och inte ville. Jag fattar det inte … man skulle ju vara en riktig karl …

Stubben lyssnar tyst och har inget att tillägga. Nog hade farsan varit tuff, men aldrig elak. Han var krävande, visst, men man visste var man hade honom.

Som om pappan, Gustaf, kunnat läsa hans tankar:

- Jo, visst fan krävde jag mycket …, särskilt av dig, du var ju äldst. Det var jävligt mycket som skulle skötas…

"Nu vet jag varför jag svär så in i helvete," tänker Stubben.

- … och jag hade ju mitt jobb långt inne i stan, på Hagagatan hos Herman, ja, brorsan, du vet. Kom hem sent och skulle ha maten framdukad. Och så ut igen, till smedjan eller till lagårn eller fixa nå't som var trasigt nå'nstans. Ja, fan, det var slitigt. Och Märta skulle sköta korna och tjuren, alla dessa jädrans höns, grisen, hund, katter och häst … och allt i trädgårdsodlingen. Med ungar kring benen dessutom. Du var tio, när Karl-Gustaf föddes och du kunde vara till viss nytta. Thor var nog fortfarande mer till besvär än. Det var lätt, för att inte säga naturligt, att du hamnade som hjälpreda och springpojke. Och för varje år fick du mer och mer att göra hemmavid. Det var sällan du fick något tack ens, det har jag tänkt på efteråt.

- Efteråt?

- Ja, här uppe. När man har fått se och förstå en massa … av värme människor emellan och så där.

Stubben har en fråga på läpparna, men vågar inte släppa fram den. Gustaf fortsätter …

- Du fick mer och mer att göra och så blev jag sjuk, fick lunginflammation och så var Märta plötsligt ensam med er ungar.

- Jo, det var på sitt sätt en hemsk tid, mest i början. Då, meddetsamma, var det bara att bita ihop. Det var liksom inte tillåtet att sörja. Morsan bet ihop, hon var som huggen i sten och jag minns att jag fick jobba med grejer jag bara tittat på förut.

- Som vad då?

- Jag blev lite smed därhemma. Kanske minns du, att jag började på yrkesskolan i stället för i sjuan? Jag skulle bli smed, som du och farbror Herman.

- Ja, det kommer jag ihåg. Det var väl mitt förslag, för att uttrycka mig milt?

- Jo, jag stod där och bockade hästskor åt folk. Som du … Jag minns att jag försökte vara lika tuff som du. En dag, när Kalle kom inkutande i smedjan, stod jag och makade undan slagg. Kalle tog tag i en bit som var blåvarm och släppte tvärt, förstås. "Var den tung?", frågade jag, då han grät av smärta från sina brännsår. Ett löjligt sätt att vara stor på, tycker jag nu.

- Ja, och som sagt, likadan var jag, fast värre.

Gustaf skakar långsamt på huvudet:

- På något jävla sätt var det så då. Man skulle vara karl … riktig karlakarl
…

Stubbens fråga låg nu så långt fram på läpparna, att den halkade ut:

- Hur kom du hit? Behövde du gå i skolan i Helvetet? Jag menar …

Stubben blir förlägen och försöker hitta en lindring av den lilla anklagelse som ligger i frågan:

- … d-du sa ju förut att du förstått en massa här uppe.

Gustaf tittar roat på sin stammande son och erfar en stark känsla av kärlek. Högt säger han:

- Jag önskar att jag, redan när du var liten, förstått och bejakat min kärlek till dig … Ja, jag gick en kortare kurs på skolan. Jag var ett så kallat ”Mellanfall”.

- Mellanfall?

- Ja, det finns sådana. Jag var en rättskaffens människa med några brister. Mina brister var främst att bejaka ömhet och omsorg, att se att bortom att vara duktig finns att ge av sitt jag och sina känslor. Man sa till mig hur det var och att jag skulle ha helt andra möjligheter att försonas med de mina och, framför allt, med mig själv, om jag gick några särskilda kurser. Det var frivilligt…

- Men du gick dem?

- Ja. Jag var en ”hårding”, det vet du ju, men jag har aldrig varit dum. Självklart, va´ fan, jag förstod att jag skulle ha glädje av dem. Nu kan jag säga det jag borde sagt förut till dig: Fan, grabben, vad duktig du har varit. Du fick hjälpa oss med mycket, du hjälpte morsan ofantligt när jag for hit, du hjälpte till och skötte mycket på torpet, du körde vida omkring med häst och vagn, till bryggeriet på Söder för att hämta drav, till alla våra kunder i Örby med mjölk och ägg, du *bar* litervis med mjölk på väg till skolan för att lämna vid banvaktsstugan och vid fiket i Leipzig, du bar också ägg till skolfröken, ja, jag kan gå på hur mycket som helst, men nu, nu vill jag ge dig kramen du borde fått varje dag …

Med varsin klump i halsen håller de om varandra. Kramen, förunderligt öm mellan två ”riktiga karlar”, varar länge.

- Jag uppfattade inte dig *så* hård och tuff som du beskriver, flämtar
Stubben, då de äntligen släppt taget, men jag lärde mig nog, hur en
"karl" ska vara. Jag blev i många stycken likadan, tror jag. Skillnaden
skulle väl vara att jag fick leva längre och därför hann bli klokare. Jag
fick också, tack vare bättre läkekonst, överleva några hjärtattacker och de
gav mig många, många andra tankar. Bland annat kom jag att förstå och
uppleva tacksamhet över livet. Att få *vara* … att få ha vänner och kära,
att älska sina barn och barnbarn … Ja, allt detta kom till min insikt, men
jag hade ändå svårt att uttrycka det, att på det viset "lämna ut mig", det
var svårt. Men jag hade ändå känslan …

- Och då behövde du inte kurserna på skolan. Ett klart fall framåt för vår
släkt!

- Mmm. Jag tror mig veta, att fallet framåt fortsätter. Än tydligare.
Min grabb är en väldigt känslig person. Jag vill gärna tro, att jag också
är känslig …, känslosam, kanske det heter, men hos grabben är det
tydligare. Det beror nog på Ester, min fru alltså, hon är som … ja, vad
säger man … som … jag vet inte, men känslorna ligger på ytan hos
henne.

- En motsats till min fru då, det vill säga, din mamma. Hon bet alltid ihop
och ville aldrig tala om känsliga saker.

- Nog var de olika …, det ska gudarna veta. Det var inte så jävla lätt att
bo i samma hus och ta hänsyn till båda. Ibland var det lättare att gå ner
i källaren och pyssla. Man gjorde som strutsen …, stoppade huvudet i
sanden.

- Din familj, Sture, hur blev den?

- Jag gifte mig under kriget, 1942, och …

- Kriget?! Vad då för krig?

- Andra världskriget! Det måste du känna till.

- Nej, här uppe behöver man inte veta vad som händer på jorden om man
inte vill. Det kunde man ge sig fan på, att några jävlar skulle till att kriga
igen. Var Sverige indraget?

- Nej, vi lyckades hålla oss utanför den här gången också.

Samtalet, som far iväg åt alla håll samtidigt, behöver en struktur, känner
Gustaf, som, efter ett djupt andetag, säger:
- Stopp. Nu tar vi en sak i taget.
- Bra, säger Stubben, jag har en fråga till …

- Stopp, upprepar Gustaf, den tar vi sedan. Försök att lägga den på minnet. Nu först, din familj …?

- Ja, jag gifte mig fyrtiotvå med Ester, en tjej från Norrland, Ådalen …

- Från där kravallerna var samma år som jag dog?

- Just det, ett par mil längre upp, bara.

- Jaha, och barn?

- Vi fick en grabb året efter och så en flicka fyrtiosju.

- Och hur har det gått för er alla?

Stubben berättar att det i stort sett gått bra för alla och så kastar man sig över nästa fråga.

- Andra världskriget, då? Gustaf tittar frågande på Stubben.

- Det var ett jävla skit, förstås. En tokfan tog makten i Tyskland och lyckades få krig, kaos och elände i hela världen. Nästan.

- Tyskland? Ja, det skulle väl vara därifrån, med tanke på allt skit de fick efter första kriget. Skuld, skadestånd och kränkande behandling, för att inte tala om alla inskränkningar i självbestämmandet … Att det skulle gå åt helvete förstod man rätt snart, redan efter några år.

- Vi skiter i att snacka om krigen. Alla är ju på sätt och vis likadana; död, förintelse, elände och oändlig sorg och smärta. Och allt till ingen nytta.

- Jag håller med. Nå, vilken fråga hade du?

Stubben erinrar sig snabbt.

- Jo, du sa´ nyss, att man inte behöver veta vad som händer på jorden. Man kan alltså …

Gustaf, som förstår frågans hela vidd, avbryter.

- Ja, man kan både se och höra det som försiggår därnere. Det är bara att koncentrera sig på någon av de nära man har kvar, så …

Nu avbryter Stubben, riktigt uppbragt.

- Men varför har inte du hållit kontakt …

Gustaf avbryter igen,

- Var tyst en stund och lyssna … Jag gjorde som nästan alla lär göra efter att ha kommit hit: Jag kollade in läget den första tiden, i början dagligen, sedan alltmer sällan och rätt snart inte alls.

- Varför?

- Det är inte särskilt kul, tvärtom, det är ofta frustrerande och kan lätt
bli till en plåga. Du ser vad som händer, du ser alla problem de har,
sjukdomar, olyckor, ibland tragedier. Kort sagt, du ser en massa elände
för dina kära, som du inte kan göra något åt. Samtidigt vet du hur fint det
är här och att de sliter, eländas och sörjer alldeles i onödan. Och du kan
ingenting göra, inte ta kontakt eller … Ja, du mår bara dåligt av det. Det
är nog det enda man kan må dåligt av häruppe.

- Man kan inte ta kontakt?

- Nej.

- Har du försökt?

- Ja, vem tror du inte har det häruppe?

- Men jag har hört talas om … spiritister, eller vad det heter?

- Ja, det har jag också. Det lär finnas sådana här, som påstår att de
kontaktar sina släktingar på jorden. Men jag vet inte, jag tror det inte,
lika lite som jag trodde på det då jag levde på jorden. De är nog offer för
sin egen fantasi?

- Jag vet inte om jag kan låta bli att kolla och att försöka ta kontakt.

- Troligen kommer du att göra det, bara för att bli lika besviken som alla
vi andra. Men kom bara ihåg att allt blir underbart för dig och … hette
hon Ester?

- Ja.

- … när ni återses häruppe. All dynga hon råkar ut för på jorden innan
dess förändrar inget och du kan inte förhindra något.

- Jag ska komma ihåg det.

- En sak till, vänta några veckor med ditt kontaktförsök. Inte före
din begravning. Dit fram är det bara sorgligheter och du känner bara
vanmakt.

De sitter på varsin sten. Solen skiner mellan husen och ängsblommor
vajar i sommarbrisen. De sitter tysta och båda känner den andres närvaro.
Lugn och frid hos Gustaf, men snurrande tankar i Stubbens huvud.

- Farsan, varför fick vi inte titta när korna betäcktes?

Gustaf vaknar upp, ler lite …

- Fråga morsan.

- Vet du, att jag, tio år gammal, i skolan berättade för mina kamrater att
storken varit hos oss med en lillebror?

- Nää ...

- Och blev utskrattad. Jag skämdes och med en helt förvirrad världsbild
kom jag hem. Inte kunde jag berätta för eller ens fråga morsan, jag
förstod ju att hon var en betydande del i bluffen.

- Stackare, vad gjorde du?

- Inget, jag grinade bakom lagården och så kom drängen, som hjälpte oss
ibland och han frågade vad som hänt. Och av honom fick jag veta hur
barn blir till ... Om ni inte vågade berätta, kunde vi väl åtminstone fått
lära av vår tjur.

- Ja, jag vet inte, tänkte aldrig på det. Märta ville inte att ni skulle se ...
ja, jag vet inte riktigt varför ... har inget svar.

Friden lägrar sig igen och båda känner sig lugna och sköna. De ligger
nu i gräset och blundar och kanske till och med slumrar en stund. Allt är
oändligt fridfullt.

- Vet du var morsan är?

- Ja, om du menar i stort. Nej, om du menar just nu.

- Du har träffat henne här uppe, alltså?

- Visst, redan andra dagen efter att hon dött.

- Och nu? Var är hon nu?

- Vet inte, hon är väl ute och rör på sig. Kanske hos moster Bojan, hon är
ofta med henne. Men vi ses varje dag. Vill du träffa henne?

- Ja, men inte nu. Hon dog ju bara tre år före mig, men jag har lite frågor
till henne också och fler till dig, förresten. Men det får bli nästa gång, jag
ska tillbaka och hitta Palme nu.

- Palme?

- Ja, visst ja, du vet inte ... Olof Palme var statsminister och mördades på
öppen gata i Stockholm några timmar innan jag dog. Vi hade sällskap hit,
kan man säga och vi har blivit riktiga kompisar.

- Mycket ska man höra innan öronen trillar av. Då ses vi väl nå´n gång.

- Ska vi bestämma ...?

- Det behövs inte. Gör som du gjorde nyss, hej med dig.

- Hej då.

Förvånad över bådas osentimentalitet, börjar Stubben promenaden
tillbaka. Han tänker på kaféet och Palme och känner snart igen byn

vid ängen och även det lilla kaféet, som kan rymma hundratusentals samtidigt. Själar, förstås. Stubben ler för sig själv och skakar på huvudet, "det här är egentligen inte klokt. Men bra …"

Han sträcker på benen och går allt fortare, nära nog skuttar uppför trapporna och skyndar in. Jodå, där sitter de, alla tre från igår.

Palme vänder sig om.

- Du är lite sen, hittade du farsgubben?

- Ja, rätt snabbt, faktiskt. Det var konstigt, märkvärdigt … ja, det är svårt att beskriva känslan.

- Jag förstår. För mig kändes det inte så väldigt konstigt.

- Nej, men jag var ju bara fjorton år.

Beppe och Tage lyssnar intresserat.

- Fick du några svar, undrar Tage.

- Jo, Stubben nickar, det var ett fint möte.

- Bra, säger Palme, nu lämnar vi det och nu ska vi ha svar på en annan fråga eller hur, Stubben?

- Va? Ja, jo. Hur sov vi?

Beppe suckar lite …

- Det är svårt att svara på, man fattar det nog inte själv, riktigt.

- Egentligen är vi bara själar, inga kroppar som behöver ligga och vila. Eller sova, fortsätter Tage. På något sätt innebär det att man inte behöver gå och lägga sig. Själen kopplar av då man ställt in sig på att sova och så slocknar man och blir liksom ingenting ett tag.

- Nu slår vi alla rekord, viskar Palme.

- Så när själen tagit igen sig, vaknar vi till liv igen på någon trevlig plats, där vi befann oss dagen innan.. Dessutom färdiga för den nya dagen utan att behöva gå på toaletten eller ens klä på oss.

- Vi märkte det, muttrar Palme, trots allt lite missnöjd. Men så kan det väl inte bara vara? Hur går det till?

- Vet faktiskt inte. Möjligen går det inte att förstå. Bara acceptera.

- Ja, men om jag verkligen *vill* ligga innan jag somnar, hur gör jag då?

- Jag tror jag vet, faller Stubben in, jag tror jag låg i gräset och sov en stund hos farsan. Jag lade mig ner bara, utan att vara inställd på att sova.

Så kopplade jag av och tyckte det var skönt att vila och så … Men en annan fråga.

Stubben riktar sig till Tage:

- Du sa ".. gå på toaletten .." Där har jag inte varit sedan jag kom hit.

- Inte jag heller, svarar Tage. Det behövs inte här, men det går … om man vill.

- Förklara är du snäll, jag tror dig nog ändå inte, skrattar Palme.

Tage tittar från den ene till den andre av nykomlingarna.

- Har ni ätit?

- Nej, svarar båda och Stubben tillägger, … men jag var sugen på frukost i morse.

- Åt du någon?

- Nej.

- Har du fått lunch?

- Nej.

- Vad är klockan?

- Kvart i fyra.

- Är du hungrig?

- Nej.

- Det beror på att du inte behöver äta för att leva här. Du behöver inte gå på toa heller.

- Jamen, igår var både Stubben och jag fikasugna, inflikar Palme. Idag också, förresten, fortsätter han och tar en klunk med välbehag.

- Just det, så är det. Här blir vi bara sugna, för att vi tycker om det. Tänk på fika och en ostfralla och du känner suget. Så beställer du och sätter med njutning i dig härligheten. Du kan tänka dig mat, en hel buffé om du vill, och bli jättesugen. Ät och njut, men det *behövs* inte för att leva vidare här. Men det berikar tillvaron. Beppe och jag tar gärna en öl emellanåt. För att det är gott, njutbart, men det *behövs* inte. Inte ens behöver man dricka vatten! Och det gör man inte för man är aldrig törstig, lika lite som hungrig … och sugen på vatten för njutningens skull har i varje fall aldrig jag varit.

- Du, det här är logiskt på något mysko sätt. Jag tror, att jag tror dig, säger Palme och smånickar.

- Toan, då? Stubben ger sig inte.

- Det är samma sak. Om du gillar att gå på toa, kan du göra det, ja, inte för att du behöver, men för att du njuter av det.

- Njuter? Nää …, jo, om man är jävligt nödig, kan det vara otroligt skönt.

- Javisst, men problemet, om man får säga så, är att här är du aldrig nödig. Därför måste man nog vara väldigt speciell för att bli sugen på en toalett.

Ett muntert skratt avslutar dagens lärdomar och erfarenheter och vännerna skiljs åt parvis liksom dagen innan.

- Då kanske vi ska sova en natt till?

- Stopp, om du vet att du vill ligga innan du slocknar, handla först och tänk sedan!

- God natt.

- God natt.

ALMA SPORRONG MED KAFÉET

Morgonen därpå känns det som om det alltid varit så. Att slockna och att vakna upp, beredd på en ny dag.

Solen skiner även denna dag, men gräset känns ändå frodigt. Ängsblommorna vajar sakta i samma svaga sommarbris.

- Vad tror du om klimatet, frågar Stubben.

- Det är nog så här för jämnan, svarar Palme.

- Synd för den som är jättetänd på skidåkning.

- Det går nog fan att tänka sig till snö och skidföre också, säger Palme och faller in i Stubbens vokabulär.

De båda är pigga och snart uppstår frågan "vad gör vi idag"? Efter en stunds funderande har de bestämt sig. Palme vill träffa Tage Erlander, sin föregångare och dessutom lite av lärofader. Stubben vill söka upp Alma Sporrong, "hon som hade fiket i Leipzig, där jag träffade min blivande fru."

- Leipzig, säger Palme frågande, i Tyskland?

- Nej, i Örby. Det var ett stort, jättestort hus, i alla fall för den tiden och i Örby, samhället intill vårt torp, som kallades så. Kallas väl än, förresten. Hon var nästan delaktig i vårt möte. Ester bodde inneboende hos henne och jag var väl lite favorit hos Alma.

De går iväg åt varsitt håll, på måfå, vad kan de annat göra? Stubben vandrar samma stig som sist. Vid husen är det tomt, i alla fall utanför och att titta in vore för pinsamt, om någon vore där.

Han går vidare medan tankarna far omkring i huvudet utan ordning. Ömsom försöker han se fru Sporrong, ömsom dyker minnena från gårdagens möte med Gustaf upp. "Det här går inget vidare," tänker han, "men det är en skön promenad och vackert, både vädret och naturen."

Minnesbilder från sentida dagar på jorden blandar sig också i röran, "det här blir det inte bättre av, hur ska jag kunna frammana henne, Alma?" Barnbarnen, fem stycken, far genom hans hjärna, särskilt minstingen, Mari, bara fem år gammal, som han varit så mycket barnvakt åt. "Lillungen," tänker han, "hoppas hon får det bra. De andra också förstås," skyndar han sig att tänka, för "det ska vara rättvist."

- Nej, det blir nog ingen Alma Sporrong den här gången, säger han högt till sig själv efter några timmars vandring.

Han har nu närmat sig en ny liten by och ett nytt kafé ligger inbjudande i ett gathörn.

- Ah, jag är sugen på gott fika och kanske en bakelse till och med. Jag går dit, det är väl gratis överallt här i Himlen.

Stubben öppnar dörren till en helt tom, men trivsam lokal, som förefaller bekant på något sätt. "Egendomligt, det påminner om fiket i Leipzig."

Han tittar runt, "lite mindre är det nog" och han undrar om det finns någon innanför. Så ser han kaffekannan och brödet bakom disken, känner sig nästan otåligt sugen, så han ropar ett "Hallå!" som besvaras med detsamma.

- Hej Sture, jag känner allt igen dig efter alla dessa år. Jag blev så överraskad när jag såg dig komma utanför, att jag ställde mig bakom draperiet för att först smygtitta på dig. Så roligt att se dig, du vill förstås ha lite kaffe och bullar också, kanske?

"Alma, nej men se på fan," tänker han och den tvära händelsen bringar honom nästan ur fattningen.

- Ja, tack, besvarar han det sista med. Jag …

Han blir avbruten då hon tog honom i famnen och kramade hårt:

- Gulleponken …

Hon blinkar bort en liten tår i ögonvrån och skjuter honom ifrån sig.

- Det var en överraskning att du var härinne, men ändå inte på något sätt. Jag letade efter dig och fick en föraning då jag kommit in och liksom kände igen mig.

Som så ofta då det inte var så många kunder i kaféet, slår sig fru Sporrong ned mittemot Stubben.

- Jag tar bara en skvätt, urskuldar hon sig så som hon alltid gjort, för att liksom tillkännage att hon inte dricker för mycket kaffe varje dag.

- Hur är det därhemma, tänkte jag fråga, fortsätter hon, du vet, vanans makt är stor.

- Fast det är så länge sedan?

- Ja, man håller reda på tid och rum här också, men det är ju så oviktigt att man ändå tappar känslan för det.

- Hur har du det själv?

- Jo tack, trevligt! En massa gamla kunder och vänner i övrigt kommer i en strid ström oftast. Första gångerna har de alltid något på hjärtat, sedan kommer de bara för att trivas.

- Trivas med dig, menar du?

- Njaa, det hoppas jag väl, men kanske mer med de gamla kompisarna. Många träffar vänner som de inte sett "på evigheter" i jordelivet, vänner, som de först vid återseendet här uppe inser att de saknat.

- Det låter spännande.

- Det är det säkert. Kom tillbaka vid tre-fyratiden på eftermiddagarna, kanske du kan hitta vänner du nästan glömt att du hade. Barndomsvänner …. Men Sture, varför letade du efter mig?

Stubben tänker efter. Denna enkla fråga var han inte beredd på.

- Tjaa … Det var nog flera orsaker. En är att farsan igår sa att jag bar hit mjölk varenda morgon och då kom jag att tänka på trivsamheten på fiket och att jag träffade Ester här. Och eftersom det var du som presenterade oss för varandra, kände jag att jag ville komma hit. I ny väntan på Ester skulle man kunna säga …

- Lilla gubben, det kan bli lång väntan.

- Jag vet, men du sa nyss att man tappar känslan för tiden och då spelar det kanske mindre roll?

- Jag menade inte så. Hon är snart här … i vårt perspektiv.

Stubben har nu satt i sig två kanelbullar, en mazarin och två havrekakor och sitter och sörplar på påtåren.

- Vad hade du egentligen sagt till Ester, innan jag kom in här, första gången hon var här samtidigt?

- Inget särskilt, ljuger fru Sporrong och ler glatt.

- Åjo, hon rusade ju iväg som en vettskrämd kanin.

- Nja, jag sa bara, när jag såg dig i dörren, "nu kommer Sture!"

- Du måste ha sagt något innan. Varför skulle hon annars …?

- Ja, jag hade väl sagt henne tidigare, att jag visste en snäll pojke, som skulle passa henne perfekt och att han hette Sture.

- Jaså ...

- Ja och att jag skulle presentera er för varandra snarast möjligt.

- Det hotet tog hon tydligen på största allvar.

- Ja, men det gick ju bra. Hon var bara alldeles för blyg. Och du med, förresten. Ni hade väl aldrig fått "aschlet ur vagnen" om inte jag satt igång det.

- Hm, motsatsen återstår att bevisa.

- Om du kan, ja.

Fru Sporrong skrattar högt åt konversationen. De hade direkt funnit de gamla hjulspåren.

Efter ytterligare några fraser slås Stubben av en fråga:

- Varför driver du ett fik här i himlen och inte änglarna? Det fik jag besökt tidigare har drivits av änglar och på dem har jag förstått att det funkar så här uppe.

- Javisst funkar det så, men om vi människor, nja, själar, vill göra det själva, är det inget som hindrar. Jag har ett par änglar som brukar lösa av mig om jag vill göra nå´t annat. Men du förstår, ... det är liksom mitt liv att ha kaffegäster och ... som du vet, här behöver jag inte ta betalt av mina gäster. Ännu bättre än förr!

Tiden går fort medan de fortsätter att prata. Snart börjar gäster dyka upp, av vilka Stubben kände igen många, mer eller mindre. Fru Sporrong presenterar Stubben i den mån det behövdes och eftermiddagen blir sen.

- Oj, klockan är halv sex! Jag tror att Palme och dom väntar på mig.

- Palme?

- Jag kan berätta nästa gång! Nu vill jag gärna skynda mig tillbaka.

- Ta´t lugnt, tänk på det där om känslan för tid och rum.

- Jadå, men det är kul att vara med dem också. Det är mycket som är kul nu.

- Självklart, du är ju i Paradiset.

- Det är inte klokt, Paradiset ...

- Jodå, det är jordelivet som inte är klokt. Åtminstone inte alla dårfinkar där nere, som se´n befolkar skolan i Helvetet.

- Vore det inte bättre att flytta ner skolan dit?

- Det går inte, tyvärr.

- Varför inte?

- Där har människorna makten och tyvärr är det ofta de med de mest omänskliga dragen som bestämmer.

- Vad menar du?

- Om de som bestämde vore som folk är mest, skulle vi varken ha krig eller annat elände på jorden. Då skulle det vara lugnt och stilla, precis som den vanliga människan vill ha det. Politiker, från den till synes hygglige folkhemsfadern till han Hitler är inte representativa. Folk vill ha det tryggt och trivsamt, de ger blanka katten i annat. Och det är säkert lika över hela jorden. Egentligen.

- Jamen, alla politiker är väl inte skit. Stubben tänkte på sin käre vän Palme.

- Nej, många är bra, men de är ändå inte som vanligt folk. Vanligt folk vill inte bestämma. De bästa politikerna är väl de som, trots att de vill bestämma, ändå har en känsla för annat folk.

- Som Palme, då, sa Stubben.

- Palme?

- Jag berättar se'n, jag har ju bråttom. Men vem bestämmer här då? Gud?

- Det är svårt att förklara. Jag tror inte jag kan egentligen, men det struntar jag i. Det är en god makt i alla fall.

- Som inte rår att bestämma på jorden?

- Tyvärr, men du skulle ju skynda dig?

- Javisst, ja. Hej, vi ses …

- Hej, hälsa Palme, vem han nu är.

När Stubben återvänt till deras "stamfik", sitter Palme ensam vid deras vanliga bord.

- Kommer inte Beppe och Tage?

- Själsbroder, vet du vad klockan är?

- Mycket.

- Ja, lite över sju. Jag var själv väldigt sen, kom för trekvart sedan och mötte Beppe och Tage bokstavligen i dörren. Jag höll på att springa ner dem.

- Gick de?

- Ja, men vi ses igen. De bara undrade hur vi haft det och jag kunde bara svara för mig. Men de hälsade till dig.

- Tack. Jag ska hälsa till dig från Alma Sporrong.

- Alma Sporrong?

- Ja, den jag skulle möta idag, skrattar Stubben, jag ska berätta om du orkar höra på. Men fan, jag glömde att fråga henne om fru Bruce.

- Fru Bruce?

- Hon hade en tobaksaffär intill i samma hus.

- Jaha?

- Snälla du, glöm det, jag bara tänker högt.

- Ja, jag ska gärna lyssna på dig och vad som hänt. Men då hoppas jag att få berätta om mitt möte med Tage, ja, Tage Erlander.

- Tacka fan för det. Honom skulle jag vilja träffa.

- Du, det ordnar vi. Han blir nog din nästa själsbroder …

Den kvällen, deras tredje i Paradiset, tredje mars 1986, blir lång. Det är mycket att berätta. Palmes berättelse är väldigt lång, men Stubben är också mycket intresserad, så det går jämnt ut.

Trötta till sinnet men innerligt nöjda med sin dag, glömmer de att lägga sig innan de tänker att det vore skönt att sova. Men det gör ju i praktiken ingen skillnad.

GRÖTFRUKOST OCH BRÖDRASNACK

Den fjärde dagen är som förväntad. Sol, sommarbris, blommor och frodigt gräs. Småfåglar och fjärilar, till och med lite flugor.

- Du, vad fan gör de här?

- Vilka?

- Flugorna. Det här ska ju vara Paradiset och flugor kan man bli vansinnig på.

- Har de stört dig?

- Så klart, jag minns ..

- Jag menar här, har de stört dig här?

- Nej, det tror jag inte … inte vad jag kan komma ihåg.

- Då så, färdigdiskuterat.

Stubben sitter still en stund för att samla bevis för sin tes om flugorna, men, nej, de surrade runt på sitt håll. ”Va´ fan kommer de inte hit och sätter sig för,” undrar han för sig själv på gränsen till irriterad.

- Flugorna behöver nog inte heller äta, säger Palme, som om han läst Stubbens tankar.

”Självklart, så dum jag är,” tänker Stubben och skakar lite försiktigt på huvudet åt sig själv.

- Du, om vi skulle äta frukost för en gångs skull. En så´n där med stekt ägg, prinskorv och bacon, gott bröd, ost och kaffe. Gröt till den som är sugen på det.

Palme ser förväntansfullt på Stubben, som med ens känner ett jättesug i magen, ”fan, va´ gott det vore!”

- Ja, ja, ja. Tror du vi kan få det på stamfiket?

- Bergis, kom!

Stamfiket visar sig hålla måttet och själsbröderna bestämmer sig för att frossa.

- Ska du inte ha gröt först?

- Du är inte klok, man behöver inte springa på muggen, man blir inte tjock, man mår inte illa … för helvete, jag ska bara ha ägg, korv, bacon och ost. Och kaffe. Kanske en liten brödkant att lägga den tjocka osten på.

Med en suck av lycka plockar de till sig av allt det goda som lyser dem i ögonen.

- Vem fan tar gröt, tror du?

- Säg det, men du, det här var en bra idé. Jag tror vi kör frukost varje morgon hädanefter.

- Självklart. Jag känner mig nästan som en viking i Valhall. Det var ju också ett paradis, om det nu finns, enligt sagan. Du vet, de där hjältemodiga vikingarna framsläpar sina dagar i Valhall ständigt frossande på den stackars galten Särimner, slaktad, uppäten men återuppstånden vareviga dag. Fast de sköljde ned grisen med en massa mjöd, blev berusade, slogs och hade trevligt … på sitt vis.

Vännerna tar sig ut på ängen och ser sig om. De följer en stig tillsammans, åter på måfå. Tysta, ännu njutande av all den goda smaken som dröjer kvar i gommen, där den finns länge efter passagen från fat till mage, går de utan något särskilt mål.

Snart ser de en strand, en klippstrand. Vattnet är klart, men inte så stilla att de kunde se botten ordentligt där det var lite djupare. Små krusningar går ideligen över ytan och solen glittrar starkt i dem.

- Solglasögon!

- Vem tror du har sån't?

- Äh, vi får väl kisa lite.

- Vi sätter oss.

En behaglig stund med slutna ögon mot solen avbryts av Palme.

- Vad har du för skolor?

- Va? Njae, inga.

- Klart att du har …!

- Örby Folkskola i sex år och sedan yrkesplugget i två.

- Vad lärde du till där?

- Smed och även en del rörmokeri.

- Se'n började du jobba?

- Ja, jag har väl alltid jobbat …, men förvärvsarbete, ja. Från femton års ålder.

- Vad gjorde du?

- Först började jag på byggen. Det var 1932. Så blev det dåliga tider och jävligt osäkert med jobb och så. Jag fick ett jobb inom sta´n.

- Kommunalarbetare?

- … ja, ett jobb, som jag tog för att det var säkert. Det hette ju att sta´ns kaka var liten men säker.

- Sedan då?

- Ja, det är inget sedan. Jag blev kvar där. År ut och år in. Gillade aldrig jobbet egentligen. Längtade hem varje eftermiddag. Ja, ja … så fick jag min första hjärtinfarkt när jag var fyrtiotre. Fick flera senare och blev så småningom sjukpensionerad. Jag tror jag var femtiofem då. Folkpensionär vid sextiofem. Det kändes som en seger faktiskt att ändå ha lyckats uppnå pensionsålder och så resan hit en halv månad innan sextionio.

- Hmm.

Palme sitter tyst en stund innan han fortsätter:

- Du sa att du inte trivdes?

- Nej, inget vidare. Det var inget kul. Ständig jour också. Ett helvete, ska du veta. Man fick kalla kårar varje gång telefonen ringde.

- Fy fan.

- Nej, man levde för sin fritid. Sommarstugan på Norrö och lite hantverkspyssel i källaren. Fan för att underhålla hus också. Sångkören var kul, men den upphörde … Nej, Norrö var det väl man levde för. Och Ester, förstås. Men sista året, eller kanske till och med åren, blev också Norrö tröttsamt. Ester ville gärna ha lite större därute, det visste jag trots att hon aldrig krävde nå´t, men jag orkade inte ens tänka tanken.

- Är du missnöjd med ditt liv?

- Nehej, nädå. Jag drömde mycket om vad jag skulle göra när jag kom hem, så jag stod väl ut med jobbet rätt bra ändå. Men det var en jävla stress att jobba på beting med bil i stockholmstrafiken och längta hem. Var väl stressigt ibland hemma också med morsan boende i lägenheten under i villan. Hon hade svårt att inte lägga sig i, enkelt uttryckt.

- Och ständig jour. Inte så konstigt att du fick stressjukdom tidigt.

- Nej, kanske det, men nu är det som det är. Det har gått bra för de mina och det är jag glad för. Dessutom visar det sig ju att livet "efter detta" är rena drömmen.

Tystnaden brer åter ut sig. De små krusningarna mot klipporna, knappt hörbara, framträder ändå tydligt med en lugnande regelbunden rytm. De båda vännerna känner sig nöjda efter Stubbens berättelse. Palme är nöjd med att Stubben ändå är nöjd. Han känner dock en lätt irritation över en så dum konstruktion, beting. "Sån´t skit," tänker han, "en så´n stressfaktor!"

Stubben själv är nöjd med sin summering och glad över att han klargjort för sig själv att han var tillfreds med sitt liv. Tidigare har han aldrig tänkt igenom det på det här viset.

- Skönt att du inte sitter här och grämer dig. Det är nog det värsta man kan ägna sig åt; att gräma sig över det som redan är gjort.

Palmes konstaterande väcker upp Stubben till nya tankar.

- Men du, Palme, du som är av en märkvärdig och välbeställd släkt, varför blev du socialdemokrat?

- Ska jag svara långt eller kort?

- Kort!

- Jag såg orättvisor, ojämlikhet överallt. Utomlands såg jag, mer än här hemma, övergrepp på fattiga människor. Jag kände avsky för övergreppen, en avsky som smittade av sig. Jag kom att känna avsky också här hemma för de orättvisor och den ojämlikhet jag såg. Orättvisor och ojämlikhet, som i botten också är ett slags övergrepp. Så därför bestämde jag mig för att försöka ändra det orättvisa så gott jag kunde.

- Då kunde du lika gärna ha blivit kommunist?

- Nej. Särskilt på den tiden då jag valde väg, mer än nu, var kommunismen för dogmatisk, för kopplad till besudlade regimer, för kopplad till censur och diktatur och Stubben, det säger jag dig, att diktaturens lakejer är lika fula vare sig de finns till höger eller till vänster, fascister eller kommunister.

- Nu då?

- Kommunismen? Ja, åtminstone den svenska kommunismens bekännelse är ju bättre numera jämfört med förr, men de har mycket att städa undan och ännu längre till att bli trodda i sina nya kläder.

- Kände du Per-Albin?

- Nej, det kan man inte säga, men väl hans hjärtefråga, folkhemmet, omsorgen om de svaga i samhället. Och solidariteten som behövs till det.

- Lever den tanken fortfarande?

- Ja, för mig gör den det. Jag lärde mycket av mina företrädare, vare sig jag träffat dem eller ej. Tage Erlander betydde mycket för idéernas framförande och bland andra Ernst Wigforss var ju en stor tänkare.

Tanken lever hos mig, men jag vet inte hur det ska gå. Det är många i partiet som lätt smittas av borgarna. Ett antal politiker står med ett ben i liberalismen och ett i socialdemokratin. Ofta kan jag tycka att folkpartiledaren själv, Bengt Westerberg, tillhör den skaran, liksom många hos oss.

I dagens debatt må jag erkänna, att jag saknar den kärve Gunnar Sträng. Han hade en förmåga att tala om "hur det är", så att folk begrep och dessutom höll med.

- Ja, Sträng var bra. Erlander också.

Palme ler för sig själv, "undrar om Stubben tycker att jag var bra? Men det måste han väl rimligen göra om vi nu är själsbröder."

Stubben sitter tankfull. Solen, de krusiga småvågorna och hela miljön ger en nästan pastoral stämning åt deras tankeutbyte. "Känns som en fin sommardag på Norrö."

Av politik har han egentligen aldrig varit särskilt intresserad.

Sakfrågorna vid valen var ofta ganska diffusa för honom. Men han visste var han hade sin hemvist och lojalitet. Han visste vilka som stod upp för honom och de andra små i samhället. Han trodde på folkhemmet och kunde aldrig förstå nyliberalismen. "Jobbare, som röstar på Folkpartiet" hade hans stora förakt som svikare.

- Vad tycker du om det?

- Om vad då?

- Jobbare som röstar på Folkpartiet.

- Jaa ..., Palme rynkar pannan och kniper ihop munnen, tänker "vad menar han med det?"

Stubben väntar sig ett svar, som för honom var självklart, men ...

- Jaa ..., det är ju deras fulla rätt. Det är väl något budskap i debatten som faller dem i smaken, antar jag.

- De vet väl, för fan, var de hör hemma! Stubben är mycket upprörd och indignerad.

- Hör hemma? Jo, jag tror jag förstår vad du menar. Men det är nog så, min käre vän, att politiken inte längre är samma tydliga klasskamp. Detaljer och sakfrågor får nog allt större betydelse.

- En ny slags egoism då?

- Vad menar du nu?

- Jag vet inte hur jag ska säga. Kanske så att den sammanhållning vi jobbare har haft och tack vare vilken vi kunnat nå rätt långt, ersätts av att bara tänka på sig själv. Att vi jobbare splittras som grupp, för att vi slutar att hålla ihop mot dem däruppe.

- Det är en negativ ton i din beskrivning, men bilden är nog rätt sann.

- Det är ju för jävligt. Då åker vi tillbaka femtio, hundra år, tillbaka till fattigdom och elände.

- Njae … lugna dig. Alla förutsättningar ändras, inte bara förutsättningen för klasslojaliteten eller sammanhållningen som du säger. ”Jobbarna” i den mening du avser, minskar snabbt i antal och vem som är ”jobbare” eller tjänsteman blir allt otydligare. Många tunga kroppsarbeten, där ett stort antal ”jobbare” slet ont, utförs idag av maskiner, många gånger rätt komplicerade maskiner. En av de jobbarna är kanske den, som styr maskinens alla konster, en som fått en ganska påkostad och avancerad utbildning för att klara uppgiften. Han är nu någon sorts tekniker och ser sig nog inte själv längre som ”jobbare”.

- Men det kan inte vara särskilt många som får så´na chanser.

- Nej, kanske inte, men många, många, som idag räknar sig till arbetarklassen är rätt gamla och i hög grad är det de, som har de gamla ”jobbar”-jobben. Tekniker och andra specialutbildade, som ska klara de gamla jobben i ny form, strömmar ut från våra skolor. De ser sig inte som klasslojala jobbare.

Palme tystnar och Stubben förblir också tyst, betraktande tåhättorna på sina skor och begrundande Palmes ord.

- Jag tror, tillägger Palme, att den klasslojala röstningen, hur man nu ska definiera den, ändå skulle innebära att ”jobbarpartiet” snart skulle förlora valet. Om inte redan nu …

Stubben lyfter blicken och möter Palmes. Sakta nickar han.

- Ja, det låter rätt som du säger. Men det känns konstigt att ens egen samhällsklass håller på att försvinna.

- Jag vill hellre se det så att klassamhället håller på att försvinna. Och det, käre själsbroder, är väl egentligen rätt bra.

- Ja, jo. Stubben fyller lungorna med luft och släpper ut den i en lång suck. Alla nya infallsvinklar i tänkandet känns lite förvirrande och mitt i förvirringen tränger sig en ny fråga fram.

- De som är alldeles för rika och de stackars satar som inte har så de klarar sig för dagen ens, då?

- Vill du precisera frågan, är du snäll.

- Det finns de, som har så mycket pengar att de och, ta mig fan, hela deras släkt inte kan göra slut på pengarna, om de så inte gör något annat än försöker. Titta bara på Nobelpriset!

Palme ser lite oförstående ut, men Stubben fortsätter:

- Det är *räntor* som delas ut! Säkert finns det folk som har lika mycket som Nobelstiftelsen och massor av knösar, som äger hur mycket som helst, som har hur stora inkomster som helst, som knappt betalar skatt och ändå ska ha mer.

Palme skrattade lite åt Stubbens stigande upprördhet.

- Jaha och å andra sidan?

- Fattiga jävlar, som får vända varenda femöring och det räcker ändå ingenstans. Som får leva på gröt, pölsa och blodpudding dag ut och dag in. Som får laga och lappa kläder, ärva kläder. Som är jävligt trångbodda, fyra, fem, sex personer i en tvåa.

- Det var mycket på en gång.

- Ja, vad kan man göra åt de där orättvisorna?

- I några fall mycket, i andra fall inget.

- Som ...?

- Vi börjar med det sista. Det finns en nedre gräns för ett hushålls inkomster, existensminimum. Den kanske borde höjas? Dess nivå är beroende av politiska beslut, den kan både höjas och sänkas. Inga människor ska ha det *för* svårt, det ska det sociala ansvara för.

Detta kostar pengar för samhället och de pengarna tas in via skatter. Självklart ska alla betala den skatt som är avsedd för dem i de olika inkomstlägena. Man kan då snabbt konstatera att i stort sett allt vanligt folk betalar det de ska. Sedan håller jag med dig. Det är för jävligt att de mest besuttna och även väldigt många företag har, eller skaffar sig, så stora möjligheter att komma undan skatt. Här har vi verkligen försökt att täppa till hålen i lagstiftningen. Men det är som att jaga knarklangare eller dopingfuskande idrottare; man ligger steget efter hela tiden.

Skickliga advokater, som slösar sin talang åt att mot fet betalning hjälpa till att komma undan lagens andemening, den lag som de egentligen borde försöka stötta och tjäna. Deras moral är, enligt min mening, ytterst tvivelaktig och de har inte förstått den roll de borde ha efter sin utbildning.

Stor hjälp har de också av att lagstiftningen är så olika internationellt. Det här är ett skit, det håller jag med dig om.

- Ja, fan … Stubben skakar på huvudet och ögonen krymper.

- Sedan till dem som har mycket pengar. Grovt sett två kategorier: De som ärvt sin förmögenhet och de som tjänar ofantligt av någon anledning.
De första, arvingarna, kan vi bara komma åt om vi tar bort eller begränsar arvsrätten. Där har jag ingen riktig mening, det är ändå helt ogenomförbart idag. Även den, som bara har lite, vill att detta ska tillfalla avkomman.

- Ja, visst är det så. Självklart.

- Alltså får arvingarna ärva i stort sett efter dagens regler. Sedan har vi dem som tjänar ofantligt. Man måste nog ändå utgå ifrån att de är väldigt duktiga och får betalt efter förtjänst.

- Jo, men så höga löner, som en del har, är orimligt.

- Vi lever ändå i en fri och öppen ekonomi och, du vet, tillgång och efterfrågan styr …

- Ja, men de behöver väl inte begära så orimligt mycket!

- Ofta handlar det kanske om ett erbjudande. Ett företag anser att det absolut behöver en viss högavlönad, mycket duktig person i ett annat företag och bjuder över, bjuder högt. Ska han tacka nej av några sorters etiska eller moraliska skäl?

- Ja … nja, jag vet inte …

- Jag tror nog inte att vi kan införa sån't i vår typ av ekonomi. Vem sätter etiska gränser, vad är moraliskt försvarbart? Nej, som jag ser det är det ur samhällets perspektiv bra att kvalificerat folk finns där de gör stor nytta, att de gärna kan ha bra, ja, mycket bra, betalt, men att de mot samhället också ska göra rätt för sig, att bidra till våra gemensamma utgifter på ett sätt som är avsett i lagstiftningen.

- Betala den skatt de ska, alltså?

- Ja. Som en summering av mitt svar på din fråga, får jag säga att det vi kan göra är att försöka komma åt skattesmitningen och se till att existensminimum ligger på en anständig nivå.

- Ska vi göra det härifrån, ironiserar Stubben.

- Nej, förstås inte, vi kan ju inget göra härifrån. Nää, du, vi kan inte längre göra nå't. Vi kan bara hoppas att de som kommer till makten på jorden tycker som vi.

Samtalet ebbar ut. Stubben hade inga fler frågor. De sjunker tillbaka mot klippväggen bakom, sluter ögonen och fortsätter att njuta av det varma solskenet.. En lugn halvtimme förflyter. Snart är emellertid Palme på bettet igen:

- Stubben! Vi hoppar i plurret!

Sagt och gjort. Kläderna åker av i en hast och de kastar sig i vattnet.

- Smakar lite salt. Kanske nå'n havsvik?

- En havsvik i Himlen?

- Strunt samma.

Ett skönt och uppfriskande bad, en kort vilostund till och de känner sig redo att gå tillbaka till eftermiddagskaffet med Tage och Beppe.

- Klä på dig.

- Jag är inte riktigt torr än.

- Inte jag heller. Vad spelar det för roll? Du torkar …

- Ja, det kan vara skönt i värmen, faktiskt.

Så lufsar de i sakta mak tillbaka till byn och kaféet.

- Frukosten var en höjdare.

- Ja och jag är glad över vårt snack idag.

- Det var inte dumt. En fin dag har vi haft.

- Den är inte slut än. Det ska bli gott med lite fika. Och tänk, vilken frukost vi ska ha i morgon!

Dagens avslutning blir i stort sett som de andra. Den här gången lägger de sig innan de sa "God natt" och tänker sig sömn.

VILODAGAR OCH NYA FRÅGOR

Ängen är lika sommarvacker som vanligt, när nästa dag gryr. Flera dagars starka upplevelser känns och båda har svårt att komma igång.

- Idag vet jag inte om jag orkar söka upp någon.

- Inte jag heller. Vi kan väl ta en vilodag. Skrota runt lite och se om vi stöter på någon helt apropå. Det måste väl också kunna inträffa.

- Om inte annat så finns det ju änglar, som sköter rulljangsen på olika inrättningar.

- Men frukost! Vi håller på att glömma gårdagen frukost.

- Ja! Vi tar en så'n där livsnjutare och se'n får vi se vad som händer.

Ännu en frukostorgie intas med välbehag.

Dagens oplanerade strövtåg kommer att innehålla ett helt-apropå-möte för Stubben och två för Palme. Deras inbördes småprat och skojande resulterar i en obesvarad, men på sitt sätt spännande fråga.

- Tror du man kan få sig en jävel här, om man skulle vilja?

- Oh, syndiga tanke …

- Jamen, tror du?

- En öl kan man i alla fall få. Beppe och Tage tar sig en emellanåt, sa de. Minns du?

- Kanske det var lättöl?

- Ja, vem vet. Palme skrattar vid tanken.

- Vi får fråga någon.

- Eller beställa, om vi hittar nå'n krog.

- Har du sett nå'n?

- Jag vet inte. Jag menar, att jag inte har tänkt på det och jag kan inte påminna mig att jag sett någon.

Frågan hänger obesvarad i luften även vid kvällningen. De har glömt att fråga Tage och Beppe. Avslappningsdagen har varit mycket skön och de beslutar att nästa dag ska bli lika lugn.

Det blir inte bara nästa dag utan ytterligare två dagar med samma ambitionsnivå. Pusta-ut-och-koppla-av-nivån njuter de av i fulla drag.

De träffar en del ytliga bekanta och gläds vid dessa återseenden mer än de skulle ha gjort på jorden.

- Det är som att träffa landsmän när man är långt utomlands.

- Jag har aldrig varit utanför Norden.

- Då vet du nu hur det känns att vara långt utomlands. Man blir glad av att träffa en landsman.

Palme ler glatt. Stubben tillägger att "det är väl också det, att man inte har en massa annat omkring sig här som stör, man har tid att träffa folk på ett annat sätt."

- Tid lär man ha, … obegränsat, det är visst och sant, om jag förstått det här rätt.

Deras småprat aktualiserar ännu en fråga.

- Jag har funderat lite på hur det blir när Ester kommer hit.

- Jaha? Det blir väl bra?

- Ja, du vet, om man vill kramas lite och så där …

- Jaha, du menar så, jag förstår. Ja, det var en fråga. Det borde väl funka, antar jag, enligt vad vi lärt oss förut. Om man njuter av det så går det, sa Beppe och Tage, apropå att gå på dass.

- Jamen, var någonstans? På dass, kanske … nää. Mitt på ängen där vi brukar vakna upp? Det känns inget vidare. Man vill ju vara för sig själv.

- Jag håller med fullt och fast, skrattar Palme.

- Man bor ju ingenstans, verkar det.

- Om vi inte missat nå´t, förstås.

- Det tror jag inte. Det verkar inte så.

- Ja, då vet jag inte. Man kanske får smyga in i buskarna?

- Det kan väl vara spännande som ett alternativ nå´n gång, men lite mer avskilt och helst låst vore bättre.

- Visst, klart, vi får lyssna med våra orakel vid eftermiddagskaffet.

Men, som alltid numera då de träffas, är det så mycket annat att prata om. De har också börjat med dagliga matcher i varpa, tävlande både individuellt och i lag.

Individuellt segrar Stubben oftare än de andra och i lag är Stubben/Palme lite framgångsrikare. Inte ens då Beppe kommenterar en matchutgång med "tur i spel och otur i kärlek", lyckas Stubben komma ihåg sin fråga.

En tredje fråga, också den från Stubben, dyker upp under en eftermiddagsfika med Tage och Beppe.

- Förut bodde man på ett ställe och såg dagligen grannarna. Ungarna och ens bekanta hälsade på ibland och så fungerade livet med omgivningen … Nu verkar det så slumpmässigt om man träffar någon som man överhuvudtaget känner och på det viset blir det liksom folktomt.

- Känner du dig ensam … Har du fått lappsjukan?

- Nej, inte så. Jag menar bara att om man ville borde man kunna ordna att ha någon närhet till de sina. På något sätt i stil med förr.

- Ja, det kan nog aldrig fungera riktigt så som jag tror att du önskar. Men man kan liksom krympa världen med de närmaste.

- Hur då?

- Säg att, till exempel, din pappa och mamma bodde i Stockholm under jordelivet och att du med familj bodde i Hudiksvall och din bror …

- Jag har två bröder.

- Ja, strunt i det, din bror med familj bodde i Strömstad. Här i Himlen kan ni välja att befinna er närmare varandra ungefär som du och Palme gjort hittills.

- Men så nära …, vi har ju haft sällskap hela tiden.

- Nej, inte så nära om man inte vill. Men om man inte vill vara så nära handlar det om att komma överens om vissa vanor för att stöta ihop, ungefär som ni två och vi två. Alltså, istället för att välja att bo nära, väljer man att göra nå´nting på samma ställe samtidigt.

- Aha. Ja, men … Bra! Det ska bli intressant att försöka när det blir dags.

- Vi har redan vår tillvaro ordnad så med våra nära och kära, det vill säga, de som redan finns här, förstås. Vi två, Beppe och jag, har bara bestämt att ses vid fiket dagligen om inget annat står på. Och det gör det sällan, för dagarna är många här …

- Det får vi nog ta lärdom av för framtiden, eller hur, Stubben?

- Och … Stubben, fyller Beppe i, den första metoden du använde, den då du träffade din pappa, finns ju också att ta till.

I kvällningen den åttonde mars.

- Palme!

- Ja.

- I morgon vill jag träffa Jesus. Tror du det går?

- Det vill jag också. Vi försöker. Jag skulle vilja träffa Muhammed också.

- Muhammed?

- Ja, han som grundade islam, du vet, arabvärldens stora världsreligion.

- Var han också någon Guds son?

- Var Jesus det?

- Det sägs så.

- Ja, onekligen. Nej, på samma sätt sägs det att Muhammed är Guds profet. Fast där kallas Gud Allah.

- Det har jag hört.

Inför en ny spännande dag slocknar två själar samtidigt.

JESUS

- Du ängeln!

Vid frukosten ropar Palme till deras första bekantskap i Himmelriket.

- Ja, min vän, vad vill du?

- Vi vill träffa Jesus. Hur gör vi?

- Å, så spännande. Ja, han är en av de mest intressanta personerna här. Han är så välbekant av så många, att han är svår att träffa på det vanliga sättet, det att tänka sig fram. Det bästa är att gå rakt över ängen mot stora dungen på andra sidan och sedan följa den vackra stigen till vänster om dungen. Den leder till en by där Jesus oftast finns.

- Tack ska du ha och ett tack till för den fina frukosten.

Utanför cafédörren tittar de på varandra, "nu du, ska vi förhoppningsvis få en massa svar", och så går de lite spända över ängen mot dungen. De tar den vänstra stigen och går raskt, ty de är ivriga.

- Det är långt, säger Stubben efter en timmes snabbgång.

Efter ytterligare en timme kan de skymta en by.

- Där är det nog. Det var väldigt långt.

Byn är liten, kanske ett tiotal hus utspridda kring stigar, som går lite till synes planlöst. Mitt i byn finns ett stort hus, som inte ser annorlunda ut än de andra. Det är bara större.

- Tror du att vi ska gå till det stora huset och fråga?

- Verkar troligt.

Byn verkar öde och det är med blandade känslor de stiger fram till det stora huset.

- Öppna, säger Palme.

- Nej, vi knackar väl först, säger Stubben.

Försiktigt knackar han på dörren.

- Det där kan väl inte höras, säger Palme, akta dig.

Just som han höjer näven för att banka på ordentligt, öppnas dörren och en man i fyrtioårsåldern står i dörren. Blicken och hela uppenbarelsen stämmer. Det är han!

- Hej, säger han, jag kände att något var på gång och då
uppmärksammade jag den försynta knackningen.

Stubben och Palme tar varsitt steg bakåt. En djup vördnad kombinerad
med lätt rädsla och overklighet griper dem båda. Inte ett ord får de fram.

- Lugn och besinning, säger Jesus och ler, jag är inte märkvärdigare än
ni.

Stubben vill säga något, men runt, runt i huvudet far bara en tanke; "hur
fan tilltalar man honom?"

Inte ens Palme får till något att säga, så Jesus fortsätter för att
avdramatisera situationen:

- Jag är *inte* Guds son, jag var bara en människa på jorden och är nu en
själ i Himmelriket, precis som ni.

Budskapet går fram, men ändå inte tillräckligt. Stubben och Palme
befinner sig i ett chockliknande tillstånd, lyssnar, hör, men förstår inte.

- Skärpning, vakna, ryter Jesus tvärt och vännerna rycker till.

- Förlåt, säger Palme och tittar avvaktande på Jesus.

- Ursäkta att jag röt åt er, men jag har lärt mig med tiden att det ofta
hjälper. De flesta som kommer hit reagerar konstigt på ett eller annat sätt,
ofta liknande ert. Då försöker jag att snabbt få dem att se mig som de
själva är. Och det är jag ju också.

- Men, … men, stammar Stubben, det är du väl inte?

- Jo, faktiskt.

Jesus tystnar för att låta det sagda sjunka in och få sina besökare att ta
något initiativ. Palme och Stubben börjar inse vad Jesus sagt, men har
svårt att hitta en början på det samtal de tänkte sig, nu, när Jesus redan
ställt det mesta på huvudet.

Palme samlar sig först.

- Du är alltså inte Guds son, summerar han sin egen förvirring i frågande
ton, utan en människa … som vi?

- Ja, så är det. Eller jag borde väl säga, så var det.

- Jaha, okej, det är klart, *var* … förstås. Men varför sa du att du var Guds
son?

- Har jag sagt det?

- Ja ...? Har du inte det? Står det inte så i Bibeln?

- Låt oss skilja på vad jag sagt och gjort och vad som står i Bibeln.

- Ha, det kunde jag ge mig fan på, skrattar Palme till, jag tänker på likheten med skvallerpressen inklusive kvällstidningarna i vår tid. De skriver också vad som passar dem.

- Nej, men skvallerpress vill jag inte kalla Bibeln, svarade Jesus, som dock ser lätt road ut, tack vare Palmes plötsliga skratt, men så fortsätter han allvarligt.

- Bibeln är säkert skriven med de bästa avsikter, men den är ju skriven långt senare än då det hände, har jag förstått. Verkligheten, om den upplevs lite speciell av samtiden, blir lätt till legender så småningom.

- Och det är vad som har hänt?

- Ja, uppriktigt sagt så *vet* jag inte, men jag tror det.

- Va? *Vet* du inte? Du var ju med för fan! Vem ska annars veta?

- Jag vet bara vad jag sagt och gjort. Jag har inte läst Bibeln.

Så tar det tvärstopp i samtalet. Heltyst.

Efter en stund säger Palme:

- Så dum jag är.

- Nej, det tycker jag inte, svarar Jesus.

- Jodå, vidhåller Palme, det borde jag ha tänkt på.

Nu blir det liv i Stubben.

- Varför har du inte läst Bibeln. Det trodde jag alla stackars satar måste göra.

- Vilka ord du väljer.

- Jag menar inte så. Men varför ...

- Jag kunde inte.

- Kunde du inte läsa? Stubben spärrade upp ögonen av förvåning.

- Nej. Det var inte vanligt att folk kunde det på den tiden och jag var ju en enkel snickarson.

- Ja ... men... Stubben ser fortfarande lite misstrogen ut.

- Nu, ursäkta mig, ler Jesus, har du inte tänkt ordentligt. Nu är du lika "dum" som din kompis nyss.

- Jaså? Hur då?

- Bibeln var inte skriven, när jag levde på jorden och här uppe finns den inte.

- Åh, det förstås, så dum jag är.

- Men varför finns den inte här? Palme lägger sig i samtalet.

- Den behövs inte.

- Jamen ... du kanske borde läsa den? Stubben envisas.

- Varför det?

- Jo ..., Stubben hittar ingen bra anledning, så han drar till med "så du vet vad som skrivits om dig."

- Jag vet tillräckligt efter åtskilliga möten med alla själar här uppe. Det räcker mer än väl.

- Okej, nu struntar vi i det, bryter Palme in igen, låt oss ägna oss åt väsentligheter.

- Får jag då fråga, säger Stubben, varför du talar svenska.

- Jag talar inte svenska, svarar Jesus.

- Det är klart att du gör. Det hör jag ju. Jag är inte hur korkad som helst.

- Det gör du faktiskt, stöttar Palme sin själsbroder, det hör ju jag med, fast jag inte tänkte på det. Och dessutom har alla de änglar vi stött på talat svenska.

- Ni tror bara att det är svenska.

- Men fan, säger Stubben nu lätt irriterad, står du och driver med oss?

Jesus ler, till synes lite halvt generad.

- Förlåt, jag tyckte, att det var kul att köra lite med er. Men det är sant. Jag kan inte svenska och ni kan inte mitt språk, men vi förstår varandra till den milda grad, att vi tycker, att vi talar samma språk.

- Jaha, säger Palme skämtsamt uppgivet, nu begriper jag inget igen.

- Inte jag heller, Stubben vill gärna återgälda den tidigare stöttningen.

- Det jag kommer att berätta för er är väldigt intressant och jag hoppas att det är sant också. Jag har aldrig fått ett svar från någon, men jag har försökt att förstå själv och jag *tror* att jag vet, men jag är självklart inte helt säker.

- Men berätta då. Stubben och Palme är till bristningsgränsen nyfikna.

- Jag tror att vi själar, … hur ska jag säga, … vi behöver inte något av de språk som används på jorden. Jag tror att det finns ett gemensamt, mänskligt, … själsligt universalspråk och det är det som vi använder då vi som själar vill meddela oss med varandra. Jag menar, då vi dött från jordelivet och återfinns som själar här uppe i Himmelriket, har vi ett gemensamt språk, ett själarnas språk. Det är som en slags "själarnas gemenskap."

- Ja, men vi talar ju med varandra. Använder riktiga ord. Då måste det väl också vara ett riktigt språk?

- Riktigt? Man kan ibland fråga sig vad som är riktigt i själva verket … Jesus ser nästan betänksam ut och fortsätter:

- Vi *meddelar* oss med varandra. I vår förkroppsligade form är det som ett språk, … vi ser varandra och uppfattar varandras meddelanden som ett språk, men egentligen är det våra själar, det innersta hos oss, som finns här och meddelar sig till andra.

- Det låter underligt, som så mycket annat här uppe, säger Palme långsamt och eftertänksamt, det är inte lätt att förstå, men någon sorts underlig logik ligger det i det.

- Nej, det är inte lätt, håller Jesus med, och det är inte säkert att det jag säger är rätt. Men det är det enda någorlunda vettiga svar jag funnit under snart två tusen års samtalande med folk från snart sagt hela världen. Utan problem att förstå dem eller för dem att förstå mig.

- Jag tycker att det är en jävla bra förklaring, utbrister Stubben. Jag tror till och med att jag fattar. Men då undrar jag varför den gemenskap du talar om, som finns i våra själar, inte kan göra sig bättre gällande under jordelivet. Den fina gemenskap du talar om, borde väl kunna få människor att komma överens och till exempel ge fan i krig, bråk och elände.

- Jag önskar, att jag hade ett bra svar på det du säger. Under mitt jordeliv, fortsätter Jesus, trodde jag på just det.

- Vilket? Med spänning önskar sig Palme en precisering.

- På just att den mänskliga, goda själen kunde lyfta hela mänskligheten, om man bara kunde väcka den ur den slummer, den tycktes befinna sig i hos de allra flesta.

- Och hur skulle det gå till?

- Med godhet.

Palme och Stubben tittar frågande ömsom på varandra ömsom på Jesus, som fortsätter:

- Jag växte upp i ett respektabelt och någorlunda kärleksfullt hem. Det var lite speciellt eftersom jag hade en fosterfar. Såvitt jag vet, var jag en så kallad oäkting, en så'n som min mor fått efter någon händelse som jag inte vet nå't om. Ett bra hem var det i alla fall.

- Vad då, händelse, frågade Stubben, enligt Bibeln blev hon havande genom den Helige Ande, Gud själv, alltså. Vad menar du?

- Nej du, min vän, det var någon som tog sig en frihet som inte borde vara mänsklig.

- Menar du, att …

- Jag menar att min biologiske far, som bara dök upp och försvann direkt efter, begick ett brott då han, troligen med våld, gjorde min mor havande, men nog om detta nu. Som jag sa, ett bra hem fick vi ändå, trots allt. Men jag såg mycket runt om som inte var bra. Falskhet, ondska, övergrepp, avundsjuka, nonchalans, förakt för svaga och sjuka, ja, jag kan räkna upp hur mycket som helst.
Samtidigt hade jag en känsla av att människor egentligen vill vara goda och snälla. Med tiden utvecklade jag en stark övertygelse om att allt skulle kunna ändras bara någon visade vägen.

- Om det inte kändes för pretentiöst, skulle jag kunna påstå att jag känner igen det för egen del, säger Palme.

- Jag var väldigt ung, när jag började, men inte så ung som det lär vara skrivet i Bibeln. Femton var jag säkert och på den tiden behandlades och fungerade man som vuxen redan i den den åldern. Det var ju ut i vuxenvärlden och jobba och göra rätt för sig. Jag hade under mina uppväxtår försökt lära så mycket jag kunde om allt möjligt, för jag var otroligt undrande över allt i tillvaron. Till exempel försökte jag lära allt som var möjligt för mig om läkekonsten, något som jag var väldigt glad för senare, då jag verkligen hade fått övertygelsen om att det viktigaste var det man kunde göra för sin nästa. Så för min del blev det väl inte så mycket jobbat, om man inte räknar det som arbete att predika och att hjälpa medmänniskor …

- Jag tänkte säga att så var det i stort sett även för mig 1900 år senare, faller Stubben in, jag menar … att börja jobba. Jag, som inte skulle plugga vidare, började också jobba vid femton, men förblev jobbande … hela tiden.

Han tittar lite generat på Jesus, som ler, vilket gör Stubben lite modigare.

- Född och uppväxt i den miljö jag var, fortsätter Jesus, hade jag ju en gud och en tro liksom människorna omkring mig. Det var naturligt att utgå från den förhärskande tron, för att nå fram till människornas hjärtan. Men det fanns några delar i tron, som inte passade mig och mitt budskap och som jag inte kunde tro var sant.

- Såsom? Palme är helt fascinerad.

- Som den dömande, men goda allsmakten eller guden, om man så vill. Jag kunde inte tro att människor skulle dömas till evigt lidande för sina handlingar av en god och allsmäktig gud.

- Allsmäktig, säger du. Var han allsmäktig också på jorden?

- Det trodde jag till en början. Eller, ska jag ärligt säga, ända till den sista påsken. Då jag kom till Jerusalem, hade ett tvivel på den goda allsmakten börjat gnaga hos mig och när jag så korsfästes för att avrättas, kände jag en förvissning om att allsmakten inte fanns på jorden. Bara i himlen … om ens där, kan jag gott erkänna.

- Du tvivlade på hela rasket, om Gud och Himmelriket och evigt liv och allt det goda …?

- Ja, de sista stunderna av mitt jordeliv och in i döden var jag övertygad om att jag haft fel beträffande gudomligheten i alla fall.

- Men du hade inte så fel, väl, undrar Stubben, som alltid önskat att historier skulle ha ett "happy end."

- Nej, inte så särskilt mycket var fel. Detaljer bara, egentligen. Jag menar, hur det funkade i Himlen, hade jag just inte funderat på, bara att det skulle vara som ett paradis.

- Men hur kunde du veta det?

- Ingen aning, men det ingick ju i den religion i vilken jag växte upp. Jag trodde det, förmodligen så starkt att jag tyckte mig veta det. Kanske jag fått en uppenbarelse …? Jesus ler igen.

- En sak hade du rejält fel i, påpekar Palme.

- Ja, jag vet vad du menar. Guds goda allsmakt på jorden, som jag i det längsta trodde och predikade, var fel.

- Å andra sidan, säger Palme, känns det nästan skönt för en logiker att det är så. Då blir det mer begripligt. Den goda allsmakten på jorden, så som vår värld ser ut och fungerar, är totalt obegripligt och budskapet blir omöjligt.

- Ja, jag förstår det också.

- Skulle du vilja ändra budskapet du hade, nu när du vet mera?

- Jag har tänkt mycket på det, men jag vet faktiskt inte riktigt hur. Mitt mål var och min önskan är fortfarande att människornas själar, som ju verkligen innerst inne *är* goda, ska ta över. Då skulle man kunna nå dit jag strävade, inga skulle behöva vara utfattiga och svälta, inga skulle heller vara särskilt rika. Den rikedom alla skulle äga, skulle vara sin egen och andras godhet och ett paradis eller åtminstone *något* av ett paradis. Det skulle finnas redan på jorden. Ingen falskhet, ingen ondska …

Alla tre ser både drömmande och tänkande ut.

- Hur ska man kunna fixa det i vår värld? Jag menar på jorden.

Stubben vill inte släppa taget om möjligheten.

- Sannerligen, jag vet inte. Det enda vore nog, om man kunde få den goda allsmakten att fungera också på jorden. Jag trodde, eller snarare jag upplevde, att jag var utvald av Gud att genomföra det, att jag skulle kunna tydliggöra hans rike redan på jorden.

- Trodde du verkligen det själv?

- Ja, det är nog inte så konstigt. Det jag sade, fick många, många människor att följa mig, man trodde mig, man hyllade mig, man förgyllde mina gärningar. Allt det gjorde, att jag mer och mer kände mig utvald. Folkets övertygelse övertygade mig på något sätt.

- Hur blev du Guds son? Palme vill ha en förklaring till detta som närapå hela Nya testamentet bygger på.

- Först vill jag säga, att jag betraktades som en profet av min samtid och då menar jag av mina lärjungar och av alla de andra, som tog till sig mitt budskap. Jag var med andra ord i mina egna och de andras ögon en människa!
Sedan tror jag, att Guds-son-begreppet utvecklades av och till ett missförstånd, delvis för att jag kallade alla människor för Guds barn och delvis för att jag ofta kallade mig själv för Människosonen. Men det gjorde jag för att markera att jag var en avkomma av mänskligheten och att jag valt att ägna mitt liv åt att verka för mänsklighetens fromma. Det där med att alla var Guds barn, tyckte jag var en bra bild, för att öka känslan av omsorg och kärlek människor emellan.

- Det var alltså bara ett missförstånd som gjorde att du kom att kallas Guds son?

- Ja, det tror jag, men det måste ha börjat först efter min död. Jag hörde i alla fall aldrig att någon trodde att jag var Guds son.

Jesus breder nu ut sig lite:

"Jag sa för en stund sedan att Bibeln är skriven långt efter min död. Jag skrev ingenting dels för att jag aldrig tänkte på det och dels för att jag helt enkelt inte kunde skriva. Eller läsa heller förstås. Jag var analfabet. Lärjungarna var också enkla människor och analfabeter.

Bibeln skrevs av folk som kunde skriva och de som kunde skriva var bättre bemedlade människor, för att inte säga rentav rika.

Fram till dess berättades det om mig i flera generationer och för varje gång en god gärning berättades blev den än bättre och så småningom tydligen fantastisk. Så fantastiska blev gärningarna till slut att det måste ha krävts gudomlig kraft för att fixa dem.

I det läget blev allt fler intresserade av den nya religionen, om man kan kalla den så, till och med folk bland de rika, som trodde att de skulle ha bättre chanser att nå himmelriket via en tro på Jesus, som då avancerat till Guds son i legenderna och alltså även i Bibeln."

En ny tystnad breder ut sig och vännerna från nutiden känner sig helt klara över en rad mysterier med livet och det kristna budskapet de fått sig till livs.

Intressanta detaljfrågor fanns kvar.

- Varför blev du korsfäst? Det kan väl inte skada någon att nå´n talar om godhet, undrar Stubben.

- Romarna var herrar över hela Medelhavsregionen och drygt det, säger Jesus. Till och från var det oroshärdar runt om i det enorma riket. Större eller mindre upprorsförsök slogs ner med fruktansvärd grymhet, långt större än som hade behövts. Man ville statuera exempel. Skrämmas …
Lite överförenklat var det i mitt fall så, att det förekommit attacker på patruller och vaktposter utan att man fått tag i några skyldiga. Då behövde man någon att varna folk med och man valde mig, som samlade stora skaror människor. Man påstod att jag förberedde ett uppror och var ansvarig för överfallen som skedde. Dessutom fanns det landsmän till mig, skriftlärde, alltså sådana som kunde läsa och som var dåvarande religions experter, som såg illa på mig för att jag var emot deras

försäljning av Guds förlåtelse. Den rike kunde ju på så sätt alltid köpa sig fri från synd.

Hur som helst, jag fick en summarisk rättegång och domaren, som hette Pontius Pilatus och var en bra karl, ansåg att jag var helt oskyldig. Men delar av den romerska militären och fega medlöpare bland folket drev igenom dödsdomen ändå. De behövde ytterligare en uppspikad fågelskrämma ...

- Fy fan, säger Stubben med avsmak.

Både Palme och Stubben försöker sätta sig in i situationen att bli uppspikad och upphängd och båda skakar till av inbillad smärta.

- Jag måste bara fråga, säger Palme, om alla underverken. Är det bara sagor?

- Mer eller mindre. De flesta har väl en verklighetsbakgrund, för jag gjorde ju en hel del baserat på de kunskaper jag skaffat mig, men sedan har historierna berättats om och om igen i ett par hundra år innan de skrevs ner, som jag just berättat. Och vi ska komma ihåg, att de har berättats av människor, som *ville* att det skulle vara fantastiskt för andra människor, som ville höra och föra vidare detsamma ... Resultatet har väl sedan blivit därefter, fantastiskt, alltså.

- En fråga till, säger Stubben. Fruntimmer, förlåt, kvinnor ... nu blir jag jävligt indiskret, men va' fan ... Hade du nå't intresse för kvinnor?

Jesus ger till ett hjärtligt skratt.

- Det finns, frustar han, ett gott skäl för mig att läsa Bibeln och det är för att se vad det står om mig och kvinnor.

- Ja, jag vet inte, rodnar Stubben, jag har inte läst så mycket, men man har hört, att ...

- Att vadå? Jesus ser omåttligt road ut.

- Att Jesus var vänlig mot kvinnor, men inte ... ja, du förstår väl?

- Okej, jag förstår. Jag hade en flickvän, kan vi kalla det, under jordelivet, ungefär som en fästmö, men det blev aldrig mer på grund av det liv jag levde. En kort tid försörjde jag mig som snickare ömsom här, ömsom där, när jag rörde mig i landet för att se, lära och också tala. Så småningom fick jag livets nödtorft av mina anhängare, när jag var runt och predikade. Ingenstans var jag bofast, men hon följde mig och var oftast där jag var. Vi hade ett fint förhållande i alla avseenden. Möjligen kunde jag ha stannat upp, slagit mig ner och gift mig om jag fått leva längre på jorden.

- Tack för alla svar, säger Palme plötsligt och gör sig till tolk för båda. Vi var oerhört nyfikna när vi kom hit och vi har ännu en rad frågor att ställa, eller hur, Stubben?

- Jo, många ...

- Men nu är klockan mer än den borde vara med tanke på att vi har två timmars promenad tillbaka.

- Ni behöver väl inte gå tillbaka, invänder Jesus.

- Jo, vi har några polare vi gärna vill summera våra dagar med. Det är väl inte alldeles nödvändigt, men vi gillar att ha en hemvist också, på något sätt.

- Ja, då så, säger Jesus, kul att ses. Förresten, mina herrar, ni vet vem jag är, men jag vet inte vilka ni är.

- Det är inte viktigt vilka vi är, svarar Palme, men jag kallas Palme av mina vänner och kompisen här kallas Stubben.

- Tack, det räcker. Kan vara trevligt att adressera en fråga till någon med ett namn. Även jag kanske undrar något någon gång.

- Dagens sista fråga då, tvådelad dessutom, säger Palme. Kan vi få återkomma i morgon och hur kan man få möta Muhammed? Jag vill gärna ställa några frågor till honom också.

- Först en kanske onödig motfråga: Menar du islams grundare, Muhammed?

- Ja, självklart.

- Dagens sista svar, då, ler Jesus. Jo, ni är välkomna i morgon också och jag kan be Muhammed att komma hit. Så kan vi ses alla fyra.

- Över ett glas vin, chansar Palme.

- Nej, svarar Jesus, gärna för mig, men det vore oartigt mot Muhammed.

- Jag förstår, säger Palme. Vi ses i morgon. Är elva okej?

- Visst, hej!

På hemvägen byts inte många ord. Det är alldeles för mycket att bearbeta. Dock reflekterar Stubben:

- Det verkar att vara grönt för både öl och vin i Himlen. Undrar om det går med en nubbe också? Förresten ... varför är det oartigt mot Muhammed med vin?

- Därför att han inte dricker alkohol och det ska inga muslimer göra enligt Koranen.

- Jaha, är det så … men det kan väl vi göra ändå utan att det egentligen är oartigt?

- Tja, egentligen kanske, men …. Ja, men det spelar ju ingen roll för oss heller, väl?

- Näää … det förstås.

Då de kommer till caféet finns Beppe och Tage där, men Stubben och Palme känner att de inte orkar ta upp samtalet med Jesus.

- Det var bara för mycket, säger Palme, vi får snacka om det lite senare. Vi måste få vila våra arma hjärnor.

I stället blir det en avkopplande varpamatch och varsin pint av engelsk bitter, en ölsort som är premiär för Stubben.

- Och jag, som trodde att jag inte gillade öl.

GUDS PROFETER

- God morgon Stubben, hur är läget idag?

- Fullmatat se'n igår …

I en behaglig morgonsol på en vacker sommaräng med blommor och frodigt gräs samtalar vännerna halvliggande om gårdagens upplevelser. De har börjat få lite perspektiv på allt nu och får tillstå att det gör situationen än bättre.

- Det är skönt att äntligen veta, på nå't sätt, tycker Palme.

- Ja, förbannat skönt. Och det var bra att du bröt upp igår även om det kändes hastigt då. Jag hade inte pallat att greppa mer.

- Nää, vem hade det … inte jag heller.

- Fan vet, om vi inte borde ha en så'n där göra-ingenting-dag i dag. Jag känner att det är mycket än i roten.

- Jo, men vi sa ju att vi skulle komma. Vi får koppla av med en riktig frukostfrossning.

De äter, njuter och småpratar. Efter frukosten styr de sina steg till där de badat för några dagar sedan. Vattnet var skönt och lagom uppfriskande. Vederkvickta av såväl frukost som bad, vandrar de, åter nyfikna, till dagens träff med Jesus och förhoppningsvis även med Muhammed.

- Jag vet inget att fråga honom om, säger Stubben lite oroligt.

- Bry dig inte om det. Jag har några frågor och se'n kan vi väl umgås och snacka som folk gör mest.

Vandringen känns lika lång denna dag, men de njuter mer av den, då de ägnar större uppmärksamhet åt de vackra omgivningarna.

- Du, säger Stubben, det är jobbigt att vara i Himlen. Ett jävla gnoende hit och dit, man blir nästan slut.

- Ja, det är många intryck, men jag tror att det går över. När vi fått alla, eller åtminstone de flesta svaren, känner vi nog att det är dags att slappa och bara njuta.

Byn ligger framför dem och de stegar fram till huset och knackar på. Dörren öppnas av Jesus, som bjuder dem att stiga in.

- Välkomna, Muhammed kom för en stund sedan, stig in.

En man av ungefär samma längd som de tre övriga reser sig ur en
fåtöljliknande stol och hälsar med stark hand på Stubben och Palme.
Vanliga, banala artighetsfraser är svåra att hitta för Palme, vädret är ju
liksom ingenting att prata om i Himlen.

Muhammed tar i stället över genom att med mörk, men mild och vänlig
stämma fråga ut dem om när de kommit till Himlen och hur samt vad de
sysslat med på jorden. Han överraskar dem genom att fråga "vilken port
kom ni in igenom?"

- Vilken port, upprepar Palme förvånad, finns det fler än en?

- Finns det flera portar, undrar nu också Stubben.

- Javisst, självklart. Man måste få känna igen sig när man kommer,
annars skulle det nog inte gå så smidigt som det gör. Varje, av
jordemänniskan påfunnen religion, har sin egen port med sin egen
"portvakt." Det är först härinne vi blandas, för här har liksom den
jordereligiösa tillhörigheten upphört.

- Men folk av olika religioner blandas ju på jorden också?

- Visst, men det sker på andra villkor, helt andra, tyvärr, skulle jag vilja
tillägga, fortsätter Muhammed. Till och med på krigiska villkor, vilket är
en katastrof, en personlig katastrof för både Jesus och mig.

- Hur då personlig?

- Vi har startat varsin religion, kan man säga. Först han, som en av folk
utnämnd profet, men utan att avse att starta en "egen" religion och
sexhundra år senare gjorde jag mina lite mer medvetna försök, enkelt
uttryckt på samma bevekelsegrunder och blev också en profet i folks
ögon. Och det var klart för oss båda: Givna en roll som profeter fick vi
varsin plattform att stå på för att nå ut, vilket underlättade, förstås …

Muhammed vänder sig nu mot Jesus.

- Du var *för* mild i ditt budskap. För att gå hem på alla nivåer, får man
inte bara ta emot. Se hur det gick! För att inför ditt folk verka trovärdig
måste du i slutänden löpa linan ut och ställa upp och låta dig korsfästas.
Du hade gjort bättre nytta med ditt goda budskap om där funnits en
bejakelse till självbevarelse. Då kunde du ha flytt, legat lågt ett tag och
återkommit med förnyad kraft under kanske bättre förhållanden.

- Jamen, säger Jesus, jag trodde faktiskt, ärligt och uppriktigt, att mitt totalt öppna och, vad våld beträffar, försvarslösa sätt att vara skulle skapa en icke-våldskänsla, en icke-våldsrörelse hos mina medmänniskor.

- Hos *med*människor, kanske ett "ja", men hos alla *mot*människor ett klart "nej". Jag lärde av dig och det vet du. Men det här har vi tjafsat om i mer än tusen år.

- Lärde du av Jesus, frågar Stubben tvivlande.

- Jo, det kan du vara säker på. I den lära som kallas islam är Jesus en av flera profeter före mig. Jag lärde av dem och särskilt av Jesus, som hade ett mycket bra budskap, men som gjorde några allvarliga fel. Jag tog, återigen enkelt uttryckt, en annan position. Jag försvarade mig, även med vapen då det behövdes. Och det gjorde det, flera gånger.

Palme skrattar till, men tystnar tvärt då tre par oförstående ögon riktades emot honom.

- Förlåt. I det du sa, Muhammed, kom jag att tänka på de stackars munkar, bland andra Ansgar, som skulle kristna vikingarna. Deras gudar var kraftfulla krigare, livsnjutare i varje mening. Vikingarnas ideal var att älska och slåss, supa och frossa. Att dö ärofullt på slagfältet och inte som ynkryggar i sotsäng. Och dessa vikingar med sina ideal och gudar skulle övertygas att i stället tillbedja en gud som utan motstånd lät sig spikas upp på ett träkors och, i deras ögon, ömkligen dö… Det kan inte ha varit en lätt uppgift.

- Nää …, säger Jesus dröjande. Men munkarna fick snart hjälp. När man på olika sätt lyckats locka vikingarnas kung att döpa sig till kristendomen, kunde man åka ut och döpa resten också med svärdet i hand och kungens krigsmän i ryggen. Huggandes huvudet av dem som vägrade …

- Ja, där var det slut med den mildheten, inflikar Muhammed.

- Men så ville jag inte ha det, säger Jesus indignerat. Jag måste säga att alldeles för mycket av det som hände efter min död i kristendomens namn är förfärligt och det vill jag verkligen ta avstånd ifrån.

- Vilket då, undrar Stubben.

- Åh, jag ska ta några exempel. Du ska veta att finns åtskilligt.

Så snart den kristna kyrkan etablerats någonstans började man att samla rikedom på bland andra de fattigas och sjukas bekostnad. Jag sade en gång att "det är svårare för en rik att komma in i Himmelriket än för en kamel att komma igenom ett nålsöga" och det gäller ju även kyrkan. Jag menar, det *borde* gälla även kyrkan. Så länge församlingen och kyrkan har fattiga, måste omsorgen om dessa gå först! Inte tvärtom.

Så har vi kristnandet av vikingarna, som vi redan berört. Samma sak, eller ännu värre, var attackerna i mitt och Guds namn mot araberna i Palestina, de så kallade korstågen.

- Ja, det var ett av alla de illdåd som begåtts mellan folk av din och min religion, fast vi i grunden vill samma sak. Muhammed suckar. Det är inte klokt.

- Nej, svarar Jesus, det är inte klokt. Men det är inte de arma folkens fel. Det är ledarna som tar religionerna som skäl till att föra krig. Religionerna har ofta så stark makt över folken så det är ganska lätt att lura dem med sig. Särskilt om religiositeten går hand i hand med okunskap och, kanske bättre uttryckt, ovetskap.

- Båda våra religioner och även andra, förresten, säger Muhammed, har smutsats ner av maktbegär och pengar, av våld …

- Det värsta tycker jag nog ändå, säger Jesus lågmält, är när präster och munkar lurar av de fattiga och sjuka allt de har med falska förespeglingar. Det har pågått hela tiden och pågår än. Kanske inte så uppenbart numera, man har blivit mer sofistikerad … Nej, jag är besviken på resultatet på jorden av mina, ja, förresten, av våra ansträngningar.

Då är det skönt att få träffa människornas själar här och berätta … även om det inte hjälper där nere.

Det blir tyst. Känslan är att nu finns det inget mer att säga.

- Får jag bjuda på en kopp te, frågar Jesus, och något litet att smaka till.

- Ja, tack. Alla är lite torra i munnen efter den sinnesrörelse som uppstått i samtalen.

Teet och lite kakor kommer in och de läppjar och smakar på. Fortfarande är det begrundande tyst utom Stubben som viskar till Palme "jag dricker aldrig te, men det här var riktigt gott med mycket honung". Palme nickar och klappar Stubben på handen "Okej".

- Varför, undrar Palme långt om länge, varför vill ni att människor ska tro?

- Människan klarar sig dåligt utan stöd, börjar Jesus. Hon behöver något att hålla sig till för att kunna leva bra. Hon behöver något att förlita sig på och då är det bättre att hon har något med goda förtecken än något annat.

- Det är också viktigt att det är något livsbejakande, något positivt som därmed också utvecklar människan, fortsätter Muhammed.

- Den välutvecklade människan mår bättre både på jorden och som själ här uppe i Himlen, tillägger Jesus.

- Och det vet ni, frågar Palme lite vasst.

- Nja, det är vi övertygade om, svarar Muhammed, men *vet*, tja …

- Varför, undrar Palme igen, varför ska människan be?

- Bönen, svarar Muhammed, är mycket viktig. Den har vi båda menat i första hand som en tid för eftertanke, frid och ro. En handling för frid och ro som ger en paus i dagligheten, så att säga.

- Som en meditation, då? Palme vill ha en precisering.

- Ja, delvis, tar Jesus vid, men kanske mera för att människan ska ägna sina tankar åt ett gott leverne bland medmänniskorna, ett generöst leverne på det att redan jordelivet skulle kunna närma sig ett paradisiskt liv.

- Man skulle inte be till Gud, då? Nu lägger sig Stubben i samtalet.

- Nej, det var inte vår ursprungliga mening. Medmänsklighetstanken, givandet och toleransen var och är det viktigaste för oss, svarar Jesus.

- Men vi båda märkte på varsitt håll och i varsin tid att människorna behövde någon att vända sig till, att hänga upp sitt bedjande på, fortsätter Muhammed, så då var det praktiskt att styra in på det gudsbegrepp som fanns i kulturen.

- Aah, jag förstår, säger Palme och Stubben nickar.

- Tyvärr, måste jag säga, säger Jesus, att även bönen som handling gick fel i de flesta stycken. Det kanske inte gjorde så mycket som det andra som gick fel, eftersom det inte drabbade på det viset.

- Hur menar du, undrar Palme.

- Om det som gick fel? Jo, att be blev för många så småningom mer en yttre handling, något man gjorde för att markera någon sorts fromhet. Jesus fortsätter. "Jag *tror* i alla fall att bedjandet till kombinationen goda gärningar för medmänniskan och till den goda guden i alltför många fall, kom att ersättas med kombinationen till den goda guden för hjälp till *mig själv*, det vill säga till den bedjande, att ha lycka och framgång personligen.

Muttrande tillägger Jesus " ibland tror jag det i snart sagt *alla* fall, folk ber för sin egen framgång till den som de tror har makt att fixa det".

- Ja, instämmer Muhammed, så blev det vad det ser ut i alla fall. Bönen har kommit att bli mycket av en yttre handling, något att visa upp för andra människor. Jag, som sett hur kristenheten hanterat bönen, försökte förstärka vikten av att be, just för att människan skulle tänka efter, kontemplera, lugna ner och samla sig. Därför utarbetade jag lite av en ram för hur man skulle be.

- Och fick bönen som ett självändamål faktiskt i ännu högre utsträckning, kommenterar Jesus.

- Ja, jag kan inte säga emot, säger Muhammed.

Efter en kort tystnad frågar Stubben:

- Är det fel då att be för egen del. Låt säga att jag önskar något positivt för mig själv, är det fel att be om det?

- Nej, inte som jag ser det, svarar Jesus. Det är bara fel om uppfyllandet av din önskan drabbar någon annan på negativt sätt. Men jag tycker att din bön för egen del, så att säga, också bör innehålla tankar på hur du på ett gott sätt vill förhålla dig till dina medmänniskor. Och då menar jag naturligtvis gott sätt för dem. Fast den du ber till har knappast någon makt att hjälpa dig.

Stubben nickar. Han förstår och håller med i sitt innersta.

- Vi har snuddat vid en frågeställning flera gånger sedan vi kom hit, börjar Palme. Vi trodde vi skulle få svar, när vi träffade er, eller kanske bara Jesus, eftersom vi lärt att han var Guds son. Nu påstår ni båda, att ni "bara" var profeter, ni var människor på jorden och är "vanliga" själar, precis som vi här i Himlen.

- Jaa … ? Vart vill du komma.

Jesus ser ut som om han visste vart Palme ville komma, vilken fråga han skulle ställa.

- Vi undrar, fortsätter Palme, finns Gud eller ska vi säga Allah?

Jesus och Muhammed tittar på varandra och ler.

- Så äntligen kom den frågan, säger Muhammed, svara du!

- Okej, säger Jesus. Våra svar är identiska, det vill säga, Muhammed och jag har exakt samma uppfattning.

- Uppfattning? Palme reagerar för ordet. Inte vetskap?

- Nej, tyvärr, du hade rätt i din förmodan. Ni trodde att ni skulle få svar
när ni träffade Guds son, som visade sig inte vara Guds son. Ni var
osäkra om ni därför kunde få svaret med stort "S" och jag, … vi, säger så
här: Ni ska få vårt svar som vi känner oss väldigt säkra på, men vi måste
tillstå att vi inte *vet*.

- Men det är bra, säger Stubben hastigt, vi tror er!

- De är otåliga, säger Muhammed med ett litet leende, kör på nu, Jesus!

- Gud och Allah är samma väsen. Två namn på samma sak. Gud eller
Allah finns inte i den meningen att det skulle finnas någon personifiering
av gudomligheten. Man kan alltså inte träffa Gud. Eller Allah. Det finns
ingen. Varken en han eller en hon. Är jag tydlig?

- Ja, vi förstår.

- Emellertid finns gudomligheten. Den finns i den meningen att här
förhärskar en god kraft. Den goda kraften finns i varje själ och här uppe
kan den inte störas eller nås av onda tankar eller krafter såsom på jorden.

Den goda kraften är alltså en gudomlig kraft som finns här och som styr
allt här upp med allsmakt, en allsmakt som tyvärr inte råder på jorden.

Den gudomliga allsmakten är god och förlåtande vilket ni säkert redan
förstått med tanke på Himmelrikets skola i Helvetet, som ju lär och
rehabiliterar alla vilseförda själar.

Jesus tystnar. Muhammed är också tyst. Palme och Stubben tittar på
varandra och det hela kändes som lite av ett antiklimax.

- Var det inget mer?

- Räcker det inte?

- Jo, vad då, räcker? Är det allt?

- Ja, såvitt vi vet. Jesus nickar.

- Och vi *tror* att vi vet, tillägger Muhammed.

- Men den här goda kraften hos varje individ, finns den redan på jorden?

- Ja. Men den kan inte göra sig gällande i full utsträckning. Mer eller
mindre hos olika individer och vid olika tidpunkter, oftast beroende på
olika omständigheter. Den störs av onda, egoistiska tankar och krafter
hos individen själv eller dess ledare.

- Men det är väl jävligt synd, tycker Stubben uppriktigt.
- Ja.

Jesus går ut i köket för att hämta mer te och de andra sitter försjunkna såväl i sina tankar som på sina sittplatser, Stubben och Palme i en mjuk soffa och Muhammed i en fåtölj.

Mitt i det eftertänksamma tesörplandet ställer Stubben ännu en fråga:

- Finns det inget som skiljer er åt?

- Inget viktigt, säger Muhammed. Det är väl det praktiska beteendet på jorden, möjligen. Jesus tycker att man ska vara "ensidigt" generös, givande av hela sitt hjärta och aldrig kräva något tillbaka. Jag tycker att man ändå måste stå upp för sin rätt och visa handlingskraft. Annars är vårt kärleksbudskap i grunden detsamma.

- Mhm, nickar Stubben.

Efter ytterligare en stunds prat om vad var och en hade upplevt under sin jordetid, reser sig Jesu tre gäster för att bege sig "hemåt". Man tackar för sig och skiljs åt.

Palme och Stubben går tillbaka lika tysta som föregående dag. Det var helt enkelt för mycket intryck, för många tankar för att kunna öppna munnen. De styr med automatik sina steg mot det gula kaféet.

Tage och Beppe är där och kan lätt konstatera att "här kommer två herrar som befinner sig i en annan värld". De fyra håller sin vanliga kaffestund tillsammans och får igång ett småprat.

I kvällens varpamatch blir det storseger för Beppe/Tage.

- Nej, grabbar, nu får ni vila upp er, tycker Beppe, vi får ses och snacka mer en annan dag. Det verkar inte finns något krut kvar i er, varken i huvud eller kropp.

En vacker skymning faller över landskapet. Palme och Stubben strosar ut på ängen, som förefaller trolsk i det rödaktiga sken som omvälver hela himlen.

- Vad vackert det är, viskar Stubben.

- Varför viskar du, viskar Palme tillbaka.

- Varför viskar du själv?

- Vet inte.

- Inte jag heller.

- Nu lägger vi oss.

- Ja, god natt.

- God natt. Palme avslutar sommarkvällens viskande.

VAD GÖR DE PÅ JORDEN?

Dagen efter mötet med Jesus och Muhammed känns tung på något sätt. Det är svårt att till och med sätta sig upp, där de ligger i det friska gräset på sin vanliga äng. Solen lyser och vädret är vackert, som vanligt.

- Va´ fan är det för fel, klagar Stubben, det känns inge´ bra.

- Jag håller med dig, säger Palme. Ska vi ha frukost?

- Ja, det kanske kan muntra upp.

- Låtom oss tröstäta!

De tar sig upp på fötter och traskar långsamt mot caféet. Det är samma vackra väder, samma fågelsång och Stubben kan konstatera att flugorna fortfarande är lika oförargliga.

Väl inne i caféet tar de för sig som de brukar, men ätandet går trögt.

- Jag är inte särskilt sugen, säger Palme och stirrar på två baconskivor på sin assiett.

- Inte jag heller, svarar Stubben, tankfullt tuggande på en brödskiva, som han försett, nedifrån och upp, med smör, ost, stekt ägg och bräckt skinka.

- Det är svårt att tro, säger Palme med en grimas, fan, vad du äter.

- Ja, va´ fan, man får väl kämpa lite. Stubben tuggar på.

- Jag fikar bara. Förresten, ett halvt wienerbröd kan man nog få ner utan att det gör ont.

Frukosten var nästan slut, Palme sitter och läppjar på sin tredje kaffekopp och stirrade ut genom fönstret.

- Tröstäta, ja, säger han. Känner vi oss tröstade?

- Du åt ju knappt nå´t, menar Stubben, så du är väl inte tröstad. Jag åt en massa, men känner mig inte något vidare tröstad i alla fall.

- Jag undrar vad det beror på.

- Vilket?

- Att vi känner oss ur gängorna.

- Tror du det beror på igår … och i förrgår?

- Ja, vad ska det annars vara?

- Inte vet jag.

De tystnar igen och man kan nästan höra hur tankarna far runt.

- Trots allt, säger Stubben, så …

- Trots vad?

- … så är jag lite besviken.

Palme ser plötsligt lite vaknare och mer intresserad ut.

- Besviken?

- Jag hade nog velat, att Jesus hade varit Guds son och att det skulle gå att få träffa Gud. Det hade känts mera rätt på något sätt.

- Rätt?

- Ja, jag gick ju inte så länge i plugget, men nästan det enda det tjatades om var Gud och Jesus och psalmer. Jag har kommit underfund med att jag innerst inne trott på det.

- På vad?

- På Gud och det där man hörde i plugget. Nu blev det fel slut på nå´t sätt.

- Slut?

- Ja …, fan, vad du tjatar och frågar hela tiden.

- Förlåt, det var inte meningen att tjata. Jag är bara så fundersam själv och jag är benägen att hålla med dig.

- Om vad då?

- Om det där med Gud och Jesus. Det känns som om luften gick ur. Den spännande gåtans svar blev nästan som ett ”jaså”.

- Vi går ut.

De strosar längs en gräsväg under tankfull tystnad. Det är som om fåglarna med sin sång och blommorna med all sin prakt försöker muntra upp dem. I sin mentala frånvaro märker de inte mycket av allt detta och håller på att krocka med två änglar som kommer emot dem på gräsvägen ivrigt talande med varandra.

- Hoppsan, ropar en av änglarna, hur är det fatt?

Palme och Stubben tittar äntligen upp från gräset och märker att vädret är underbart, solsken, lagom värme och en svag bris smeker deras kinder.

- Vi vet inte, hur det är fatt, svarar Palme.

- Visst var det väl ni, som skulle träffa Jesus häromdagen, frågar den andra ängeln.

- Ja, det gjorde vi också. Sedan, dagen efter, träffade vi honom igen tillsammans med Muhammed.

Änglarna tittar på varandra i samförstånd. Den ene säger:

- Somliga reagerar som ni efteråt. Det verkar vara naturligt, när allt, det man levt efter förut, ställs på huvudet.

- Jag har inte levt efter nå´t, som ställts på huvudet, protesterar Stubben. Jag har inte sprungit i kyrkan och så. Jag har bara jobbat och haft familjen och ja, inte trott ens …

Stubben tystnar, men tillägger svagt:

- … trodde jag i alla fall.

- Jo, men det är så för de flesta, förklarar ängeln. Innerst inne *tror* man, tydligen, och när man sedan får reda på hur det är, känner man sig besviken och nästan lurad.

- Varför säger du "tydligen"?

- Helt enkelt därför att jag aldrig levat på jorden, men har hört så många berätta om sina upplevelser här, när de träffat Jesus.

- Jag förstår, säger Palme. Det stämmer, det du säger. Vi känner oss besvikna och på något sätt bestulna.

- Ja, precis, håller Stubben med och betonar, *bestulna*! Nå´n jävel har snott själva knorren på slutet av historien!

- Slutet, upprepar änglarna i munnen på varandra, ni har ju nyss kommit hit och varit med om början. Det finns inget slut och om ett par dagar har ni fått ett annat perspektiv på det hela. Ni kommer att tycka att det är bra det hela och ni kommer att förstå snart sagt allting. Hav tröst, kära vänner!

Änglarna fortsätter sin väg och vinkar glatt. Palme och Stubben vinkar tillbaka och fortsätter sin väg.

- Vi går ner och tar ett dopp, föreslår Stubben.

- Mm, svarar Palme, du, det känns lite bättre nu efter snacket med änglarna. Man fick liksom klara ut, *varför* man kände sig vissen och fick också hopp om framtiden.

- Hopp om …?

- Ja, att det går snart över.

- Va´, framtiden?

- Nej, deppigheten!

- Nu badar vi!

Under avkoppling, torkande i solskenet, känns det mesta lite lättare och en tanke mognar i huvudet på Stubben.

- Jag ska försöka se vad de gör på jorden. Jag menar Ester, ungarna och deras ungar. Vet du hur man gör?

- Det berättade Tage en gång. Du går någonstans i avskildhet och där försöker du koncentrera dig på dem du vill se med slutna ögon. Det kan ta lite tid och det är inte säkert att det går varje gång heller. Det beror på hur ditt inre är för tillfället, sa han.

- Vad menade han med det?

- Det sa han inte och jag frågade inte. Det var ju inte aktuellt då.

- Okej, jag ska i alla fall försöka i dag. Det kanske är bra att passa på en dag då man är lite tveksam …

- Ska du verkligen det. Tänk om du blir jättedeppig. Du minns att de varnade oss för att det är inte så kul, precis.

- Ja, men jag vill ändå. Jag går iväg en bit, vi kan väl ses om några timmar på ängen.

Stubben drar på sig kläderna och vandrar iväg. Han vänder sig om och vinkar lite smått åt Palme, som tittar länge efter honom och tänker, "ska jag göra detsamma … nää, jag väntar nog ett tag till, det är väl ett helsickes ståhej runt min död. Jag vet inte om jag vill veta vem som sköt. Men *varför*, skulle jag nog gärna vilja veta, förstås …"

Stubben går genom skogen emot solen. "Då kan jag gå tillbaka med solen i ryggen," tänker han. Ingenstans blir han nöjd med att stanna och han kommer därför att vandra ganska långt, innan han finner en liten fin glänta. "Idyllisk och idealisk."

Han slår sig ner i gräset och lutar ryggen mot stammen av en, "ja, vad är det? Jag tror, att det är en ek, nej, tusan, det ser ut som en bok. Det må vara vad det vill …"

Så sluter han ögonen och tänker på Ester. Han tänker först på henne under den sista dagen, då de varit på väg till Ågestagården för att åka skidor. Sedan glider tankarna iväg och hamnar på Norrö. "Jag minns de där långa fina höstarna, medan jag fortfarande orkade en hel del, fast jag var sjukpensionerad. Så mysigt vi hade i höstfärger och mörker, när vi var därute. Ibland kunde det kännas, som om vi var ensamma och att hela världen var vår. Tänk, vad strömming vi drog upp, en stor del saltade vi till "saltsill", en del lade vi in till "ansjovis", en del stekte och åt vi färsk också, förstås.

Kvällarna med mörkret utanför, med kaffe och TV:n inne, lugnt och stilla. Vad skönt vi hade."

Stubben försöker sedan att tänka på då de varit unga, under och strax efter kriget. "Det blir inget helt med det, jag får ingen ordning på den tiden. Det var jävligt rörigt. Kommer bara ihåg en del detaljer. Minns inte riktigt hur jag kände det, hur jag mådde."

Han överger dessa tankar och återvänder till skärgården. Åren innan Norrö, de på Nåttarö var också fina. "Vi hade det bra där också, fast vi bodde i tält. Det var ett kul gäng vi hade, en fyra-fem familjer, som höll ihop och badade och festade … men Norrötiden var finast ändå. Så länge jag orkade …"

Han försöker nu se sin kära Ester i ögonen. Fortfarande blundande känns det som om han skulle somna. Så framtonar en bild. "Det är ju hon, vad gör hon? Diskar hon? Hon är hemma i köket, ja. Ensam … verkar det."

Stubben försjunker alltmer i följandet av hennes sysslor.

Hon går ut i vardagsrummet och börjar torka möblerna. "Dammar hon?"

Snart sätter hon sig och lutar huvudet i händerna. "Fan, gråter hon? Det behöver hon inte, jag har det ju så bra och snart ses vi igen. Ester, hör du mig, gråt inte, kära du, här är det …" Stubben slutar och hör att han talar för sig själv och att tårar rinner nedför hans kinder. "Jävlar …, om jag bara kunde säga nå´t till ´na."

Sorgsen fortsätter han att titta. Han kan inte slita sig.

Hon reser sig och går till "sypuffen" och där tar hon fram någonting. "En stickning är det nog. Bra att hon gör något." Hon stickar en ganska kort stund, men lägger snart ifrån sig det hela och begraver ansiktet i händerna igen. Stubben sitter framåtböjd under boken på himlaängen och gungar smått med överkroppen av förtvivlad otålighet. "Fan, att inte kunna …"

Nu sitter hon still och tittar rakt ut i luften. Stubben väntar. Tiden går. "Det hörs inget, " tänker han, "jag har inte hört nå´t på hela tiden. Det är som en stumfilm. Ska det vara så?"

En stund, som kändes lång som en evighet, har förflutit, då Ester reser
sig ur fåtöljen och går nedför trapporna samt öppnar ytterdörren. In
träder en välbekant person, "härligt, nu kommer Ingegärd!"

Stubben känner igen dottern, som genast kramar om sin mamma och så
blir de stående. "Vad gör de så länge? … fan, nu gråter båda två, helvete
också. Fortfarande, det har väl gått mer än två veckor nu?"

Hela föreställningen, "ja, vad i hela friden ska man kalla det", känns
allt tyngre att beskåda och Stubben vill helst bryta av. "Det går väl över
med all gråt och jag ser att de lever och har åtminstone den kroppsliga
hälsan."

Han vill dock gärna se också hur sonen och barnbarnen har det och
försöker därför befria sig från sorgescenerna och söka vidare bland sina
avkomma.

Den första han ser är Mari, minstingen och henne ser han bakom Ester
och Ingegärd. "Hon var alltså med, det var väl det jag tyckte att hon
borde ha varit." Stubben kan konstatera att hon är sig lik, fast hon
skrattar inte. "Det brukade hon ofta göra, när jag var hos henne och
barnvaktade. Vi hade mycket kul ihop. Men hon gråter inte heller och det
känns bra. Men hon ser allt lite ledsen ut. Det är kanske för att de vuxna
gråter, får jag hoppas. Och saknar morfar, det vill jag att hon ska göra
utan att vara ledsen. Om det går?"

Sonen kommer snart in i fokus och han befinner sig i sin sporthall med
sina elever och han verkar helt normal. "Skönt, han är igång och jobbar.
Då är säkert det okej med hans barn också. Då behöver jag inte bekymra
mig."

Stubben återvänder från sitt jordeskådande. Han sitter kvar under boken
och tänker. "Det var ju inte så farligt att titta ner. Ledsamt förstås med
all den där gråten, som ju är så i onödan. Det vore skönt att kunna göra
något, men det är ju tvärstopp. Det sa de och nu har jag dessutom märkt
det själv."

Så kommer han att tänka på hur det skulle vara om han blivit vittne till
något jätteproblem. "Tänk om man sett någon av dem bli påkörd av
en bil och bli svårt skadad och få men för resten av livet. Och jävligt
ont också. Utan att kunna göra nå´t. Idag var det bara en massa gråt

över mig, som dog för 15-16 dagar sedan och som har det bra. Det var ledsamt att skåda bara detta ... Hur ska det då inte vara i andra och värre situationer?"

Stubben ryser vid tanken. "Nej, jag tror det är som de säger. Det är bättre att inget veta, tills vi ses igen, då det är dags."

Han har tänkt att ta en titt till, för att se om de gråtit färdigt, men hans halvhjärtade försök misslyckas. "Det är kanske så det blir? Ju mer man börjar tvivla på och undra om man egentligen ska titta, desto sämre går det. Jag struntar i det."

Han sitter kvar en stund ändå och faller in i en halvslummer, som känns skön och oemotståndlig. Då han börjar vakna till liv igen känner han, att han snabbt vill tillbaka till vännen Palme och delge sina erfarenheter. Han känner sig nästan munter till sinnes då han småspringer genom skogen. "Jag hoppas jag kommer rätt, solen har hunnit fasligt långt sedan jag gick hit. Inte bara långt förresten, den är nästan på väg ner."

Han hittar rätt, men finner inte Palme på ängen utan i, som han gissar, kaféet.

- Du, det där tog tid.

- Ja, själva tittandet blev väl också lite längre än jag tänkt mig, men vägen ut och en vilostund efteråt tog en massa tid.

- Såg du något du vill berätta?

- Jo, jag kan till att börja med säga att jag nog inte kommer att titta igen. Det gav liksom inget plus utan det kändes sorgesamt. Och se'n kom jag på att jag vill inte se och veta om det händer något riktigt otrevligt och plågsamt. Som de sa, när man inget kan göra, är det bättre att inte veta ...

Stubben berättar om det han sett och det han tänkt innan, under och efter. Palme lyssnar och tänker "ja, nu vet jag inte om jag nå'nsin försöker kolla på jorden. Fast det blir väl så för mig också. Man måste ju göra misstagen själv ... det lärde man sig redan på jorden ..."

- Du, säger Stubben, kan vi inte försöka få tag på en nubbe eller en grogg.

- Behöver du det?

- Behöver och behöver. Det skulle sitta fint.

Med detta i tankarna drar de ut och söker runt i den lilla byn och se, där finner de en trevlig liten restaurang.

- Inte kan vi dricka sprit på krogen, säger Stubben lågt, det är ju svindyrt.

- Inte här, antar jag, svarar Palme lugnt, inte i himlen.

- Nä, visst fan, det tänkte jag inte på.

- Vad vill du ha? Är du hungrig, jag menar, är du sugen på mat också?

- Nej, bara på en nubbe. Eller kanske hellre en grogg. Nubbe utan sill är inget vidare.

- Jamen, vi kan väl ta varsin whisky då.

- En whiskygrogg går bra, säger Stubben.

- Du, käre själsbroder, låt mig beställa nu så tar vi en whisky, som jag brukar göra. Om du gillar det, är det bra, om du inte gör det, ska jag plåga i mig en whiskygrogg sedan.

- Jaha, kör till.

- Två Macallan utan is och en liten karaff vatten, tack.

Stubben får så lära sig hur man dricker whisky på ett mer sofistikerat sätt. Berusningen, den lätta och behagliga, som kommer då man dricker långsamt och bara lagom mycket, känner han dock igen.

Palme ler och gör en skålande gest med glaset emot honom.

- Jaha, nu vet vi att man kan dricka hela sortimentet i himlen. Så bra.

- Tror du man kan bli alkis i himlen eller är själen immun?

- Spelar det nå'n roll. Tänker du pröva?

- Nää, jag bara undrade.

Småpratande och nöjda med tillvaron, med en nyss påbörjad andra enkelmaltswhisky, säger Palme:

- Nu tror jag att bara en av dina frågor från tidigare är obesvarad.

- Vilken då, menar du?

- Var kan man älska med sin käraste i lugn och ro bakom lås och bom.

- Ja, just det? Kan vi fråga någon här?

De ser ingen lämplig person eller snarare, de ser ingen alls utom en ängel bakom bardisken.

- Vi prövar med honom, säger Palme glatt.

- De kanske inte gör sån´t, svarar Stubben. Då blir det troligen pinsamt.

- Strunt samma, tycker Palme. Högt ropar han till sig barängeln och fortsätter då denne kommit till bordet:

- Vet du något om var man kan älska i avskildhet med sin käresta?

- Ja, det kan man väl lite var som helst, svarar ängeln till Stubbens lättnad.

- Var som helst?

- Ja, ute eller inne. Och om man vill vara inne, kan man enklast ta in på ett hotell eller liknande. Hus och hem har man inte här, som man har på jorden.

- Jesus har ju en plats, ett hem, verkar det.

- Ja, då kan du be att få låna ett sovrum hos honom, skrattar ängeln, han är generös!

- Har du gjort det, frågar Stubben, halvt på skämt, halvt på allvar.

- Nej, vi änglar gör inte sån´t. Älskar alltså. Jag menar älskar på det där kroppsliga viset som ni gör på jorden. Vi fortplantar oss inte, så vi har liksom inte den funktionen.

- Åh, ursäkta, mumlar Stubben förläget.

- Det finns inget att ursäkta.

- Jamen …, Stubben är inte nöjd, … man kan älska för att man tycker om det, utan att det ska bli fortplantning!

- Ja, det lär ska vara så för er.

- Men hur vet du, vad vi pratar om, när vi frågar om det finns någon plats att älska på i avskildhet och bakom lås och bom.

- Service, mina vänner, skrattar ängeln igen, man hör, man lär och man förmedlar.

- Se där, säger Palme, så bra. Det enklaste är alltså att ta in på ett hotell. Kostar det nå´t?

- Nej, självklart inte. Det är som allt annat här. Fritt, öppet, generöst …

Stubben har nu klämt på en fråga ett tag, medan han lyssnar på konversationen. Han bryter in:

- Varför har Jesus ett hus? Han säger sig vara en människa, förlåt, ha varit en människa som vi och säger att han nu är en själ, precis som vi. Han har ändå ett hus. För det har han väl?

- Är du avundsjuk?

- Nej, jag bara undrar. Om jag förstått grundidén med tillvaron här, så är man inte avundsjuk i Himmelriket. Väl?

- Bra svarat, du har alldeles rätt. Jo, han har ett hus, där man kan finna honom. Det finns, såvitt jag vet, fortsätter ängeln, bara ett skäl till att han har hus och det är för att så otroligt många, mer än alla kristna, som söker upp honom. Det är för att det ska vara lättare att hjälpa de sökande själarna fram.

- Äger han huset?

- Här finns inget ägande. Han disponerar huset, kan man kanske kalla det.

- Mer än alla kristna, sa du. Vilka menar du?

- Låt mig svara så här: Jag tror, att ni inte bara besökte Jesus. Jag har förstått, att ni var rätt kunniga redan under ert jordeliv och också var nyfikna på Muhammed. Kanske också på Buddha? Jag skulle gissa att ni träffat Muhammed, fast ni inte är muslimer. Eller var, ska jag säga, för här är man varken det ena eller det andra. Man är en god och generös själ, rätt och slätt. Om man inte är ängel förstås.

- Vi förstår, säger Palme. Du Stubben, vill du hälsa på Buddha? Det kunde vara intressant. Inte så mentalt störande och upp-och-ned-vändande heller, eftersom vi inte överhuvudtaget grubblat på buddhismen. Förresten, där är det lugnt, de säger redan på jorden att de inte har någon gud. Men predikar godhet hit och dit … väldigt mycket. Buddhisterna kanske är sanningen närmast, när man tänker efter och vet vad man vet nu.

- Ja, jag vill gärna träffa Buddha. Vi kan väl ändå vänta några dagar.

Sent omsider glider de två vännerna ut genom dörren på restaurangen efter två fina whisky och en bitter ale. De går på lätta fötter trots den sena timmen.

- Det var skönt att dagen artade sig vartefter, yttrar så Palme. Det blev lättare vartefter man fick vänja sig vid det som hände dagarna innan och varefter man fick bra svar på det man hade obesvarat.

- Ja, säger Stubben, det tycker jag med och det ska bli skönt att gå vidare.

- Så ska vi inte glömma: Lättare också vartefter den goda smaken och verkan två whisky och en öl gjorde.

- Nu har vi ett kafé, som vi vet om i den här byn. Vi har en trivsam krog med ett servicesnille till barängel och nu ska vi bara hitta ett hotell, så vi är beredda för framtiden, menar Stubben och nickar för sig själv.

- Du har så rätt.

Där de går långsamt framåt säger Stubben plötsligt "jag tänkte förut att jag hoppas att Gud möter Ester när hon kommer". Palme tittar undrande på Stubben "du sa ju tidigare att du inte trodde på Gud ..."

- Ja, men den tanken, att Gud skulle möta henne, kom när jag redan var här och innan vi hade träffat Jesus.

Palme tittar ner i marken och säger stillsamt "Vi får nog leva här ett bra tag innan våra fruar kommer. Hoppas att de lever och har hälsan".

- Nå'n Gud lär ju inte möta vid porten, men Sankte Per är ju där så allt ordnar sig när den dagen kommer, säger Stubben.

- De dagarna, rättar Palme, de kommer knappast samtidigt, som vi.

NU GÅR VI VIDARE

Vid nästa dags morgon förblir Stubben liggande i gräset. Han följer de ulltussiga molnen på himlen, som långsamt och rofyllt drar fram. Han tar några djupa andetag så lungorna blir fulla av den friska morgonluften och känner dofterna av gräs och blommor. Några bin surrar omkring lite planlöst, tycker han och jämför med de bin han är van vid från jorden, de som ger sig in i snart sagt varje blomma. "Men de här är väl inte hungriga eller vad det heter på bispråk?"

Han tänker på de senaste dagarnas omvälvande upplevelser och känner sig trots allt riktigt förlikad med tingens nya ordning. "Det är rätt okej, faktiskt, nu när man vet hur det ligger till."

Han drar ännu ett djupt andetag och låter luften sakta men rätt ljudligt pysa ut.

- Suckar du, hörs Palmes röst ur gräset en liten bit bort.

- Nej, svarar Stubben, och ja. Jag drar bara lite djupa andetag och pustar ut de sista dagarnas bekymmer.

- Har du haft bekymmer?

- Det kan man väl säga. Och det har du också haft, vad det verkat. Jag menar med allt nytt om Gud och Jesus och det där.

- Ja, du menar så. Jag låg också och tänkte på det.

- Nu, idag, känns det mycket bättre, ja, helt okej, faktiskt. Det var liksom slutpusten du hörde.

- Jaså …

De tystnar igen och sträckte ut sig, njuter av den loja morgonen de unnar sig. Stubben sluter ögonen och tänker tillbaka på Ester. "Hoppas att hon snart gråtit färdigt." Han håller nästan på att somna igen, då Palmes röst hörs.

- Ska vi gå och käka frukost?

- Snart. Jag vill bara slappa ett tag till.

- Säg bara till.

Stubben känner det som om en ny epok är på gång, som om något har passerat. Han funderar på vad det kan vara som känns så. En svag aning har han, men han är inte helt klar över sakernas förhållande. Det har något att göra med de senare upplevelserna.

Han tycker sig snart inte komma längre i sina tankar och säger därför att
"nu går vi och tar vår frukost."

Ur gräset reser sig långsamt de båda vännerna, som nu hållit ihop i
närmare tre veckor. De vandrar mot caféet under tystnad.

På plats därinne förser de sig med det vanliga och sätter sig ner.

- Nu har vi tigit en lång stund, säger Palme, utan att det känns konstigt.
Det är bara med riktigt goda vänner man kan tiga och ändå må bra
tillsammans.

- Jag förstår vad du menar, svarar Stubben. Jag känner likadant.

De äter färdigt under sparsamt samtal och när de sedan sitter med varsin
påtår säger Stubben:

- Jag låg länge därute och kände något lite annorlunda.

- Hur, menar du?

- Det känns liksom att vi passerat någonting. Att det är dags att ta ett steg
till eller gå vidare eller vad jag ska kalla det.

- Mmm, jag tror jag vet vad du menar. Jag har också känt en diffus
slutpunkt. Eller ny startpunkt, kanske?

- Jag tror, säger Stubben, att vi kom till slutpunkten för vår början …

- Inskolningen är över, menar du?

- Ja, just det. Nu har vi fått alla de gåtor, tvivel och undranden utredda.
I alla fall de som kändes riktigt viktiga. Vi vet också, hur vi ska hantera
saker och ting och vi vet hur det sociala, om jag kan säga så, fungerar.
Det känns som om vi skulle starta "på riktigt" nu.

- Och vad skulle det innebära, tycker du?

- Hittills har jag hängt på dig hela tiden och vi har hållit ihop som ler och
långhalm. Vi kanske skulle komma igång med varsitt liv häruppe?

- Du har väl inte hängt mer på mig än jag på dig, svarar Palme. Men du
har nog rätt. Vi kan inte gå uppefter varandra för evigt förstås.

- Det är nog dags att vi skiljs åt, men jag skulle väldigt gärna vilja att vi
ses regelbundet, fortsätter Stubben. Om du vill förstås.

- Klart att jag vill, säger Palme. Till att börja med kan vi väl göra som
Tage och Beppe, till och med samtidigt med dem, så kan vi fortsätta att

snacka och att lira varpa.

- Bra, då är den delen redan avklarad.

Sedan blir det tyst över påtåren. Stubben tar sig en extra mazarin för att få ner en liten klump i halsen. Han har fäst sig vid Palme och situationen känns lite sorglig, samtidigt som den känns positiv och nödvändig. "Jag har ju alla de mina som finns här före mig. Dem vill jag komma närmare och få en fungerande samvaro med," tänker han.

- Jag tycker, säger han, att vi går och söker upp de våra och upprättar det här kontaktnätet som berättades för oss förut. Jag till mitt och du till ditt. Vi skaffar ett nytt ställe att vila natt på och så ses vi som vi sa nyss. Jag tror, ta mig fanken, att jag ska pröva en hotellnatt emellanåt. För att lägga mig i en säng. Jag undrar hur det känns?

- Det kanske inte känns alls?

- Tror du inte? Hoppas det känns skönt. Det borde väl kännas innan man somnar, tycker jag. Och kanske när man vaknar?

- Ja, min vän, säger Palme och reser sig, det är väl lika bra att vi gör slag i saken och söker upp nära och kära och inte sitter här och känner oss melankoliska över ett avsked som ändå bara är ett "på återseende".

Han sträcker fram handen och tar Stubbens.

- Vet du att det är första gången vi tar varandra i hand.

- Ja, jag känner det.

- Egentligen behöver vi inte ta varandra i hand, när vi är så nära vänner. Men jag känner, att jag vill ta din hand åtminstone en gång för att på något symboliskt sätt bekräfta vår vänskap.

De båda känner sig djupt berörda av såväl handslaget som av Palmes ord. Så skiljs de åt och Stubben vandrar iväg år sitt håll. "Mitt håll, tänker han, jag har ingen aning om vart jag ska gå. Men det blir att göra som förut, att tänka fram dem man vill möta och göra upp nå't klokt. Jag börjar med farsan."

Innan dagen är till ända har Stubben hunnit träffa både farsan Gustaf och morsan Märta. Han har inte hunnit med flera innan det är dags att kila iväg till kaféet för mötet med "polarna".

Den kvällen känns lite högtidlig, då det är första gången han kommer dit som "egen" individ. Men de har lika trevligt som vanligt och skiljs åt efter en och en halv timmes samvaro.

Han har hunnit leta reda på ett hotell under dagen och vill gärna pröva en lyxkväll i sin ensamhet. Han beställer också en fin whisky, det enda fina märke han kände till, "en Macallan och en liten karaff vatten", och tar med sig upp på rummet för att njuta på sängen, halvsittande, läppjande och drömmande med uppbuffade kuddar bakom ryggen.

Nästa dag ligger han länge och njuter i sängen. Han funderar på vilka han skulle söka upp och bestämmer sig för att göra det lätt för sig. "Jag går till Almas fik, där träffar jag säkert flera gamla ungdomskamrater och kanske några andra också, släktingar kanske."

- Jag börjar med hotellfrukost. Det ska vara något alldeles extra, har jag hört.

Dagarna går på likartat sätt. Han knyter upp nygamla kontakter och träffar polarna varje sen eftermiddag. Det börjar bli snärjigt att hinna med alla kontakter och de fyra vännerna beslutar att bara ses tre gånger i veckan, tisdag, torsdag och söndag.

Så småningom finner han en lagom rytm i sina kontakter och allt flyter på lugnt och stilla. Han gör då och då vissa avbrott i vardagen. En gång beger han sig tillsammans med Palme på besök till Buddha. En annan gång besöker han Jesus på egen hand. Han försöker att få träffa gamle kung Gustaf VI Adolf, men går bet av någon anledning. Han beslutar då att ta hjälp av Palme vid nästa försök.

En dag beger sig Stubben och Palme till den badstrand de känner till.

- Du, säger Palme, det rullar på bra nu.

- Ja, det är verkligen ett paradis här.

- Jag vill gärna säga att du är mycket mer talför och initiativrik nu än den Stubben jag träffade hos Sankte Per.

- Jag känner att jag har ett helt annat självförtroende.

- Får man det automatiskt i Himlen, tror du, frågar Palme.

- Ingen aning, svarar Stubben, antingen det eller så tack vare samvaron med dig, som varit jävligt hygglig hela tiden. Jag ger fan i vilket, huvudsaken är att vi mår bra.

- Men du verkar obotlig med dina svordomar, ler Palme.

- Ja, jag bryr mig inte om dem heller. Det gjorde ju inget, sa Sankte Per redan första dagen.

- Ja och skönt är väl det också.

- Visst fan. Ska vi ta ett dopp till?

93

DEL 2

ESTER

MIN MAMMA ESTER

På Huddinge sjukhus den fjortonde maj dog min mamma 84 år gammal efter att under ett antal år haft problem med blodet. Hon åt medicin för det och allt gick väl bra i en sex-sju år tills hon började bli allt svagare och togs in på sjukhus.

Vistelsen där blev inte så lång. Man bytte bland annat blodet och försökte olika saker men det visade sig snart att blodbekymren slog över till leukemi. Jag och min syster informerades om att det inte fanns något att göra för att få henne att klara och att orka att leva vidare och att det bästa vore att låta sjukdomen ha sitt förlopp men att se till att hon slapp lida genom att ge tillräckligt med morfin.

En kväll visste vi alla att det var sista kvällen och jag och min syster och alla mammas barnbarn var där och tog ett känslosamt farväl.

Under detta farväl sa min mamma till min äldste son "vi ses se'n ... på andra sidan". Sonen svarade att "ja, farmor, det gör vi", varpå min mamma log och sa "men du kan ta det lugnt, ha inte bråttom, jag kan vänta".

Med min syster Ingegärd och mig vid sin sida i sjukhusrummet sov mamma från cirka kl 23 till lite efter kl 05. Då hörde vi en liten suck, som visade sig vara slutet på hennes andning.
Hon fick gå bort lugnt och stilla, till synes utan lidande.

MÖTE MED SANKTE PER

Liksom yrvaken sätter hon sig upp. Tittar förvirrad och samtidigt förundrad på gräset med alla dess ängsblommor, "lite vitsippor finns kvar och titta på alla gullvivor .."

- Var är jag, tänker hon och ser sig om. Hon sitter på en flack kulle och fram-för sig, en bit ner finns en gles skog, där björkarnas blad ger en ljus grönska kontrasterande till barrträdens mörka. Hon vrider på huvudet och ser en gärdesgård med en stängd grind.

- Finns det kor här, undrar hon och reser sig upp på lite vingliga ben. Hon ser ut över ängen bortom gärdesgården, men ser inga kor, bara en ensam figur med en, .. ja vad är det? .. en käpp i ena handen. Personen är ännu rätt långt borta och hon kan inte avgöra vad för figur det är.

Förvirringen bara tilltar medan hon tittar mot den annalkande, som visar sig vara en man.

- Vad har han på sig? En vit nattskjorta? Och vilket långt skägg! Helt vitt skägg. Han ser gammal ut, tänker hon, men snäll och hygglig. Jag frågar ho-nom om var jag är.

Mannen kommer fram till grinden och innan hon hinner öppna munnen, ler han brett och säger "Välkommen, du ska se att du kommer att trivas här!"

- Trivas? Vad menar du? Jag bara undrar var jag är. Jag måste ha gått vilse och sen lagt mig ner för att vila lite, men jag kan inte komma ihåg vad jag gjorde innan.

- Det borde du göra, det var ju alldeles nyss och Alzheimer har du inte haft, tvärtom.

Han tittar på henne med vänlig och lite förväntansfull blick ..."Nååå?"

Hon stirrar undrande på honom, liksom "vad vet du om det", men säger inget.

Tystnaden är total, bara lite fågelkvitter kan höras och plötsligt lystrar hon till och utropar "Hör du göken?".

- Ja då, svarar han, men kan du inte komma på vad som försiggick innan du kom hit? Förresten, kom in, forsätter han och öppnar grinden.

Hon går in och vänder sig sedan emot honom igen.

- Och vad ska jag göra här inne?

- Här ska du stanna och njuta för evigt, svarar mannen och ler bredare än någonsin.

- Är du riktigt klok, du? Jag måste hem. I och för sig är det väl ingen brådska, men vad ska jag göra här och så småningom blir det ju mörkt och kallt.

- Okej, jag förstår dina synpunkter och skulle kunna säga en hel del, men det här var ändå rätt kul.

- Vad är kul?

- Att du inte kan komma på vad som hände innan du kom hit.

- Hur kan du veta något om det?

- Strunta i hur jag kan veta, försök att komma på det. Tänk tillbaka. Har du någonsin legat på sjukhus?

- Bara på BB när jag fick barnen.

- Inget mer, är du alldeles säker?

Hon sätter sig ner på en sten, stödjer hakan i händerna och tänker … "födde barna, ja, sen … hit och dit, vad har jag gjort … Sture fick hjärtinfarkter, flera stycken och då var jag ju och hälsade på, men det var ju han som låg där, inte jag. Ja, sen blev jag ensam och det gick ju det också. Fast jag blev tröttare och tröttare på slutet …"

Hon tittar tvärt upp på den vitskäggige.

- Jo, jag blev ju inskjutsad på Huddinge sjukhus nyligen. Så löjligt att jag inte kom ihåg det.

- Och vad hände där?

- De var jätterara alla sköterskor och läkare och barna kom och hälsade på, men jag blev inget bättre. Det var blodet som det var problem med, vita blodkroppar, blodplättar och fan vet allt.

Den vitskäggige nickade och tänker för sig själv att "det gör han nog".

- Och sista kvällen kom alla barnbarnen också, fortsatte hon, och vi kramades och tog adjö. Det var väldigt fint alltsammans.

- Vad hände sedan, då?

- Jag somnade.

- Och …?

- Ja, just så, jag somnade in … för gott, väl?

- Precis och nu är du här!

Klentroget tittar hon upp på den gamle mannen med det vita skägget. Hon tittar dessutom på sig själv och blir än en gång förvånad, "åh, vilken fin klänning jag har på mig", hon tittar sig omkring och allt blir ännu konstigare.

- Är jag död, frågar hon och känner att en sådan fråga kan man väl inte uttala.

- Ja, faktiskt, svarar mannen, och du har just passerat grinden, eller porten, som man säger på jorden, till Himlen. Men död och död, din kropp är död och din själ har vandrat vidare ... hit, alltså. Din själ lever, fast inte längre på jorden.

- Är du inte klok, säger hon igen, tvekande, finns allt det här man hört och läst om, som jag sett som sagor?

- Ja, det gör det faktiskt, även om allt inte stämmer med det du fått lära dig på jorden.

Nu blir hon tyst och tankarna virvlar runt i huvudet. Förvirringen hon känt är borta och hon iakttar mannen med nya ögon.

- Är du då Sankte Per?

- Bravo, äntligen har vi nått fram. Och du är Ester, vet jag.

- Vet du?

- Jo, jag får reda på allt på olika sätt.

Ester tittar ut över den äng, den vackra äng, som ligger framför dem och ser inget särskilt, bara vacker natur. En ekbacke ligger lite bortom till vänster och hon noterar att ekarnas blad ännu inte slagit fullt ut. "Javisst, ja, ekarna är ju rätt sena och vi är bara i mitten av maj".

- Vad ska jag göra nu då? Hon tittar på den man som hon inte trodde fanns.

- Och du, förresten, fortsätter hon, hur har jag kunnat hamna här? Jag har jag ju aldrig varit något vidare troende och det måste man vara för att komma till Himmelriket, har jag lärt mig.

- Som jag sa tidigare, stämmer inte allt som du lärt dig på jorden. Vår Gud eller kanske jag ska säga den gudomliga allsmakten är god och ... just ... allsmäktig och ...

- Nää, nu du, opponerar sig Ester upprört, om han är god och allsmäktig, hur i alla fridens dagar kan han tillåta krig, mord, våldtäkter och sjukdomar som inte går att bota. Jag, till exempel, dog i leukemi!

- Igen, jag förstår din reaktion och håller med dig i din indignation, men det finns en förklaring: Guds totala makt finns bara här i Himlen och i den process som välkomnar människorna till himlen.

- Process?

- Ja, alla kommer inte hit direkt, som du gjorde. Du kom hit direkt för att du varit en god människa på jorden, du har gjort ditt bästa, du har varit ärlig och tagit bra hand om det du anförtrotts, dina barn till exempel. Du har varit hjälpsam och så vidare.

- Men man kan inte säga att jag trott på Gud direkt.

- När nu Gud är god och kan bestämma vilka som kommer direkt upp till Himlen, vore det väl konstigt om han inte skulle välkomna de goda, vare sig de trott eller ej. Den gode Guden vill att människorna ska vara goda mot varandra och märkvärdigare än så är det inte.

Ester funderar över vad hon just hört och det reser ett antal nya frågor.

- Du sa, att alla inte kommer direkt hit. Vilka är det som *inte* kommer direkt och hur kommer de hit se'n … om de inte kommer direkt? Och varför kan ni här uppifrån Himlen inte tala om för alla på jorden hur det ligger till, så det blir bättre där också?

Frågorna bara sprutar fram, som om de lagrats upp sedan långt tillbaka.

- En sak i taget! Vi tar den om dem som inte kommer direkt först:

Som jag sa, kom du hit direkt för att du skött dig bra på jorden och då menar jag inte att du framgångsrikt slagit dig fram till ära och berömmelse. I och för sig är ära och berömmelse inget hinder, men det viktiga är att man varit en god *med*människa. De som inte varit goda medmänniskor får liksom en andra chans.

- Hur då?

- Jo, de får sätta sig på skolbänken!

- Skolbänken!?! Ester ser ut som om hon trodde att Sankte Per drev med henne.

- Ja, skolbänken. I Helvetet ligger ..

- Helvete, avbryter Ester, jag trodde man inte fick svära i Himlen.

- Det är inte heller viktigt, men nu är Helvetet en liten plats här uppe och där ligger vår skola, en internatskola och …

- En internatskola i himlen … nu har jag väl hört allt. Driv inte med en gammal människa!

- Jag driver inte med dig eller med någon. Gammal förresten, här i Himlen är man ålderslös eller man kan säga att ålder inte finns.

- Hur kan ålder inte finnas?

Ester är nu riktigt på hugget och avbryter ideligen med frågor utan att hon ens hinner tänka efter emellan. Det snurrar i huvudet. "Det här är inte klokt", tänker hon, "men en kul gubbe är det … Vad är det egentligen som pågår?"

- Det är svårt att förklara för den som kommer hit. När du gett dig iväg in och börjat uppleva det du kommer att göra inne i vår underbara värld, är denna fråga inget problem. Men för att förvirra dig ytterligare …

Sankte Per ler i skägget:

… om du träffar en gammal skolkamrat härinne, som du inte sett sedan du var 10 år, kommer ni båda att se varandra som 10-åringar bland annat för att ni inte känner varandra som äldre.

- Det kan inte …

- Jo, det kan det visst. Och träffar du din man, Sture, så är han i en, låt oss säga, lagom ålder … liksom du.

Ester finner inget att säga, så hon förblir tyst. Förvirringen tilltar. Ju mer Sankte Per berättar, desto mindre begriper hon. Med stilla röst säger hon efter en stund:

- Det är låter som den där historien jag hörde en gång, "nu tror ni att ni förstår, vänta bara tills jag fått förklara". Eller som slalomstjärnan Ingemar Stenmark sa "de e'nt lönt å förklar för den som int begrip"

Ett litet skratt kommer ur skägget, "det var kul, det ska jag komma ihåg att ta till då det kommer någon som tror sig förstå .."

Sankte Per fortsätter.

- Men nu till den andra frågan du hade.

- Vilken andra fråga?

Ester minns inte vad hon frågat om i allt kaos.

- Den som handlar om att vi borde tala om för dem på jorden hur allt ligger till i Himlen så att det blir bättre där också.

- Javisst, ja.

- Den frågan är lite knepig att besvara, faktiskt. Det borde ju på något sätt vara rimligt att man gjorde så, förutsatt att man blir trodd. Tänk på hur det gick för Jesus och inte bara för honom. Ingen har väl lyckats övertyga alla därnere om hur det är i Himlen. Det verkar väl för osannolikt, antar jag.

- Men om, jag säger *om*, alla nu skulle tro på budskapet, fortsätter Sankte Per, vilka skulle stanna på jorden? Jag menar, varför leva därnere med alla problem, mat för dagen, arbete, för kallt eller för varmt, för torrt, för blött, jord-bävningar och så vidare. Det vore en stor, för att inte säga överhängande, risk att hela mänskligheten skulle dö ut. Alla skulle begå ett lindrigt självmord, till exempel genom att dricka sprit.

- Det dör man väl inte av, invänder Ester, jag har ju själv druckit sprit i olika sammanhang.

-Jo, men du dricker och blir lite påverkad, känner dig uppåt, lite muntrare. Så dricker du lite mer och måste börja koncentrera dig för att kunna tala utan att sluddra och att kunna gå utan snedsteg. Stämmer, eller hur?

- Ja, men så mycket dricker jag nog aldrig.

- Nej, men så dör du inte heller av det. Fortsätter du sedan att dricka, så att inte ens din bästa koncentration hjälper, så snurrar det ordentligt och du riskerar att somna in.

- Inte dö, väl?

- Det beror på. För de allra flesta i det tillståndet, innebär det att de somnar, mår illa, kräks och vaknar dagen därpå i ett bedrövligt tillstånd. Men … om man, just innan man börjar må dåligt, häver i sig en massa sprit till, lägger sig att somna innan den nya spriten hinner verka, dör man av andningsförlamning utan att man märker av det. Ett lindrigt självmord …

- Fan, vad sprit det skulle gå åt, reflekterar Ester och skakar på huvudet. Tror du det blir så?

- Det finns andra sätt, också lindriga, till exempel tabletter. Om jag tror … nja, jo, jag tror att om inte alla, så åtminstone många människor på jorden skulle dö så snabbt som möjligt för att komma till Himmelriket så snabbt som möjligt och när detta händer skulle knappt några barn längre födas och kvar på jorden blir bara djuren … och det kan ju vara skönt för dem, kanske.

- På något sätt är detta det värsta jag hört.

- Ja, jag håller med. Det räcker med de jordiska idioter som gör sig till martyrer för att komma till himlen snabbt. Vi behöver inga fler.

- Jordiska idioter? Vad menar du?

- Det tydligaste är väl de så kallade självmordsbombarna.

- Ja, jag förstår. Men de dödar ju andra samtidigt. Hur kan de komma till den här himlen?

- Via Helvetet. Ja, alltså, via skolan i Helvetet.

- Hur som helst, fortsätter Sankte Per, vill vi att livet på jorden ska fortsätta, vi önskar att människorna ska bli bättre mot varandra och mot naturen och detta måste ske utan att vi kan lägga oss i. Kom också ihåg att den gudomliga makten inte är allsmäktig på jorden.

Ester försjunker i tankar.

- För en gångs skull tror jag att jag förstår det du förklarar. Men jag vet inte om jag också tror som du.

- Det är fritt att tro vad man vill.

- Så bra, utropar Ester, jag tror vad jag vill och nu tror jag att vi pratar om något annat. Är du gift, har du barn?

- Svar nej och nej. Jag är en osannolik person, jag är tillkommen här uppe.

- Hur då?

- Hur ska jag veta det? Jag bara fanns plötsligt, tror jag.

- Ännu något jag inte begriper och inte du heller vad jag förstår.

- Det är väl härligt att vi inte begriper allt.

- Tokfrans, skrattar Ester, detta samtal är det vansinnigaste jag upplevt.

Sankte Per ler igen efter allt allvarsprat.

- Du är i alla fall på gott humör, verkar det, även om du inte begriper allt. Jag kan trösta dig med att ännu har ingen begripit det de frågar om. Alla som inträder i Himmelriket ser ut som stora frågetecken. Men jag kan tillägga att ännu har ingen återvänt hit till porten och klagat. Det kan väl också vara en tröst och dessutom ett stort hopp. Se nu till att knalla in och du ska få se vad bra allt blir.

- Det känns lite ensamt att trava iväg. Kan du inte följa med?

- Nej, jag har min uppgift att sköta, så jag måste stanna här, men det är ingen fara. Du kommer bara att träffa folk du känner eller känner till.

- Hur vet du det?

- Det fungerar så.

- Va, hur … nej, förresten, förklara inte, då fattar jag ännu mindre. Jo, en fråga till innan jag provar att gå in.

- Kör i vind, jag lyssnar.

- Det finns ju faktiskt fler religioner än kristendomen. Islam med sina muslimer och borta i Asien finns de som tror på Buddha och dom där i Indien, som har heliga kor och tror på nå'nting. Och fler ändå, antar jag.

- Jo, det är alldeles riktigt ... och?

- Vart tar dom vägen när dom dör?

- Gissa!

- Hur ska jag kunna det?

- En ledtråd: Vart kom du själv?

- Hit, förstås, det var en dum fråga.

- Jo, men en som är dum måste få en dum fråga för att svara rätt!

- Vad säger du? Menar du ...

- Förlåt, jag skojade med dig. Klart att du inte är dum, tvärtom. Du ställer bra frågor, sådana som tänkande personer ofta ställer.

- Jaha, du menar alltså att muslimerna också kommer hit? Och de andra?

- Detsamma!

- Hur kan det komma sig?

Sankte Per rätar på sig som om han tänker hålla en föreläsning. Ester avvaktar nyfiket och så tar han till orda och ... föreläser:

- Du kom hit, trots att du inte har trott, egentligen. Det har du själv nyligen sagt och jag har besvarat den frågan. Det finns andra som inte tror. Dessa finns bland muslimer, bland buddhister, bland "dom med heliga kor" och så vidare. Har de varit goda medmänniskor kommer de naturligtvis också hit, liksom du. Och har de inte det, får de gå i skolan i Helvetet tills de kommit till goda insikter. Liksom de till namnet kristna, som haft samma problem.

- Vänta, får jag tänka. Jag vill förstå.

Ester tar sig om kinderna, "kors, jag är alldeles upphettad, men muslimerna tror ju på Allah ... och det är ju en annan ..."

Högt säger hon:

- Jag tror jag förstår. Men muslimerna med islam och en annan Gud. Han ... Allah ... Har inte dom ... ?

Sankte Per fortsätter sin föreläsning:

- Först som sist, det finns bara en Gud. Eller låt oss säga gudomlighet, ett väsen som här i Himlen har en total makt, det vill säga, gudomligheten är allsmäktig. Du kommer aldrig att kunna träffa Gud. Du kan inte heller träffa Allah. Gud och Allah är två benämningar på samma väsen, det i himlen allsmäktiga, gudomliga, det goda … helt enkelt. Däremot kan du träffa Jesus och Muhammed. Två idealister, som trodde de kunde förändra världen och väl gjorde det också … åtminstone till viss del.

Efter detta omtumlande tal avslutar Sankte Per sin föreläsning:

- Av praktiska skäl finns det fler portar till himlen än denna där vi nu står. De olika portarna är till för olika religioner och där finns en, ska vi kalla den portvakt, ett slags "Sankte Per" vid varje port, som kan resonera med de inkommande utifrån deras religiösa, kulturella bakgrund. Förklara för var och en på rätt sätt. Sedan, väl inkomna i Himmelriket, finns inga religioner, bara trevligt, mysigt, härligt ... Så kliv in nu och ha det bra.

- Men hur gör jag?

- Gå in bara. Det löser sig automatiskt. Som jag sa, du träffar bara dem du känner eller känner till. Det är ingen fara med någonting och, för att du inte ska oroa dig, kom tillbaka hit om det inte känns bra.

- Jaha, då går jag väl då. Hej så länge …

- Hej, ha det bra nu och känn dig välkommen.

Ester tittar sig bakåt och vinkar lite försiktigt till den vitskäggige vännen hon just fått vid gärsgårdsgrinden och svarar tyst; "tack". Hon fortsätter en stig som går upp över en gräsbevuxen sluttning och så är hon äntligen inkommen i Himmelriket.

MÖTE MED MARY

Tankfull släntrar Ester stigen fram. Det är vackert runt omkring henne, men hon lägger inte märke till det. Ängarna är fulla med blommor, gullvivor, prästkragar, blåklockor. Skogsdungarna med mest björkar är ljusa, grönskan har inte djupnat än.

Sankte Pers ord om att ålder inte finns och hans beskrivning av hur det blir om hon möter en tioåring hon inte sett sedan dess kan inte lämna henne. Hon försöker föreställa sig hur det skulle gestalta sig, men det går liksom inte.

Så ser hon på avstånd en liten, nja, halvstor flicka som sitter på en bänk utanför ett hus, som är gult, i trä och ser ut som där är ett kafè. Nyfiket närmar sig Ester huset med hopp om att det kanske är så också. När hon börjar komma riktigt nära, tycker hon sig känna igen flickan. "Det måste vara fel", tänker hon, men nyfikenheten på huset hade nu flyttats över till flickan. Känslan av att känna igen flickan blir starkare och Ester steg allt mer tvekande. Slutligen stannar hon upp. Hon tittar intensivt, ja … stirrar på flickan, som är i färd med att binda en krans av ängsblommor. "Vad sjutton … jag känner igen henne, men varifrån …? Hon ser rätt tunn ut, men frisk verkar hon, jag undrar …"

Så fortsätter Ester försiktigt framåt, tyst att hon vore rädd att störa. "Hon ser faktiskt ut som Mary, min skolkamrat i andra klass, som dog i tuberkulos och som …"

Flickan tittar hastigt upp från det hon håller på med och utropar ett nästan kvävt "Nej!" och spärrar upp ögonen, varvid Ester tvärt stannar och ryggar tillbaka förskräckt av det plötsliga ljudet.

- Men … utropar flickan igen, är det du? Ester … åååh, vad länge sedan!

Hon reser sig och störtar fram emot Ester, som i samma ögonblick säkert känner igen både röst och utseende på flickan.

-Mary…åååh!

De faller i varandras armar och tårar tränger sig fram och rullar först långsamt, sedan allt snabbare nedför bådas kinder.

- Åååh, Mary, viskar Ester igen, om du bara visste vad jag tänkt på dig. På dig, på din TBC, på skolan, jag menar på vad som hände dig i skolan och den där jävla kärringen till skolfröken vi hade. Och på den dagen jag

kom för att hämta dig som vanligt och din mamma kom ut och berättade
att du hade dött under natten och att du ropat på mig när du dog. Allt
det tillsammans har fått mig att torka tårar många, många gånger. Jag
har också berättat om detta för mina barn och de har också torkat sig i
ögonen.

Ester är så full av alla känslor så allt bara väller fram och rakt in i örat på
Mary, som står alldeles stilla och stum, omfamnad och omfamnande.

- Du var den enda som brydde dig om mig då, som hjälpte mig och som
jag kände riktigt tyckte om mig.
Mary viskar sitt svar i örat på Ester, fortfarande i den ömsesidiga
omfamningen.

- Men din mamma …?
- Ja, hon förstås, men vi var flera syskon och de flesta var yngre än jag
och hon hann inte med så mycket. Men hemma var det väl bra med både
mamma och pappa utom hostan och ont-i-bröstet, men du vet ju hur det
var annars. I skolan och så …

De båda lösgör sig och tittar varandra djupt i ögonen. Ester noterar att
Marys ögon är lite rödkantade av alla tårar nyligen, men klara och öppna.

- Du ser frisk ut!

- Ja, jag är frisk. Här i Himmelriket finns inga sjukdomar och det är
en verklig lycka. Du anar inte hur det är att vara obotligt sjuk och inte
kunna andas riktigt.

- Jo, lite grann, faktiskt, berättar Ester, jag dog i leukemi och det innebar
att jag fick svårare och svårare att andas och på slutet var det bara syrgas
som hjälpte och sedan inte ens det.

- Usch, så hemskt, ryser Mary och skakar till.

- Ja, men på något sätt var det ändå överkomligt. Jag visste de två, tre
sista dagarna att slutet var nära och med de hemska andningsproblem jag
hade och att Sture var borta sedan länge gjorde att jag kände att det inte
skulle bli svårt utan rent av skönt att fara iväg. Jag var bara lite rädd att
det skulle bli för plågsamt.

- Sture? Mary avbryter och undrar vem …

- Sture är den som jag gifte mig med och som är far till mina två barn.
Han dog i hjärtinfarkt för sjutton år sedan. Men Mary, berätta hur det
var för dig att komma hit. Jag menar från fattigdom och elände, obotlig
tuberkulos, ett hemskt liv, hur kändes det när du äntligen fick frid här, för

... frid och ro har du väl nu?

Ester tillägger den sista undringen lite tvekande.

- Jo, frid och ro har jag och mycken glädje också. Med den bakgrund
jag har haft, så är det inte svårt att finna glädje och frid. Du, jag måste
berätta att jag till och med har frid och ro med den "jävla kärringen" som
du uttryckte dig, vår skolfröken alltså.

- Kors i Jesu namn, hur kan du ha frid och ro med detta monster. Hon
som inget begrep eller ville begripa. Hon som luggade dig då du inte
kunde svara på frågor om dagens läxa, för att du var för svag och trött för
att kunna läsa på kvällen. Hon som flyttade mig långt ifrån dig för att jag
inte skulle kunna hjälpa dig. Hon som ...

Esters röst stockar sig och hon hostar till.

-Jag hatade henne då och hatar henne än!

Mary, den nioåriga flickan, skakar sakta på huvudet och säger klokt:

- Här uppe finns det ingen plats för hat, ska du veta. Och om du träffar
vår skolfröken kommer du att bli förvånad. Hon är helt annorlunda nu.
Jag träffade henne för rätt länge sedan och vi började prata och hon
sa nästan meddetsamma att hon skämdes för hur hon varit och att hon
ville be mig om ursäkt för allt illa hon gjort mig. Jag frågade henne
hur hon kommit på detta och hur hon hade blivit så annorlunda mot
förr, jag menar nere på jorden och då berättade hon att hon varit på en
internatskolekurs i Helvetet. Förresten, har du hört, vilket namn!

- Jo, jag har hört vad det är. Det berättade Sankte Per för mig vid porten.
Eller grinden är väl mera rätt att säga.

- Jaha, då så, då förstår du vad som hänt henne.

- Ja, jag börjar inse delvis hur saker fungerar här.

- Så, även du, om du träffar vår skolfröken, löjligt egentligen, jag vet
inte ens vad hon heter, kommer också att kunna utveckla frid och ro med
henne.

Ester begrundar Marys ord, reflekterar "jag visste hennes namn, men har
tydligen förträngt det" och säger slutligen:

- Du har säkert rätt. Huvudsaken är i alla fall just nu att vi har träffats, att
jag fått veta att du har det bra och ... jo, du har ännu inte berättat hur det
kändes att klampa in här!

- Klampa? Ja, vad kan jag säga? Den sista upplevelsen på jorden var frossa, skakningar och kvävningskänsla. Sedan vaknade jag upp, som jag antar att du också gjorde, i gräset på en äng rätt nära en grind där det satt en vitskäggig gubbe, Sankte Per alltså.

- Satt?

- Ja, han satt då, men reste sig då jag kom. Det är väl inte viktigt. Vad som däremot är viktigt är att jag reser mig upp och kan andas fritt, jag fryser inte och kan fylla lungorna med klar och ren luft. Jag kan inte minnas att jag någonsin kunnat det. Denna nya känsla var obeskrivlig och jag kunde inte tro att det var sant och det var om detta jag pratade med Sankte Per innan jag klev in.

- Kan nog lite föreställa mig känslan …

- Det tog ändå, trots Sankte Pers förklaringar att sjukdomar inte finns i Himmelriket, rätt lång tid innan jag slutade att oroa mig för att tuberkulosen skulle komma tillbaka.

Det blir nu tyst, de båda vännerna har tömt ut det omedelbart viktiga och man begrundar det sagda och det emotionella.

- Jösses …, säger Ester med en suck och tystnar sedan.

- Jesus, ja, han finns här, men jag har inte träffat honom, säger Mary lågmält.

Ester tittar undrande på Mary.

- Jaså, man kan träffa Jesus? Hon suckar igen, ”…inget är normalt här …”

- Ja, det lär man kunna, men jag har aldrig försökt, har aldrig tyckt mig ha lust, är kanske inte nyfiken nog.

Det blir tyst igen, lite längre den här gången, kanske fem minuter. Så kommer Ester på ännu en gåta:

- Hur i alla dagar kunde du känna igen mig. Jag var ju åttiofyra när jag dog och du har inte sett mig sedan vi båda var nio. Att jag känner igen dig är inte så konstigt, jag har ju sett dig som nioåring, men du har inte sett mig som åttiofyraåring!

- Näää, svarar Mary med ett litet leende, om du kunde se dig nu som jag ser dig, skulle du inte tro vad du ser, du skulle bara gapa, du skulle tro det var trolldom, du skulle …

- Men stopp, avbryter Ester förvirrad, vad är det du säger?

- Framför mig står Ester Öström, nio år gammal och hon är sig precis lik.

Ester spärrar upp ögonen och fäster blicken i Marys ögon:

- Skojar du?

Hon visste ju inte vad hon skulle tro efter allt hon hört sedan hon kommit till Sankte Pers port, nåja, grind. Hon hade närapå fått uppfattningen att allt var möjligt, så varför inte också detta?

- Nej, vet du, jag skojar inte. Egentligen är det inte våra kroppar som har träffats, det är våra själar. Min kropp blev inte mer än nio år på jorden och är kvar där och min själ, det vill säga jag, känner bara igen dig som nioåring. Din själ är här, inte din kropp, den är begravd på jorden. Din själ ser *jag* såsom *jag* kan och ... det är som nioåring.

Ester tar ett djupt andetag, sluter ögonen och koncentrerar sig på vad hon just hört. Mary håller klokt nog tyst. Hon förstår att det är bitar som måste få falla på plats för sin gamla skolkamrat.

- Det är faktiskt rätt logiskt det du säger, mumlar sedan Ester långsamt. Om allt jag fått mig berättat stämmer, och det verkar det ju göra, är det logiskt att du känner igen mig som nioåring.

Mary nickar, men säger fortfarande ingenting. Så kläcks en plötslig tanke hos Ester:

- Har du en spegel?

- Vill du se dig som nioåring, undrar Mary med ett leende.

- Ja, självklart, det vore kul.

- Tyvärr, jag har ingen spegel.

- Nähä, men ... vet du var man kan få tag på en då. Inne på cafèet?

- Nej, där finns ingen.

Mary är lite road av Esters iver, så hon svarar inte mer än hon behöver.

- Kan man köpa en nå'nstans? Nej fan, oj förlåt, jag har ju inga pengar med mig.

- Här i Himlen behövs inga pengar. Allt bara finns. Nja, överdrivet. Somligt finns faktiskt inte. Det finns bara inte för att det inte behövs.

- Vad är det som inte behövs?

- Speglar, till exempel.

- Behövs inte speglar? Just nu behöver jag en, det är väl rätt uppenbart.

- Nej, du behöver ingen, för en själ har ingen spegelbild. *Om* du skulle få tag i en spegel och titta däri, såge du ingenting.

Ny begrundan, nytt tankesnurr, "jag vill förstå".

- Om din man och jag samtidigt skulle stå och prata med dig, så pratar han med en kanske femtioårig Ester, eller den Esterbild han minns bäst och helst, medan jag pratar med den nioåriga Ester jag känner.

- Vad i Jösse nam, undslipper sig Ester.

Efter alla de gånger i livet hon uttalat "Jesu namn" hade det blivit "Jösse nam".

- Det är också logiskt, understryker Mary, liksom för att hjälpa Ester på traven.

- Det är väl det.

De båda, för de egna ögonen, nioåriga flickorna ler mot varandra.

- Ska vi hoppa hage, förslår Ester på försök.

- Det tror jag kanske inte skulle vara så kul som då.

- Det tror inte jag heller, det var mera för att se om vi verkligen är nioåringar i själen också. Nu undrar jag, och det gör jag verkligen, hur kommer det sig att vi resonerar som två vuxna personer på lika villkor, särskilt nu med tanke på att vi dog vid så olika ålder och att, medan vi båda levde, jag ständigt fick hjälpa dig på grund av alla dina problem.

Mary söker Himmelrikets himmel, som för övrigt också är blå och med blicken i den, organiserar hon sitt svar.

- Sedan jag kom hit har jag träffat folk, förstås. Ja, folk, själar alltså, men vi kan kalla dem folk. Jag hade ett barns själ då, men genom åren utvecklas själen också här, liksom på jorden. Ja, kanske till och med utvecklas den bättre här, då det inte finns negativa störande inslag i livet. Själen utvecklas i samvaro, samspråk med andra, här såväl som där.

Att du hjälpte mig så mycket du kunde är jag tacksam för, särskilt tacksam för att du visade sådan oegennyttig vänskap och omtanke. Orsaken till att jag då var så … ynklig … jag vet inte vad jag ska kalla det, var att jag var sjuk. När jag började skolan, när vi var sju, var vi mer på samma nivå, men sedan gick det bara utför för min del och det var då du började hjälpa mig med det ena och det andra. Som du säkert minns, bar du min skolväska fram och tillbaka varje dag det sista halvåret … Nu är jag ju inte sjuk längre och alltså inte längre i behov av hjälp.

- Detta är lite komiskt mitt uppe i allt, ler Ester och fnittrar till lite, här står två nioåringar och pratar så förståndigt så man knappt tror sina öron. Vore det på jorden, skulle de vuxna säga " å så kloka de är, men ack, så lillgamla".

De båda övergår till mer vardagligt prat, om gamla vänner, skolkamrater, om prästen i Lugnvik och om sina föräldrar, syskon och vad som hänt i stora drag, ibland även i detalj.

Ester känner att hon börjar bli trött, dagen har varit oerhört upplevelserik och känsloladdad och hon börjar fundera på hur i "all sin dar man ska sova på det här stället".

- Det är det enklaste i världen. Du känner "nu vill jag sova", du kopplar av och vips är du borta för en natt tills själen vill sprattla igång igen.

- Går man inte och lägger sig. I ett hus, i en säng eller …

- Nej, ja, man kan, men det är absolut onödigt. Kroppen finns ju inte egentligen, den är bara en bild, projektion av vårt vetande om varandra, hur vi ser ut och så, så det behövs ingen viloplats för kroppen. Själen liksom slocknar för några timmar, vilar några timmar och sedan finns vi till igen, nästa dag.

- Jag hoppas det var det sista "vansinnet" jag hör idag. Nu tror jag själen behöver ta igen sig ett tag innan det blir totalkaos.

- Det har varit väldigt känslosamt och härligt även för mig. Att äntligen få träffa och tacka dig och att kunna resonera såsom vi gjort. Jag vill gärna också vila upp mig. Så, kära Ester, god natt.

- Godnatt.

MAMMA HULDA

Lite sömnseg sträcker Ester på sig. "Oj, redan så ljust", tänker hon och minns så mötet med Mary. "Vart tog hon vägen", undrar hon, där hon sitter i gräset med försommarens alla ängsblommor kring sig. Hon tittar sig omkring, men ser ingen. "Jag sitter här i gräset och nu undrar jag om här finns fästingar." Hon tittar i gräset som om hon tror att hon ska få syn på en, men det får hon naturligtvis inte.

- Tja, det kan vara som det vill med fästingfrågan, säger hon högt för sig själv efter en stund, eftersom det inte finns några sjukdomar här i Himlen, kan de väl få bita en bäst de vill … de uslingarna, tillägger hon och tittar av gammal vana ner på benen.

- Åh, va' bra, mitt torra skinn är riktigt mjukt och fint.

Hon krafsar sig förnöjt på smalbenen och ser sig om, "nå'nting ska jag väl ta mig för", tänker hon och kravlar sig upp till stående.

Det finns passande nog en stig där hon står och efter att kort ha funderat vänster eller höger, tar hon stigen åt höger.

- Vilken tur att stigen finns, tänker hon, annars hade det varit ännu svårare att knalla iväg nå'nstans. Jag har ju ingen aning om vart jag ska gå.

Stigen slingrar sig fram över ängen och in i en ljus lövskog, där solen silar in genom de halvnakna lövverken och grenarnas knoppar börjar öppnas. Plötsligt kommer hon på att hon inte ätit sedan hon kom till himlen.

- Och inte är jag hungrig heller … Men det skulle vara gott att få nå't i mun, om inte annat så för smakens skull. Morgonkaffet är ju dagens godaste …

Ester, som alltid bryggt sitt morgonkaffe själv, känner sig nu lite handikappad, då hon inte vet hur - eller ens om - hon skulle kunna få något kaffe. Hon fortsätter dock framåt i brist på andra idéer om vad hon skulle göra.

Efter en stunds ytterligare vandrande på stigen, skymtar hon något gult en bit bort mellan träden. Vartefter hon kom närmare, ser hon att det är en liten gul stuga och ännu närmare kan hon läsa en skylt på husets gavel, där det står **KAFFESTUGA.**

- Herre Gud, vilken tur! Ester skyndar sig mot stugan, men hejdar sig utanför den gröna dörren. Jag har ju inga pengar … fan också.

Stugan är påfallande lik det gula hus utanför vilket hon träffade Mary.

- Undrar om hon finns här? Hon kanske har någon slant jag kan låna tills jag förhoppningsvis får lite pengar av Sture. Han kanske har, för han dog ju stående på sina skidor med både kläder och plånbok.

Ingen Mary dyker upp och ingen annan heller. Ester öppnar dörren och halvt om halvt smyger in, ”kanske man kan få en fika på krita …”

Därinne finns en ung kvinna, ja, nästan en flicka, tycker Ester och så frågar hon försiktigt ”kan man möjligen få en kopp kaffe och komma tillbaka och betala se'n?”, allt i en snabb harang utan att andas emellan, då hon tycker att det känns lite förargligt med en sådan fråga.

Den unga damen/flickan ler och säger ”du är ny här i Himlen, förstår jag”. Ester hajar till, ”vanudå, syns det”, tänker hon.

- Ja, säger hon högt, jag kom i går och nu är jag jättesugen på en kopp kaffe, men jag fick inga pengar med mig.

- Det gör inget, vet du, pengar finns inte i Himlen och behövs alltså inte heller. En kopp kaffe ska du få och du får påtår också. Vill du ha något att tugga på?

- Vad då, tugga …?

- Wienerbröd, smörgås eller vad som helst, något att äta, alltså.

- Ja tack, om det går bra. En fralla med ost vore gott. ”Om det också är gratis”, tillägger hon i tankarna.

Ester får sitt kaffe och sin ostsmörgås. ”Det smakar himmelskt” tänker hon och ler inombords, ”vad annars, när man är i Himlen”. Hon tar tid på sig och kan inte låta bli att reflektera över att det är så tomt, ”jag är ju ensam här”.

Färdig, avkopplad och vid gott mod trots ensamheten, lämnar hon kaffestugan med ett ”stort tack, det var gott” och fortsätter stigen framåt samtidigt som tankarna på Mary kommer tillbaka.

Och därifrån är naturligtvis steget inte långt till att tänka på Justerbacken, där hon växt upp och på sin mamma, Hulda.

- Vilket hårt liv de hade, mamma och pappa, tänker hon. Mamma skötte oss barn och lagården med tre kor, gris och höns. Sedan hade hon också ett trädgårdsland med en massa olika grönsaker att sköta, rensa och stå i. Plus all städning och tvätt. Tvätt … hämta vatten från brunnen och bära in och värma över spisen och sedan gno och så skölja i nya vatten och, ja, fy, så mycket jobb bara för att tvätta. Egentligen tvättade ju jag likadant, men jag hade i alla fall rinnande vatten inne och över det fasta karen jag tvättade i, så det var ändå en stor skillnad.

Ester går sakta stigen framåt funderande på sin mammas vedermödor och ensamhet "hon var tvungen att stanna hemma även om hon ibland fick lite tid över, därför att pappa var så rädd för tjuvar … Någon gång smet hon väl över till granntanten för lite skvaller, men det var oftare granntanten kom över till henne".

- Pappa slet också hårt. Han cyklade klockan sex på morgonen till sågen i Lugnvik och började med stabbläggeriet … halv sju, om jag inte minns fel, kånkade och bar dessa tunga plankor eller bräder och travade upp dem mer än nio timmar om dagen, med två korta raster, sammanlagt kanske en dryg halvtimme. Sedan var det att cykla hem. Vid skördetid skulle han också jobba när han kom hem och att vila på helgen var det inte tal om. Då skull man slå hö och hässja eller köra in eller man skulle ta in säden och de hade ju lite av varje, lite vete, lite havre, lite korn och lite råg. Mamma bakade ju det bröd vi åt och en del gav vi till korna som förstärkning på vintern. Och potatisen, "pärern" skulle ju upp och lagras i jordkällaren på hösten.

På vintern var det lite lugnare. Det var bara julslakten av grisen som tillkom för honom. Ja, slakt, ibland slaktade vi en stor kalv också, för att få kött på bordet. Köttet saltades av mamma och pappa ihop. Några större kalvar eller kvigor kunde vi sälja varje år. Vi hade i rätt stor grad självhushållning och på det viset hade vi det rätt bra med mat på bordet. Men ett jädrans slit var det.

- Det var väldigt länge se'n mamma gick bort och hon var rätt dement många år på slutet, funderar Ester, jag undrar om hon skulle känna igen mig nu. Rätt komiskt egentligen hon dog ju 15 år yngre än jag, så det måste se kul ut då vi ses.

Ester hade redan glömt Marys lektion om hur man känner igen varandra.

Hon fortsätter framåt och passerar igenom en rätt gles tallskog där träden är raka och fina, "som telefonstolpar", tänker hon.

En bit inne i skogen till vänster ser hon en figur, ja det är en kvinna som står på huk och uppenbarligen gör något med stor ihärdighet. Hon stannar och försöker utröna vad kvinnan gör … "nää, jag ser inte" …

Esters nyfikenhet får henne att sakta närma sig kvinnan, som reagerar på ett ljud, en avtrampad kvist, reser sig och vänder sig om.

- Ester!!!

- Mamma!!!

De känner omedelbart igen varandra och blir stående med armarna hängande utmed sidorna och på båda tränger tårar fram och rinner nedför kinderna.

- Vad fin du ser ut, viskar Ester med darrande röst.

- Du med, svarar mamma Hulda med klarare stämma och tillägger "jag har väntat att du skulle komma och tänkte att det är väl snart dags."

Äntligen snavar de fram emot varandra i lingonriset och försvinner i varandras famnar.

Ester vet plötsligt inte vad hon ska säga, men det kommer några ord ur munnen … "jaså, du plockar lingon".

- Ja, svarar mamma Hulda, det är så rogivande och trevligt.

- Tycker jag med …

Tillsammans sjunker de ner i mossa och ris och blir sittande och ser på varandra. Hulda tar till orda först.

- Jag, som har varit här länge, undrar nu hur du haft det sedan jag gick bort. Ja, egentligen ännu tidigare, då jag här har insett att jag var rätt borta i huv'et flera år också. Hur det är med barna och med Sture och allt du vill berätta.

- Ja, jag ska berätta, men det kan ta en evighet, det är mycket. Men du kan väl berätta om saker här i himlen också.

- Jodå, men det tar vi sen, det blir mer ihophängande med vårt, ja ditt, liv framöver.

Lite tveksamt börjar Ester berätta om sitt liv från 40-45 årsåldern. Tveksamt för att hon inte vet riktigt hur hon ska börja och inte vet hur detaljerat det ska vara.

- Prata på du, vi har tid.

Det är ju ett klartecken för mycket detaljer och så Ester sätter
igång. Om Sture och hans hjärtinfarkter och plötsliga död. Om
barnen och deras vuxenliv samt också lite om barnbarnen. Om
sin pälssömmerskeutbildning på "gamla dar" och sitt jobb. Om
sommarstället på Norrö där det om höstarna fanns väldigt mycket lingon
"jag älskar också att plocka, men använder alltid bara fingrarna. Lingona
är så släta och fina att ta i".

Tiden går och snart blir Ester torr i munnen och hostar till, "nä, nu måste
jag sluta prata, nu får du ta vid, mamma".

Hulda, som nästan är yr av allt hon hört, slår ifrån sig, "här är det bara
bra och jag kan berätta en del småsaker då och då, det är inte viktigt,
men jag vill höra mer av vad du har att berätta".

- Jag har nog sagt allt jag kommer på just nu, men när jag kom hit
träffade jag Mary och det var en härlig upplevelse.

- Mary?

- Ja du vet, hon, flickan i Rö'kasern.

- Hon som dog i lungsoten, menar du? Hon som gick i din klass i början?

- Ja och ja. Just hon och hon var frisk och glad och vi hade ett långt
samtal. Det gjorde mig så glad och jag tycker att jag blivit av med något
som tyngt mig hela livet till och från.

Mamma Hulda ler och minns hur lilla Ester varit så bekymrad för sin
kamrat och sedan ledsen över hennes död och arg, ja närapå hatisk emot
sin lärarinna, som varit så "orättvis mot Mary".

- Ja, men det var väl fint, säger hon, du ska se att här finns många fler
goda saker att uppleva ...

Så blir det tyst och båda tänker på eller snarare drömmer om den tid som
varit medan fåglarna sjunger och fjärilar fladdrande besöker den ena
blomman efter den andra.

- Kommer fåglar och fjärilar också till himlen när de dör, frågar Ester
plötsligt.

- Det vet jag faktiskt inte, har aldrig funderat över saken. Men de finns
här i alla fall. Jag har sett andra djur också. Om de är födda i himlen eller
kommit hit på samma eller liknande sätt som vi, har jag ingen aning om.

- Kan man få reda på det?

- Varför det? Spelar det nå'n roll?

- Nää, jag bara undrade.

Ny tystnad och deras händer söker varandra.

- Mamma, har du träffat pappa?

- Jodå, självklart. Vi träffas varje dag, äter och sover tillsammans. Vi har det lugnare ihop numera. Petter är inte orolig och nervös som förr. Han är lugn, så lugn att jag knappt kände igen hur det var att bo ihop med honom. Det är mycket skönare med en lugn Petter än den orolige vi kände nere på jorden.

-Vad gör han nu? Kan vi träffa honom?

- Han skulle gå och träffa Axel och …

- Kan inte vi också gå dit, avbryter Ester ivrigt, jag måste få veta hur det var för honom när han dog. Det var fruktansvärt för oss som var där … brusten kroppspulsåder och han fick tydligen så vansinnigt ont innan han dog. Ja, usch, både Sture och jag hade ångest länge efteråt.

- Jo, vi kan gå dit, jag skulle bara vilja plocka kannan full först.

- Då hjälps vi åt, så går det fort.

PAPPA PETRUS

Med en plåtkanna lingon i handen går Ester med snabba, lite snubblande steg efter sin mamma på väg till pappa och bror. Hon får anstränga sig för att hänga med, då Hulda med lätthet tar sig fram på den slingrande stigen.

- Jösses, vad du löper kvickt, flämtar Ester.

- Gör jag, svarar Hulda och ser bakåt på sin dotter. Javisst ja, du har ju nyss kommit hit och har inte hunnit träna upp dig än. Du vet, här finns inga bilar och sån't som man åker med. Man får gå vart man än ska. Som tur är, är det inte längre än att det går bra. Och orken blir bättre och bättre, liksom sättet att gå … och springa, för de som vill det.

- Det finns ju inga vägar heller, har du väl redan sett, fortsätter Hulda. Inga bilar, inget behov av vägar. Så det finns bara mer eller mindre breda stigar …

Ester får en tanke på sin son och hans barn … orienterare ….

- Då blir väl alla här som orienterare, säger hon.

- Orienterare? Hulda ser ut som ett frågetecken. Vad är orienterare?

- Vet du inte det?

- Nej, det är därför jag frågar.

De fortsätter lite långsammare så Ester får luft nog att berätta.

- Orientering är en sport där man springer i skogen. Man har en karta och en kompass och ska hitta till ett antal kontrollpunkter och se'n till mål och den som har gjort det snabbast vinner.

- Och varför blir vi här i himlen då som orienterare, frågar mamma Hulda efter en kort stunds funderande.

- Jo, Ingemar säger att man får en annan löpteknik av att springa i skogen än att springa på löparbanor och fotbollsplaner. Han har ju spelat mycket fotboll när han var yngre, men har slutat med det och börjat springa orientering. Alla hans barn också för den delen.

Mamma, tillika mormor Hulda, var mycket måttligt intresserad av dottersonens olika idrotter, men väl av …

- Du måste berätta om dina barn, Ingemar och Ingegärd. Och deras barn också!

- Det hinner vi, svarar Ester, nu ska vi först prata med pappa och Axel.

På en vacker blomsteräng som sluttar ned mot en likaså vacker liten tjärn hittar de två damerna herrarna de söker.

- Ester har kommit, ropar Hulda och de båda männen vänder sig om.

- Åh, vad ni är er lika, ropar Ester till dem. Vad unga ni ser ut!

Det blir ett kärt återseende och mycket prat om hur unga alla ser ut ... "som förr".

Efter ett tag i det ivriga samtalet frågar Ester sin pappa hur det kommer sig att han nu är mycket lugnare, så som Hulda berättat tidigare.

- Ja, svarar pappa Petter, som egentligen heter Petrus, Det är ju en helt annan värld här. Inga tjuvar och banditer, ingen lever rövare och man har tid för allt, gott om tid. Oändligt, kan man säga. Och inga pengar att bli bestulen på ...

Petrus skrattar för sig själv och de andra ler instämmande.

- På jorden finns det ju så'na, fortsätter han, och jag var rädd om det vi hade. Kanske lite för rädd ibland, så jag ville inte att torpet skulle stå tomt. Mor fick lov att vara där mest hela tiden. Det var ju också mycket att göra där för henne, men klart .... lite mer frihet från "vaktandet" kunde hon väl ha haft ....

Fru Hulda ler milt mot sin man vid dessa ord och säger inget.

Det är nog redan sagt, tänker Ester.

- Och du då, Axel, det var ruskigt att vara med då din kroppspulsåder brast, fruktansvärt. Det var naturligtvis ändå värre för dig ....

- Jag vet inte det, svarar brodern stilla. Det gjorde så tväront och se'n var det som att jag sjönk bort. Det onda försvann snabbt ... det är det enda jag minns av det hela.

I stilla begrundan och talande med varandra om hur livet på jorden kan sluta på olika sätt ...

-Petrus vägrade äta när hans ben hade amputerats och han var gott och väl över 90,

-Hulda blev dement och liksom försvann i dimman innan hon blev 80,

-Axel, ja,

... och Elsy, lillasyster, hon som fick strupcancer, som spred sig och hon som bara var lite över 60!

- Är inte Elsy här? Ester ropade till och den stilla stunden avbröts.

- Jodå, klart hon är. Hon dyker upp då och då. Vi kan gå och söka upp henne också.

Hulda tittar på Ester och lägger huvudet lite på sned och tillägger "men kanske kan vi vänta nå'n dag, det blir väl lite för mycket cirkus för dig annars".

Axel faller in i talet med sitt och om sin fru "och Tyra kan vi också träffa då".

- Ja, Tyra ja … det är många att träffa … det är tur att man har gott om tid.

- Oändligt mycket.

Axel, som är äldst av Huldas och Petrus barn, får en tanke plötsligt.

- Edla då?

Ett ögonblick av förvirring uppstår hos Ester. Edla? Vad är det med storasyster?

- Hon är inte här än, såvitt vi vet, säger alla de gamla himlaborna.

- Nej, såvitt jag vet, så lever hon i Göteborg. Hon har sina barn boende där också, ja, inte tillsammans. Barnen har egna familjer och Edla bor väl med Johan … tror, jag.

- Hon är mellan dig och mig, säger Axel till Ester.

- Ja, hon är 86, men är frisk, tror jag, svarar Ester.

- Du tror hela tiden. Vet du inte?

- Nej vi har faktiskt inte haft kontakt alls på de senare åren.

Efter allt känslosamt prat och då ingen längre orkar bryta stämningen, föreslår Hulda att de ska gå och ta en kaffetår. Hon leder allesammans till en annan liten kaffestuga som ligger nere vid tjärnen, där näckrosor vackert ser ut att flyta på den blanka vattenytan och ett svanpar sakta glider fram tillsammans.

- Kommer svanar också hit när de dör, frågar Ester, som inte fått sin tidigare undran besvarad.

- Ingen aning, svarar Axel, men det gör de nog.

- Tror du?

- Vet inte …

- Ser du, det är inte bara jag som tror …

Det blir kaffe med både påtår och tretår plus allehanda godsaker, smörgåsar, kanelbullar, bakelser, småkakor. Länge sitter de tillsammans innan de beslutar sig för att bryta upp.

Så går de åt olika håll, Ester, Axel och deras föräldrar som går åt samma håll.

Ester vinglar lite hit och dit, då hon inte riktigt vet vart hon ska gå. Hon har ju fått klart för sig att det egentligen inte spelar någon roll, då man inte bor så som på jorden. Man kan ju bo var som helst. Ute eller inne. Beror på hur man vill ha det. Jag bor nog helst ute just nu, tänker Ester, det är ju varmt och skönt. Bara att lägga sig på en trevlig plats att sova. Inga tjuvar, sa ju pappa. Inga vargar och björnar heller, väl? Och inga fästingar. Och skulle de finnas, är de säkert snälla och ofarliga.

Hon bestämmer sig för att slå sig ner i en gles lövskogsbacke och ser sig om efter något att lägga under huvudet. Hon ser inget lämpligt, men tar av sig skorna, lägger en sjal över och lutar sedan huvudet mot ”kudden”.

- Så dumt att bry mig om kudde … vi har ju ingen kropp *egentligen*, här uppe i Himlen. Det är ju bara själen som slocknar in lite för att ta igen sig sa ju Mary.

Vilken dag, tänker hon sedan, tänk att få träffa sin gamla familj. Och vilken god form alla är i. Otroligt. Hennes tankar far hit och dit och blir alltmer orediga innan hon somnar.

STURE (ALIAS STUBBEN)

Förvirrad sätter sig Ester upp "oj, jag drömde om Sture. Honom borde jag ju träffa först … är det ingen ordning alls här uppe?" Nyvaken ser hon sig om. Det är en vacker björkbacke hon sitter i. Löven är spröda och ljust gröna. "Det ser ut som den vackraste vårdag," tänker hon, "och jag dog ju i mitten på maj och då betyder det väl att vi fortfarande befinner oss i maj. Det var ju alldeles nyss jag kom hit, ett par da'r se'n bara." Efter att sålunda konstaterat att hon vaknat en vacker vårdag, ställer hon sig upp och ser ner på sina kläder, som inte ens är skrynkliga efter att ha varit på hela natten. "Vad praktiskt," fortsätter hon sina tankar, "kläderna skrynklar sig inte och kanske blir de inte smutsiga heller. Eller luktar svett!" Hon böjer sig mot armhålan för att känna efter, men "nää, luktar rätt gott, inte svett i alla fall. Då var det ju lika bra att jag inte tänkte på att klä av mig i går kväll … jag har ju inget annat att ta på mig heller … skulle jag sovit naken … nää, det hade känts konstigt att lägga sig naken ute i en skogsbacke … "

Slutresonerat för ögonblicket. Hon sträcker på sig och upptäcker att hon inte är hungrig … egentligen. Men sugen på att få något gott att stoppa i munnen. Det godaste när man vaknat är ju kaffet

- Ja, då är det väl dags för frukost.

Hon beger sig mot kaféet som hon besökte dagen innan och känner sig alltmer sugen på sitt morgonkaffe. Medan hon går börjar hon fundera över att hon inte känner sig hungrig trots att hon inte ätit på kanske tre dagar, "bortsett från kaffet i går". Ester bestämmer sig för att fråga hur det förhåller sig med de på jorden så viktiga bestyren som att äta och göra ifrån sig på toaletten. Hon konstaterar i samma minut att hon inte varit på en toalett sedan hon kom till Himlen. "Jag undrar om det har med varann att göra … alltså aldrig hungrig och aldrig nödig. Inte törstig heller för den delen."

Kaféet dyker upp i kanten av lövskogen eller, om man så vill, i kanten av ängen. Det ligger vid en äng intill en björkskog och är gult. Ester tycker att det ser ut som en bild i en sagobok hon läst för barnen. Inga mer funderingar, nu gäller det suget efter något gott. Hon öppnar dörren och ser ännu en gång den unga damen som ser flicklik men samtidigt lugn och säker ut. "Undrar hur gammal hon är," tänker Ester, "kanske nitton eller tjugo?"

- Hej igen, ler flickan bakom disken, du vill ha kaffe, förstår jag. Kanske en ostmacka i dag igen eller nå't annat? Korv? Ägg? Eller …

- En macka med stekt ägg vore smaskens, avbryter Ester. På rågkaka … finns det?

- Jodå, det finns. Vill du ha socker och mjölk i kaffet, jag minns inte från i går.

- Tack, bara svart kaffe. Kanske i en mugg. Och en rågkaka med ägg.

- Sätt dig ner, så kommer jag om ett par minuter.

Ester sätter sig vid ett fönsterbord och tycker att det är märkligt att det är så tomt i kaféet eller kaffestugan, som det står på skylten utanför. Sedan slås hon av en annan, en förfärlig tanke, som hon genast ställer till serveringsflickan då hon kommer med det beställda.

- Du ser ju så ung ut. Hur har du hamnat här? Dog du vid knappa tjugo?

Flickan småler med svarar inget först. Ester fyller på:

- Var det en sjukdom? Jag träffade i förrgår en skolkamrat som dog i tuberkulos när hon bara var nio. Eller var det en olycka? Eller … Förlåt att jag verkar nyfiken, men jag slogs av en gräslig tanke …

- Jag förstår, svarar nu flickan, men du kan vara alldeles lugn. Här har inte förelegat vare sig sjukdomar eller olyckor.

- Nehej … säger Ester tvekande och väntar sig en förklaring.

- Jo, det är så helt enkelt, att jag är en ängel.

Misstroget stirrar nu Ester på flickan som alltså ska föreställa en ängel. Automatiskt söker sig blicken mot baksidan av flickan/ängeln, men hon ser inga vingar. "Då kan hon väl inte vara en ängel," tänker Ester. Högt säger hon:

- Ängel. Änglar, finns dom? Så tycker hon själv att hon är lustig, då just den frasen är titeln på en gammal film med Jarl Kulle och Christina Schollin.

- Du får lov att förklara dig …. Skoja inte med gammalt folk, lägger hon till för att vara rolig en gång till.

Flickan, som inte hört talas om gamla svenska filmer, svarar att "jo, änglar finns här i himlen men vi har inga vingar som man fantiserar om på jorden."

Ester, som denna morgon redan vant sig så pass vid tillvaron i himlen, att hon finner allt normalt, inser att saker är inte riktigt så normala som hon börjat tro och inser då vidare att det förmodligen är så som flickan, ängeln alltså, säger.

- Berätta om änglarna i himlen, är du snäll.

Ängeln berättar då för den andäktigt lyssnande Ester att "vi finns till här i himlen för att göra tillvaron här bättre än den annars skulle vara. Tillvaron ska vara den allra bästa man kan tänka sig. Vi arbetar och gör det med glädje för dem vi hjälper och dessutom får trevliga samtal med, som nu. Alla är snälla och hyggliga. Ofta roliga och skämtsamma, men aldrig dumma. De dumma fastnar ju i Helvetet, skolan du väl hört talas om." Hon avrundar:

- Vi har lika trevligt som ni, som vi kan kalla våra gäster.

Ester känner sig nu plötsligt alldeles matt. "Det finns änglar … herre Jesus … jag är i Himlen i ett kafé … och pratar med en." Det går lite runt i huvudet innan tankarna klarnar och nästa blir då "det är ju inte värre än Sankte Pers berättelser vid porten om hur saker är i Himlen." Hon reflekterar högt:

- Port förresten, det var ju bara en grind.

- Förlåt, vad sa' du?

- Nää, inget … på jorden säger vi att Sankte Per står vid porten till Himlen, men det var ju bara en grind … i en gärdsgård.

- Så på jorden känner man till Sankte Per vid ingången till Himmelriket?

- Ja … och nej. Det är väl ingen som tror det, men det sägs så. Alla tror väl att det är bara svammel. Fantasier, alltså … en bild, liksom.

- Jaha, ja. Lustigt att man tror att Sankte Per är bara fantasier, men man tror samtidigt på en gud som en sorts person. Egentligen har man fel i båda sakerna …

- Va? Jag fattar inte riktigt vad du menar.

- Strunt i det. Det klarnar säkert senare.

Kaffet som står orört i sin mugg har kallnat betänkligt och Ester gillar ju när kaffet är riktigt varmt. Hon smakar lite tveksamt på det halvljumma kaffet, gör en liten grimas och tar så en stor tugga på äggsmörgåsen.

- Kan du värma på kaffet?

- Visst, inga problem. Hur smakade äggmackan?

- Väldigt gott, tack.

Efter en skön frukost med äggmacka och varmt kaffe känner hon sig
tillfreds och ängelns berättelse har sjunkit in så hon känner sig väl också
med dessa sakers ordning. Hon säger "hej då" till ängeln och stänger
kafédörren bakom sig. Tittar sig prövande omkring, ängen åt höger och
björkskogen åt vänster. "Skog och skog, det är nästan mer som en park."
Björkparken ser mest inbjudande ut, så hon lufsar iväg lite planlöst.
"Konstigt att bara knalla iväg på måfå och undra vad som kommer att
hända."

Hon erinrar sig sin dröm från natten där hon sakta vandrar framåt.
"Undrar om jag kan stöta på Sture bara så där …" Hon ser en stig som
slingrar sig fram lite till höger om henne och väljer den då det blir lättare
att gå där och slippa lyfta benen så högt bland långt gräs och ris. Det har
blivit lite slyigare med mer undervegetation. Stigen blir efterhand lite
bredare och därmed blir det också lättare att gå.

Plötsligt ser hon en person långt framför sig på samma stig. Nyfiket ökar
hon farten för att kunna komma i kapp, tänkande samtidigt på Sankte
Pers ord "du träffar bara dem du känner eller känner till. Det är ingen
fara med någonting …"

- Det borde ju vara nå'n jag känner och kan prata med, säger hon för
sig själv och försöka öka farten ännu mer utan att springa. Hon närmar
sig långsamt och flämtar lite av ansträngningen, tycker sig känna igen
hållningen och stegen och plötsligt är hon övertygad och ropar: Sture!

Han, för det är en man, stannar och vänder sig om.

Hon, när hon ser honom framifrån, stannar och viskar, då rösten inte
riktigt bär:

- Det är du … på riktigt …

- Ester, viskar han tillbaka, lika rörd och med samma röstproblem.

De går sakta mot varandra, som för att dra ut på mötet, som om de också
knappt vågar tro det som händer. Så når de fram, tar varandras händer, tar
ett litet steg till och får armarna om varandra och blir så stående. Tårar
fyller ögonen, Sture kämpar lite emot så att de inte ska rinna nedför

kinderna, medan Esters kinder redan är plaskvåta av de salta droppar som aldrig slutar.

Tiden står still. Allt står still.

Slutligen hörs Ester röst, fortfarande viskande:

- Har du en näsduk?

- Nää, men du kan torka dig på min skjortärm.

- Kan man väl inte, svarar hon med lite stadigare röst.

- Jodå, inget blir smutsigt här. Har du inte märkt det?

- Jo, faktiskt … och inte skrynkligt heller.

Förtrollningen bryts med ens och de skrattar tillsammans; "inte skrynkligt heller," upprepar båda det som i denna situation blev så lustigt att de kom till sans.

På den nu ganska breda stigen fortsätter de framåt under tystnad. Båda är så fyllda av känslor att de har svårt att tänka klart och det känns också så att de vill ha kvar ögonblicket då det sågs igen efter sjutton år. Kanske man snarare ska säga att de vill förlänga ögonblicket, göra ögonblicket till en stund, ju längre desto bättre.

De upptäcker att de går hand i hand, tittar på varandra och ler.

- Jag vet inte om vi gått hand i hand de sista tjugo-tjugofem åren vi levde tillsammans på jorden, säger Ester och skrattar, fnissar.

- Inte jag heller, svarar Sture tittar i marken och tillägger efter ett litet tag, men det känns naturligt nu.

Efter att ha fortsatt stigen fram glesnar skogen alltmer och ytterligare en blomsteräng breder ut sig. Gullvivor, blåklockor och prästkragar reser sig så gott de kan i det frodiga gräset.

- Titta, säger Sture, hur höga och fina blåklockorna och prästkragarna är. Ängen påminner om vår tomt i Örby. Du minns, att jag spred ut frön från ängsblommor där och att vi lät den magra jorden vara kvar.

- Ja, och så sa du ifrån när jag ville att du skulle klippa gräset för du ville att dina ängsblommor skulle stå där i all sin prakt. Jag fick dig i alla fall att klippa gångar i gräset så man slapp vada fram över tomten.

- Kommer du ihåg att vi inte hade några maskrosor på tomten trots att grannarna hade en hel del?

- Ja, när du säger det. Men vad skulle det ha berott på? Jag minns inte om det fanns nå'n orsak.

- Enligt vad jag hade för mig då och fortfarande har, förresten, berodde det på att jorden på vår tomt var kvar från den tiden då marken var skogbevuxen och alltså mager. Vi, eller det var väl jag, bestämde att vi inte skulle köpa och lägga på matjord. Jag ville inte egentligen ha en trädgårdstomt utan en ängstomt. En rik äng är mycket vackrare än en planterad trädgård tyckte jag och tycker så än.

- Dessutom mer lättskött, tycker jag mig minnas att du sa.

- Och att maskrosor vill ha fet jord, precis som brännässlor.

De fortsätter långsamt framåt under ny tystnad medan bilderna från tomten i Örby rullar fram och därmed också de kaffestunder av picknick-karaktär de ofta hade.

- Picknick-känsla med kaffe och bullar på en filt i en välansad trädgård skulle kännas fel, säger Sture plötsligt, det passar mycket bättre på en vacker blomsteräng.

- Jag tänkte ungefär detsamma, vad konstigt.

- Nej, snarare naturligt efter vad vi pratade om.

- Förlåt att jag säger det, men du uttrycker dig lite annorlunda än förr.

- Vad menar du? Sture ser lite förvånad ut.

- Vi sätter oss i gräset här i det du tycker är så vackert.

- Tycker inte du det?

De sätter sig ner och Sture undrar vad som kommer att hända och Ester tar vid:

- Jo, jag tycker också att en blomsteräng är vacker. Jag minns också den fantastiska ängen på Norrö där vi firade midsommarfesterna och dansade runt stången.

Sture nickar men säger inget.

- Vad jag menar eller tycker är att du talar mer vårdat, använder finare ord och uttryck och du har inte sagt en enda svordom på hela tiden se'n vi träffades.

- Men vad skulle jag svära åt. Allt är ju bra nu, när vi äntligen kan vara tillsammans igen och det i paradiset.

- Det är just det. Du använde ju svordomar förr i ditt vanliga språk. Du behövde inte vara arg för nå't. Den Sture som klev omkring nere på jorden kunde ha sagt, när vi nu sågs efter sjutton år "fan, Ester det är jävlar i mig inte sant att du är här". Förstår du?

Ester låter nästan upphetsad i beskrivningen av vad hon tycker sig ha upptäckt.

Sture nickar igen men säger fortfarande inget, då han inte finner något att säga.

Hon fortsätter lite lugnare och undrande:

- Du har ju varit här sjutton år innan jag nyss kom. Då frågar jag om det är något med det gudomliga här som gör att man blir mer som ... ja, vad ska jag kalla det ... mer som ... en bildad person?

- Bildad?

- Ja, va' fan, vad ska jag säga? Förr gjorde du saker också, till exempel fixade du till ängen, men jag minns aldrig att du uttryckte dig som nu, nästan poetiskt, om hur du tyckte att det var vackert.

- Nu var du som svor ...

- Ja, jag vet. Jag blev väl för ivrig att försöka säga vad jag menar. Nu frågar jag om det är så att det gudomliga som lär finnas här, har påverkat ditt sätt att uttycka dig.

- Jag måste tänka ...

Sture sitter tyst i några minuter och funderar på hur det egentligen förhåller sig.

- Nja, säger han, det gudomliga märker man egentligen inget av. Bara en sorts godhet som finns överallt. En total frånvaro av ondska.

- Ursäkta att jag avbryter men "en total frånvaro av ondska" är inte ett uttryck du skulle använt förr, du skulle sagt ungefär "finns jävlar ingen ondska". Förstår du?

- Jo, jag förstår, jag är inte dum på det viset. Sture drar till med ett gammalt skämtuttryck.

- Förlåt avbrottet, fortsätt är du snäll.

- Ja, om det goda som finns överallt är detsamma som det gudomliga så är det väl så, men det är inget man tänker på. Man vänjer sig vid all godhet, upphör att förvånas och känner bara gott själv om allt och alla. Gudomligt? Ja, kanske.

- Och så har ditt sätt att uttrycka dig förändrats? Så du talar med ord som man inte väntar sig från en simpel jobbare.

- Vad säger du? Simpel jobbare. Vad är det? På jorden finns en del simpla människor. De är de som begår våldshandlingar och andra grova brott, inte minst ekonomiska brott … De kommer inte hit förrän de klarat skolan i Helvetet, vilket du säkert hört av Sankte Per. Här finns inga simpla människor.

- Förlåt, förlåt, jag uttryckte mig som en idiot. Jag menade, de som inte gått i finare eller högre skolor.

- Jag förstår, att du inte menade som det lät. Men jag ville ta chansen markera. Låt mig nu fortsätta, för efter denna utvikning tror jag att jag kan ge det rätta svaret på din fråga.

- När jag kom till grinden och träffade Sankte Per, träffade jag samtidigt en man som har blivit min nära kompis. I början var vi tillsammans varenda dag i ett par veckor. Vi träffade också ytterligare två stycken som vi spelade varpa med då och då. Dessa personer, särskilt den jag träffade först har nog influerat mig en hel del beträffande hur man uttrycker sig.

- Det låter nästan hemlighetsfullt. Vilka är det då? Några jag känner?

- Nej, inga du känner och det gjorde inte jag heller. Men både du och jag känner till dem. Den jag träffade vid grinden dog ju nästan samtidigt som jag, bara ungefär tolv timmar före. Om du riktigt tänker efter kan du nog komma på vem det är.

- Jaså, det kan jag, funderar Ester högt, det var ju så mycket som hände samtidigt som du dog. Palme blev skjuten och …

- Och … avbryter Sture.

Ester tittar häpet på sin make och nästan väser fram:

- Du menar inte Olof Palme?

- Jo, det menar jag. Vi träffades vid grinden hos Sankte Per och trivdes bra ihop på en gång. Han lärde mig mycket och påverkade säkert både språk och uttryckssätt. Jag har nog lärt honom lite också.

- Hur då?

- Kanske inget speciellt, men i och med att jag kommer från den klass han stred för, trots att han själv var överklass, kände han nog att jag var värd att strida för och jag har ju berättat en hel del om vad jag upplevde på jorden.

- Tänk, Olof Palme … hur är han?

- Bra, minst lika bra som jag tyckte då vi levde. Jag kan berätta mer sedan. Vi ska väl träffa honom också. Han är fortfarande ensam i den meningen att hans Lisbeth ännu inte lämnat jordelivet.

- Nää, just det. Men vilka är de andra två du talade om?

- Lustigt. En av dem hade jag svårt för tidigare. Han var med i de där TV-programmen "Skäggen", eller vad det nu var det hette. Men han är en fantastisk person. Har skrivit mycket åt Povel Ramel med flera.

- Ingen aning. Minns inte vilka som var med i programmen du säger.

- Men då så, minns Beppe Wolgers!

- Åh, han, jag minns honom mest från det program jag gillade, "Godnattstunden", tror jag det hette. Med dockan Sigrid som satt där på pottan, Kramarn och den där busiga, vad han nu hette …

- Just han ja, Beppe och så den tredje mannen. Vem tror du? Parhäst med Hasse Alfredsson och författare av en massa läs- och hörvärda saker. Rödhårig, därmed känslig hy, dog i malignt melanom, hudcancer, alltså.

- Den kan jag, Tage Danielsson. Det var ledsamt och Hasse Alfredsson blev inte densamme efteråt. Hans fantastiska skämtlynne verkade försvinna ner i Tage Danielssons grav.

Nu uppstår igen en tystnad främst för att Ester behöver bearbeta det hon hört. De reser sig upp och fortsätter långsamt släntrande över ängen. Sture avvaktar, det är ju han som berättat och hon som åhört hans milt sagt oväntade upplevelser. "Otroligt, tänker hon, man dör och kommer till himlen och träffar där personer man aldrig kunnat drömma om att träffa. Och dessutom bli kompis med … min av politik egentligen rätt ointresserade och obeläste, praktiske man har blivit polare med Olof Palme och de högkulturella personerna Tage Danielsson och Beppe Wolgers. Så har min man också förfinats, eller vad man ska säga, i sitt enkla språk … Konstigt allting."

Så plötsligt slår det henne:

- Vart är vi på väg?

- Ingen aning, vart är du på väg?

- Framåt, vad vet jag, det är ju du som varit här i sjutton år och borde hitta.

- Såvitt jag har fattat, hittar man inte, man hamnar nå'nstans via sina tankar.

- Jaha ... har du tänkt nå't?

- Nää, det är väl därför vi bara går och går.

Ängen hade tagit slut och de har kommit in i en tunn skogsridå av mestadels unga björkar. Genom lövverken ser de en glittrande vattenyta.

- Oj, är det havet, utbrister Ester.

- Det ser så ut, vattnet är lite salt, men jag har verkligen ingen aning, svarar Sture. Jag har badat här i Himlen förut några gånger. Första gången tillsammans med Palme och vi var lika oförstående då som nu. Havet i Himmelriket ... det låter ju helt sjukt. Men vi bestämde oss för att strunta i logiken och hoppade i och det var skönt.

- Ska vi också prova? Jag provar och du hoppar i igen. Är det djupt förresten?

- Det vet jag inte. Jag vet inte om det var här vi hoppade i och vi simmade båda, så jag vet faktiskt inte om vi skulle bottnat. Du får väl se och känna dig för.

- Tur att det är folktomt här så man kan bada utan baddräkt.

- Folktomt är det vad jag kan se, säger Sture högt och tillägger med lägre stämma, "men inte själtomt".

- Vad sa du, ropar Ester medan hon kränger av sig kläderna.

- Inget, jag berättar sedan.

De njuter av vattnet, Sture simmar ut en liten bit, dyker under och kommer upp igen frustande av glädje. Ester håller sig på det område där hon kan stå, men simmar också några tag.

- Det är ju som på Norrö, utbrister hon och smakar på det svagt salta vattnet. Och klart är det också!

- Ja, som på Norrö. Och du är fortfarande rädd för att simma på djupt.

- Ja, som på Norrö.

De tar sig upp ur vattnet och sätter sig nakna på en klipphäll och låter solen värma och torka dem.

- Undrar om vi undermedvetet tänkte på Norrö förut, mumlar Sture.

Efter en lång skön stund vid vattenbrynet, klär de på sig och börjar promenera bakåt, alltså genom björkridån och över ängen.

- Vad var det du skulle berätta sedan?

Sture tänker en liten stund hur han ska börja och att göra det ungefär som

Tage hade gjort det vore kul ... "om jag bara kan få till det".

- Vet du, det kan ha varit tusentals personer tillsammans med oss när vi badade.

- Larva dig inte, jag såg väl med egna ögon.

- Vad såg du?

- Inte en själ!

- Nää, det förstår jag. Själar syns inte såvitt man inte känner dem.

Ester tittar med rynkade ögonbryn på sin käre make och undrar vad som ska komma härnäst.

- På jorden säger man "inte en själ" om man menar att det finns verkligen *ingen* som ... och så vidare, fortsätter Sture. Och själar kan man inte se på jorden. Däremot människor. Här i Himlen kan man inte se människor av den enkla anledningen att här inte finns människor. Här finns bara själar.

Tyst avvaktar Ester. Här kommer tydligen något som Sankte Per slarvade med att berätta.

- Hur många själar kan det finnas, tro? Tusen? Millioner? Miljarder? Ännu fler? Oräkneliga?

Sture svarar själv på sin fråga:

- Det finns oändligt många. Grejen är att själarna tar ingen plats. Vi är själar. Du är Esters själ, men för mig blir du som en människa, den människa jag älskat på jorden och som jag älskar än här uppe i Himlen. Du ser ut som jag helst minns dig, alltså ganska ung, kanske trettiofem-fyrtio?

Det är säkert likadant för dig, att du ser min själ som den människa du älskat på jorden och som du förhoppningsvis älskar också här i Himlen och du ser mig också som du helst minns mig.

Sture tystnar, som för att vänta ut en reaktion. Tystnaden håller i sig ett tag, eftersom Ester har svårt att få ihop Stures ord med sin verklighet. Fortfarande förvirrad säger hon långsamt:

- Är det därför jag tycker att du ser så ung ut? Och stilig, tillägger hon nästan generat.

Sture ler åt den indirekta komplimangen och svarar att "du är vackrare än jag minns".

Han tar hennes hand och de vandrar vidare under tystnad. Bägge är upptagna mentalt. Ester begrundar vad hon just hört och Sture funderar på hur han ska runda av sin berättelse.

- Det var vackert det där du sa om "älskar" nyss, halvviskar Ester, så fint tror jag aldrig att du fick till det på jorden. Har du lärt dig det också av Palme?

- Nej, inte just det, men kanske att säga det man känner och att inte tycka att det är generande. Kunna ge en komplimang utan att känna sig fånig. Det är viktigt och det är synd att jag inte insåg att en komplimang till och med är bättre än en bukett blommor.

Ester tar tag i honom och vänder honom mot sig, sträcker sig mot honom och kysser honom som aldrig förr.

De fortsätter sedan långsamt och har nu kommit in i den glesa björkskogen. Ester sorterar fortfarande intryck och försöker känna och förstå, medan Sture återvänt till hur han ska runda av sin berättelse om alla själar som finns överallt.

De ser nu kaféet där Ester har tagit sin morgonfika.

- Ska vi gå in och ta en eftermiddagsfika och något gott att tugga på. Jag har gått in där på morgnarna och där är alltid tomt. Säkert nu också, så vi får plats.

"En gratischans att fortsätta min förklaring och runda av", tänker Sture, "jag kör lite av Tages variant".

- Okej, vi går in.

Som vanligt ser det öde ut, bara ängeln finns bakom disken och hon är sysselsatt med att bre härliga bagetthalvor och fylla med räkor, äggskivor och majonäs.

- Jösses, så gott, en stor så'n där macka och en mugg kaffe, beställer Ester innan hon ens hunnit hälsa.

- Dubbla det, säger Sture och de sätter sig vid ett fönsterbord och väntar in läckerheterna.

- Ser du, påpekar Ester, det är alldeles tomt.

- Ja, här finns helt klart inga du känner … eller jag.

- Inga andra heller, ser du väl.

- Näää, de andra som är här kan jag inte se.

- Vad är det nu för svammel?

- Minns du att när vi badat sa jag att det kan ha badat tusentals samtidigt som vi och jag försökte förklara hur det hänger ihop, men tappade den tråden och började tala om oss och kärlek. Men i det sammanhanget sa jag att vi båda är här med våra själar och menade samtidigt att våra kroppar inte är här, utan att vi ser varandra som vi sågs på jorden därför att våra själar känner igen varann.

Av samma anledning, fortsätter Sture, finns det med all sannolikhet massor med själar här inne, själar som inte tar någon plats, men som troligen känner någon, för det är väl ofta därför man går på fik. På den stol du nu sitter, sitter det säkert ett stort antal andra samtidigt. Inte människor, förstås, men själar.

Ester tittar lugnt på Sture och man ser att hon tänker, ungefär som "vad är det nu han säger, jag tänker steg för steg". Hon säger inget.

- När du tänkt färdigt, kommer du att känna att det finns ändå logik i det jag berättat. Jag och även självaste Palme, som ju är smart och snabbtänkt, höll på att bli vansinniga när vi fick detta förklarat. Vi kände oss bara mer och mer förvirrade, men till slut kändes det att det ändå måste vara så.

- När fick ni er förklaring?

- På ett fik faktiskt. Där vi träffade Beppe Wolders och Tage Danielsson. De var de som förklarade. Mest Tage.

Efter kaffet och mackorna och allt prat, känner de sig nöjda med dagen och anser att de pratat färdigt. De kommer överens om att söka upp ett vackert ställa och lägga sig ner och hålla om varandra. Emellertid är det inte så lätt att sluta tänka och fundera. Deras arma hjärnor har upplevt sådana känslostormar att det inte bara var att stänga av. Medan de ligger ner och håller om varandra, som överenskommet, fortsätter småpratandet länge, länge, trots överenskommelsen om att de pratat färdigt för denna dag. Allt dåsigare känner de sig och slutligen blir orden som ett sluddrande viskande. Strax sover de. Själarna har fått mer än tillräckligt.

SÖDERTÄLJE-KALLE

Solsken igen. Ester vaknar med ett ryck. "Sture".

Hon ser sig om och upptäcker genast den snarkande Sture, som ligger på rygg och sover med öppen mun. Ester erinrar sig allt som hänt under gårdagen och känner sig så väl till mods, att hon sjunker ner i gräset igen och slumrar till.

Plötsligt vaknar hon definitivt till av att Sture pussar henne på kinden.

- Godmorgon, säger han och ser allvarlig ut.

- Vad är det?

- Inget, egentligen. Jag bara tänkte att nu är vi två samlade här efter ett rätt jobbigt liv på jorden.

- Jobbigt? Vad menar du var jobbigt? Vi hade det bra tillsammans och barnen blev bra och ….

- Jovisst. Men vi jobbade mycket och du vet ju att jag inte trivdes med jobbet. Det var skönt varje dag att få komma hem.

- Men det är väl inget att grubbla över nu, när allt är så bra det kan bli.

Sture ler nu och säger "ja, här är det ju ingen skillnad i inkomst. Allas pension är lika stor…"

- Har du grubblat över att vi inte hade råd med allting? Ester ser uppriktigt förvånad ut. Detta faktum att de måst vara försiktiga med sina utgifter, har ju inte känts som ett verkligt problem. De hade ju varit nöjda med det de haft.

- Näää, inte egentligen. Inte då, men här uppe, då jag varit ensam, har jag ibland tänkt på hur orättvist pengarna är fördelade nere på jorden. Hur vi, som jobbade så pass mycket ändå inte kunde unna oss det som många andra kunde.

- Har du suttit här uppe och blivit avundsjuk?

- Nej, det är mer filosofiskt egentligen.

- Har du lärt dig av Palme igen?

- Kanske, han använder ofta uttrycket filosofiskt, så det har jag fått in i huvudet.

- Ja, och …

- Nja, jag tycker att det skulle vara lite mer jämlikt även på jorden ... som det är här.

De reser sig upp och Ester konstaterar igen att hon är både ren och luktar gott. "Ja," tänker hon, "gott nog i alla fall. Jag brukar ju inte använda eau-de-cologne på jorden heller, bara det här mot svettlukt, vad det nu heter .."

Sture, som under sjutton år vant sig vid förunderligheten att vara skrynkel-, lukt- och smutsfri utan att göra något åt sakerna, tar bara ett djupt andetag och ser fram mot en ny dag, äntligen tillsammans med sin kära fru.

- Jag har inte varit på toa sedan jag kom!

Ester inser plötsligt något oerhört.

- Det börjar ju närma sig en vecka!

Hon stirrar på Sture och förväntar sig ännu en förklaring på ännu en obegriplighet. Han ler lite och säger lugnt "jag har inte varit på toaletten på sjutton år".

- Men, snälla, berätta hur det är.

- På toa?

- Fåna dig inte, du begriper vad jag menar.

- Javisst, en fråga bara. Jag vet att du fikat och ätit lite smått och gott. Det har jag också gjort. Det är något man inte vill missa. Gott i munnen, smack, smack.

- Mmm, ja, gott har det varit och jag hoppas att det är lika gott efter din förklaring.

- Oroa dig inte. Har du känt dig hungrig här?

- Nää, det tror jag inte, det kan jag inte påminna mig.

- Jag har inte heller varit hungrig på sjutton år.

- Men sluta tramsa runt nu, berätta!

- Ja, ja. Vi är ju, som vi pratade om igår "bara" själar, som ser varandra som de människor vi en gång var, med kropp och allt.

Ester nickar instämmande.

- Våra kroppar behöver äta och dricka och i andra änden, om jag får säga så, måste vi göra oss av med avfallet. Gå på toaletten alltså. Men som själar, egentligen utan kroppar, behövs inte mat, dryck och toalettbestyr.

Logiskt, eller hur?

- Det är väl det, kanske, säger Ester tvekande, men det vi ätit och druckit ... då?

- Ja, för att det är gott och fast vi inte behöver, svarar Sture, räcker inte det?

- Jo, inte så, men ... vart tar det vägen? Förgasas det?

- Va? Nää, det tror jag inte, fast jag vet inte .... Har inte tänkt på det på hela tiden, faktiskt.

- Men det kan det nog inte göra i alla fall ... för då skulle vi väl fisa och prutta som bara den. Gaser i magen har man ju haft förr ...

Sture känner sig för första gången på länge lite förvirrad. "Ja, va' fan händer? Gaser, nää, det skulle man väl märka, som hon säger ..."

De ser på varandra och börjar skratta. Skrattet tilltar, då ju båda har fis, prutt och eventuell förgasningsprocess i huvudet och hur det skulle vara om man i Himlen gav sig hän åt dylika saker.

- De' e'nte klokt, frustar Ester mellan skratten och tårar av skratt blöter ner kinderna på dem.

- Oj, oj, oj, pustar Sture när den värsta munterheten börjar lägga sig. Nu får vi torka andra tårar än i går. Vilken tanke! Men kul blev det mitt upp i alltihop. Prata skit i Himlen har jag nog inte gjort på mina sjutton år, i varje fall inte så här bokstavligt.

- Vi blev nog lite väl barnsliga nu, att skratta så mycket åt sån't ...

De ger upp tanken på att lösa problemet och bestämmer sig för att gå till fiket "för att ge mer bränsle åt förgasningen". Leende mot varandra och ängeln vid denna tanke kliver de in i kaféet, beställer samma som dagen innan.

- Det var en munter entré, kommenterar ängeln medan hon serverar dem.

- Ja, vi hade ett problem, jag menar vi *har* ett problem som vi inte kunde hitta svaret på och som då blev väldigt lustigt, svarar Sture och fortsätter: Kanske lite väl barnsligt lustigt, men det var kul att skratta ordentligt och länge.

- Bättre att vara barnslig och ha kul än att vara snusförnuftig och ha tråkigt, säger ängeln och ler glatt.

- Se där, ja, Apropå vad du nyss sa, så såg jag på jorden en skylt där det stod "bättre att gå på is och ha det glatt än att gå i dy och sörja", meddelar Sture och tillägger att det är nästan som en variant av det du sa.

- Stämmer, säger ängeln och nickar, men vad var, eller förlåt, *är* ert problem, om jag får fråga.

Ester och Sture tittar på varandra och ler igen. Sture skakar lite tvekande på huvudet men Ester, som är mer nyfiken, tar till orda:

- Vi har märkt att man inte blir hungrig här och att man inte behöver gå på toaletten. Men vi äter lite i alla fall, därför att det är gott. Man vill ju behålla allt trevligt som finns. Det är därför vi kommer hit, förstås, trots att vi inte är hungriga, som sagt.

Ingen kommentar från ängeln eller Sture.

- Nu undrar vi vart det vi äter tar vägen. Vi behöver inte göra oss av med det som vi gjorde på jorden, men vart i all sin dar tar det vägen? Förgasas det, så vi fiser ut det, luktlöst, utan att märka det?

Sture drar lite på munnen åt Esters tillägg, "luktlöst".

Ängeln ser mer allvarlig ut, har ju aldrig levt på jorden och upplevt hur det ibland, särskilt bland barn, skämtas om fisar och pruttar. Hon ser frågan helt seriöst.

- Egentligen är det synd att svara. Svaret kanske förstör glädjen att äta och dricka. Jag provar och jag säger så här: Det ni äter och dricker har ingen riktig substans. Det både finns och finns inte. Det bygger på era tidigare erfarenheter.

Med rynkade ögonbryn lyssnar de båda under tystnad.

- Jag vill att ni fortsätter att uppleva glädjen med att komma hit, stoppa det ni tycker är gott i munnen och dricka det som faller er i smaken. Låt det jag sa först och det jag sa nu sist vara upp till er fantasi att tyda, men helst rekommenderar jag er att inte grubbla över detta utan fortsätta som förr utan vidare tankar.

De tittar på varandra alla tre, Sture och Ester med lite allvarliga nunor på grund av det som känns kryptiskt och obesvarat, ängeln med ett litet vänligt leende.

- Nu är kaffet kallt, ryter ängeln till och skrattar.

De båda gästerna hoppar till av det oväntade rytandet och ser ner på de läckerheter som väntar dem på bordet.

- Jag fixar nytt, varmt kaffe åt er och tänk nu på annat än det vi just pratat om. Till exempel vad ni ska ta er för i dag. Om ni ska träffa någon gammal vän eller så.

Kaffet är varmt och värmer gott. Räk- och äggmackorna är ljuvliga
och deras småprat kommer äntligen igång och problemen sjunker i
bakgrunden. Efter avslutad måltid tackar de för såväl frukost som samtal
och trevlig samvaro, "som alltid", och går ut mot en ny dag.

Solen skiner även denna dag, det är varmt, men en svag vind gör att
det fläktar lagom mycket. De fortsätter sitt småpratande och Sture får
en idé, som vinner gehör hos Ester. Han föreslår att de ska besöka hans
föräldrar. Svärmor har ju Ester både sett och hört, men svärfar var ju död
redan då sonen, Sture alltså, bara var fjorton år.

- Det vore trevligt, säger Ester, din mamma har jag sett mycket, ibland
alltför mycket, men din pappa vore roligt att träffa. Jag har ju bara sett
foto på honom. Men hur ska han se mig, eftersom han aldrig sett mig
förr?

Sture ger den förklaring han själv fått tidigare av Tage och främst Beppe,
ungefär som "pappa har ingen referens till hur du såg ut på jorden och då
tar pappas själ ett utseende han sett bland alla människor han mött ..."

- På måfå?

- Ja, det kan man väl säga, men för honom själv omedvetet. Så lär han
känna dig när vi alla pratar tillsammans.

- Men han vet ju inte hur jag ser ut.

- Han har ju gett dig ett utseende, som jag sa, men du är ju mycket mer
än ditt yttre, det viktiga är ändå människans själ och det är ju den som
kommit hit till Himlen.

- Ja, men ...

- Beppe sa till mig att jag skulle tänka att kroppen är som en klädsel.
Personen är själen och kroppen är dess kostym. Jag ser dig i din, låt oss
säga, riktiga kostym, men pappa ser dig i en annan. Men det är ändå du.

- Hmm. Det måste jag tänka på. Men innan jag känner att den tanken
fungerar för mig, tycker jag att vi väntar med det besöket.

- Som du vill. Jag kom att tänka på något annat. Hur skulle det vara att
äta riktig mat, ja, riktig och riktig, vår ängels besked var ju minst sagt
svävande, men så riktig vi kan få här.

- Det skulle vara trevligt. Då ska vi väl helst hitta en restaurang.

- Ja, men jag vill inte in på något flott ställe. Jag har alltid känt att jag är på fel plats då. Jag hör liksom inte dit.

- Nå'n enklare krog, då?

- Passar bättre. Jag vill ha riktig gammal husmanskäk, bruna bönor och fläsk eller stångkorv med stekt potatis och lingon … eller nå't i den stilen.

- Åh, nu kanske jag äntligen kan få göra det jag drömt om, utropar Ester.

- Och vad är det?

- Du vet att jag hela livet kämpade med att hålla vikten någorlunda och jag tyckte väl alltid att jag vägde onödigt mycket. Jag drömde om att framför mig på bordet står en jättetallrik med ett berg av makaroner och fett fläsk … och fettet rinner över makaronerna. Och jag ska äta och sleva i mig … med fettet rinnande över hakan och det ska kännas underbart gott och smaskigt. Och för att slippa se hur jag tjocknar till, sittande vid bordet, har jag ett lakan över mig, bara huvud och armar sticker ut. En tjusig bild, va?

- Men, jösses, ville du verkligen detta?

- Nja, kanske inte egentligen, men någon gång när jag var extra hungrig och inte åt mig mätt, kunde jag tänka en så'n tanke.

De vandrar sakta en smal väg framåt. Plötsligt blir vägen försedd med en trottoar på vänster sida. De noterar förändringen och undrar om det ska dyka upp någon bebyggelse. Vandringen fortsätter och en liten grupp hus ligger längre fram. Det ser ut som en liten by.

En mansperson kommer ut på vägen ett femtiotal meter bort och stannar, liksom vore han fundersam. Sture tycker sig känna igen personen, men kan inte riktigt komma på vem.

- Jag känner nog den där, säger han med en nick åt personen som fortfarande står still.

- Då går vi väl närmare så ser vi …

- Men Stubben, hörs ett utrop från mannen, va' fan, är du här?

- Södertälje-Kalle, ropar Stubben tillbaka, de' var jävlar i mig inte i går!

De tar några snabba steg mor varandra, tar i hand och dunkar varandra i ryggen.

- Ester, du känner väl igen Södertälje-Kalle?

- Hej, hälsar Ester och tar också i hand, men ryggdunkandet får vara. Jag känner igen dig och kommer väldigt väl ihåg något som jag egentligen helst skulle glömma.

- Ha-ha, paltbröd, skrattar Södertälje-Kalle och Sture instämmer.

- Hur länge har du varit här, frågar Sture.

- Ja, du Stubben, inte så länge som du. Jag kommer ihåg att jag såg dödsannonsen i blaskan. Du blev ju "panchis" långt före du egentligen skulle ha gått, så vi sågs ju aldrig efter … var det femtifem du var, när du så att säga blev arbetsbefriad. *Jag* har bara varit här sex-sju år.

- Ja, jag fick sjukpension och du ser, vi har inte setts på … va' blir'e … trettio år ungefär.

- Och då i en annan värld, flikar Ester in, som känner sig lite utanför samtalet.

- Just de', instämmer Södertälje-Kalle, men vart är ni på väg?

- Egentligen ingenstans, men vi hade tänkt att avnjuta mat, riktig gammal husmanskost, som man käkade förr, isterband och potatismos till exempel.

- Eller paltbröd, gapskrattar Södertälje-Kalle, kommer ni ihåg?

- Det glömmer jag aldrig, ler Sture, nu efteråt kan det ju vara ett kul minne.

- Nåja, säger Ester, kul, vet jag inte men tider läker alla sår.

- Jamen fan, det var ju inte ditt fel, skratta åt'et.

Södertälje-Kalle vill gärna hänga med och äta på lämplig krog. Han slår följe med dem och ett samtal om gamla minnen från deras arbetsplats i Stockholm Stads verkstad på Lindhagensgatan pågår oupphörligt och Sture förhör sig om vad som hänt de olika vänner han hade där. Ester lyssnar med ett halvt öra och funderar på den förskräckliga kvällen då Södertälje-Kalle skulle hjälpa Sture att fixa bilen.

De har vandrat en god stund, kommit bort från den lilla byn och närmar sig nästa lilla by. Nu har vägen trottoarer på båda sidor och mitt i byn ser den nästan ut som en björkallé. Mellan ett par av björkarna ser de en skylt "LUNCHKROG" och under står skrivet "svensk husmanskost".

- Har du sett på fan, som på beställning, säger Södertälje-Kalle, vi går in.

Inne är det lite murrigt men ändå trevligt. Borden är försedda med rödvitrutiga dukar och det står en liten vas med korta blommor och en ljusstake med otänt ljus på varje bord. Möblerna är rustika i relativt mörkt trä. Det är plats för fyra vid varje bord, men där finns, som vanligt, inga som sitter. "Åtminstone inga jag kan se"; tänker Ester, som ännu har lite problem med alla själar, som lär ska finnas överallt. "De är som om man talar om spöken".

Fram till dem kommer en vitklädd ung mansperson. Han har vita långbyxor och en ganska lång kavajliknande sak på sig. "Ser ut som en ung läkare", tänker Ester, "han är väl en ängel, han också".

-Välkomna hit. Vår matsedel är inte särskilt exklusiv, men de rätter vi har är goda och rejäla. Som ni kunde läsa utanför handlar det om husmanskost. Varsågod och titta och beställ när ni tittat färdigt. Vad vill ni dricka?

- Vatten, tack, säger Ester, som vanligt lite förvirrad när hon upplever elegans.

- Med eller utan kolsyra?

- Förlåt, ..va, jo, utan.

- Jag vill nog ha … vete fan … ett glas vatten med bubblor, säger Sture.

- Ska du inte ha en pilsner, frågar Södertälje-Kalle, det är inte så dumt.

- Njae, jag gillar inte det där beska så mycket.

- Om jag får störa kanske jag då får föreslå en exportöl, de är mjukare i smaken, bryter den vitklädda manliga ängeln in.

Ester ser ömsom på den artige kyparängeln, ömsom på Sture, som alltid sagt sig inte tycka om öl. Sture tittar tillbaka mot Ester och ser lite förlägen ut samt svarar ängeln:

- Jo, har du engelsk öl som är lite mörkare än vanlig pilsner, jag vet inte vad det heter. Några kompisar föreslog det en gång och det var gott.

- Hmm, engelsk öl? Kanske det var en bitter?

- Ja, det var nog vad de sa och namnet var en förkortning.

- ESB, kanske?

- Ja, kanske det.

Både Ester och Södertälje-Kalle tittar storögt på Sture, som dels inte gjort sig känd som att öldrickare och dels inte vara den som beställer konstig engelsk öl. ESB?

Den elegante kyparängeln noterar i sitt block, ESB och tittar sedan med en lätt bugning på Södertälje-Kalle.

- Jaha, jag, ja ... va' fan, jag hade tänkt ta en pilsner till käket, men nu blir man ju nyfiken. Jag tror jag tar en likadan som Stubben.

- Ja, tack, jag tar matbeställningen när jag serverat drycken.

Kyparängeln böjer sig lite framåt och tänder ljuset på bordet och med ännu en liten bugning och ett leende glider han, vitklädd och elegant iväg och svänger in bakom en bardisk i rummets ena ände. Han böjer sig ner och försvinner bakom disken. Efter en stund dyker han upp igen och fyller i tre glas som han ställt på en bricka.

De tre matgästerna sitter lite handfallna av den flotta stil kyparängeln visar och kommer sig inte för vare sig att säga något eller att titta på matsedeln.

Kyparängeln kommer tillbaka med deras beställda drycker och tittar lätt frågande på dem, inser att de ännu inte är färdiga att beställa, ler emot dem och glider iväg igen.

- En stilig en, säger Sture, som först lyckas bryta förtrollningen.

- Och sån stil han har, suckar Ester, sån't ser man inte ofta. Man har ju inte varit i svängen särskilt ofta heller, förstås.

- Instämmer, mumlar Södertälje-Kalle, som sitter lutad över sin matsedel, men nu ska vi se vad vi ska käka.

De läser och begrundar.

- Pepparrotsgädda med stuvad potatis.

- Pytt i panna med stekt ägg.

- Ärtsoppa med fläsk och pannkaka, är det torsdag idag?

- Kålpudding med skirat smör och potatismos.

- Fläskkorv och rotmos.

- Kolla här, nå't annat med pepparrot, pepparrotskött med dillstuvad potatis, det tar jag, säger Södertälje-Kalle.

- Oxrullader med kokt potatis, njae ...

- Saltsill i ugn med grädde, lökringar och potatisgratäng! Det blir gott, det var länge sedan och påminner också om Norrö, säger Ester förtjust.

Sture läser vidare och har nästan kommit till slutet.

- Ha, titta längst ner, paltbröd med vitsås och fläsk. Det ska jag ha!

- Kunde ge mig fan på det, sa Södertälje-Kalle, det ska jag *inte* ha.

Den uppmärksamme kyparängeln kommer raskt utglidande för att ta emot beställningarna, noterar, bugar lätt och glider in i köket.

- Har ni märkt att han nästan *glider* fram, säger Ester beundrande, han går så smidigt.

I väntan på maten börjar Sture tala om det som alla tre minns så väl fast det var nästan sextio år sedan, närmare bestämt femtioåtta, år 1945, då världskriget var slut.

Stures berättelse.

Jag hade köpt min Opel Olympia i slutet av 1938. Den var ny och jag var stolt. Efter ett halvår hade kriget börjat och Sverige gick in i beredskap för risken att eventuellt också bli indraget i detta fördömda krig. Alla privatbilar måste lämna in hjulen och min nya Opel blev uppallad i garaget. Själv åkte jag in och ut på beredskap, mest uppe i lapphelvetet, nä, så ska jag väl inte säga, men vi sa så då. Vi låg i Kuiva Kangas och det var så jävla svinkallt, minus fyrtio grader, att pisset frös till is innan det nådde marken.

Kriget tog slut, jag fick hjulen tillbaka och monterade dem på min fina Opel, sex år gammal och ny. Sedan skulle jag starta och backa ut ur garaget, men fanskapet gick inte igång. Hur jag än försökte fick jag inte igång den och jag är ändå inte helt rudis på bilar. På jobbet surrade jag med polarna om problemet och en av dem sa, att jag skulle snacka med Södertälje-Kalle som är ett snille på bilar.

Det gjorde jag och du lovade att komma "i morgon efter jobbet". Jag frågade om det var okej att bjuda på käk och det var det. Jag berättade, *tyvärr*, detta för polarna och då sa de att jag skulle bjuda på paltbröd för "det är det bästa Södertälje-Kalle vet".

Hem till Ester och meddelade detta och vi väntade in Kalle dagen efter. Ester hade jobbat och till paltbrödet hade hon stekt fläsk och kokat potatis. Bröd, smör och ost hade hon också dukat med.

Du kom och vi rullade ut bilen ur garaget för att inte avgasförgiftas när och om, förhoppningsvis, bilen gick igång. Vi bestämde att käka först, för att det skulle nog bli skitigt att greja i motorn.

Så kom vi upp, satte oss till bords och du tog nästan ingenting. Jag sa att du skulle lasta på, "det finns gott om'et" och då sa du att paltbröd är nog det enda du inte äter.

Katastrof! Ester sprang från bordet, otröstlig in i sovrummet. Jag kände mig som en åsna, ville dels vara hos dig och förklara situationen, dels

rusa efter Ester och försöka trösta henne. Jag gick in i sovrummet,
men hon ville inte höra talas om att komma ut i köket igen, hon var
förkrossad. Då gick jag tillbaka till köket och så sa du, helt jävla
underbart, "det är ju gott om fläsk och potatis. Det gillar jag och så finns
det ju ostmackor. Jag klarar mig fint med det".

Då tog jag mig in i sorgens boning, sovrummet, berättade för Ester vad
du sagt och bad henne torka sina tårar och komma ut. Hon gjorde det
och du kramade om henne och det blev till slut en lyckad middag. Jag
tog nästan inget fläsk, klarade mig jättebra på paltbrödet eftersom jag till
skillnad mot dig verkligen gillar det.

Men du ska veta vad jag sa till "polarna" dagen efter … Skämta och
skoja, ja, men det måste finnas gränser.

Både Ester och Södertälje-Kalle känner väl till historien, men inser
att Sture än en gång måste få den ur sig. De sitter tyst och hör på och
smånickar då och då.

I stort sett direkt efter berättelsens slut, i den tystnad som var på väg att
uppstå, glider den eleganta kyparängeln fram med tre stora tallrikar och
ett litet vinglas. Lättsamt dukar han fram det som beställts och ställer det
lilla vinglaset framför Ester. Han bugar med huvudet lätt på sned, ler och
säger:

- Jag tänkte att ett litet glas vitt vin kanske kan vara gott till fisken. Det är
naturligtvis fritt att avstå eller … att beställa lite mer.

Kyparängeln gled sedvanligt elegant bort från dem. De satt fortfarande
tysta. Stures berättelse och kyparens fantastiska sätt att vara tog ut sin
rätt … först. Men sedan:

- Nej fan, nu äter vi och skål, kära Ester, Södertälje-Kalle höjde sitt
ölglas och hon fick bråttom att greppa och besvara skålen, skål, Stubben,
för oss här i Himmelens höjd.

De äter, dricker och njuter. Alla betäller en omgång dryck till. Södertälje-
Kalle ändrar dock sin beställning till pilser på andra rundan, han pratar
mest och skrattar högst. Han är i toppform och Sture kan inte minnas att
han brukade vara så glad och rolig.

- Det var ju mer allvar förr, menar Södertälje-Kalle och skrattar igen.
Tänk bara på paltbrödet.

Nu, inne på andra lilla glas vin, ler Ester å det gamla eländet.

JESUS

- Du sa, att du och Palme har träffat Jesus.

- Javisst, alldeles i början.

- Jag vill också träffa honom.

- Jaha, då får vi väl försöka leta rätt på honom. Den ängel vi fikade hos oftast då, berättade hur man hade störst chans att hitta honom, så det ska väl gå bra, tror jag. Vi träffade Muhammed också. Vill du också träffa honom?

- Ja! Egentligen ännu hellre honom, för det har ju hänt en del otrevligheter på jorden, som en del som tror på islam säger är guds vilja, eller Allah, som de säger. Det lär ska stå i deras Bibel ...

- Koranen, avbryter Sture.

- Ja, värst vad du kan ... ja, stå där, att man ska kriga mot dem som är kristna och judar, ja, mot dem som inte tror på deras gud, Allah.

- De säger "jihad", det heliga kriget.

- Hmm, ja, du har ju träffat Muhammed, så du tycks veta en del.

- Jo, men inte särskilt mycket.

De är på väg till sitt morgonkaffe i det gula kaféet. Det har blivit en vana, samma kafé, samma sorts kaffe, bara mackorna varieras. Ängeln har också blivit en samtalspartner, som ofta hör sig för hur de haft det och vad de planerar.

- Och vad blir det idag, frågar ängeln när de fikat färdigt utan att säga något till varandra, ... så ovanligt tysta ni är.

- Jo, säger Ester, jag sa att jag vill träffa Jesus ... och Muhammed också och då kom jag samtidigt att tänka på vad mycket man lärt sig om kristendom i skolan men inget om islam. Det är det jag grubblar på och hur mycket som är sant och inte ... ja, och så...

- Vad jag förstår av vad du säger, betyder väl att du gått i folkskolan, men inget mer. Det är därför du bara läst om kristendomen.

- Det är det väl. Jag har bara gått fem år i skolan brukar jag säga.

- Fem, säger ängeln undrande?

- Ja, jag fick hoppa över första klass och i de två sista klasserna gick vi bara i skolan varannan dag. Vi slutade efter sjunde klass. Men hur vet du något om svenska skolan?

- Jag vet en del om de flesta länders skolor och särskilt om deras religionsundervisning. Religion är något nästan alla funderar kring när de varit här några dagar. Man vill veta vad som är sant och vad som hittats på av människor.

Ängeln ser lite fundersam ut och tillägger att "nästan allt är påhittat av människor", mumlar sedan lite tystare "särskilt sådant som trycker ner de enkla och fattiga" och "sådant som gör de rika rikare".

- Det var värst vilka åsikter du uttrycker, säger Ester förvånad.

- Det är faktiskt inga åsikter, mumlar ängeln, för mig är det fakta efter vad jag hört om de olika religionerna. Men jag ska inte prata så mycket. Ber om ursäkt.

- Det behöver du inte göra, bryter Sture in, jag gillar det du säger, jag tror du har rätt och även en ängel ska väl få säga nå't.

Nu tittar Ester upp på de andra och säger att hon vill först träffa Jesus.

- Jag är rädd för att jag blir arg, när jag träffar Muhammed. Behöver nog öva mig att diskutera religion först innan jag träffar Muhammed. Alltså, först Jesus.

- Varför skulle du bli arg när du träffar Muhammed? Han är en trevlig karl, säger Sture, som alltså träffat den främste av Allahs profeter

- Det kommer du nog att förstå när du hör vad som hänt på jorden sedan du försvann.

- Kan du väl säga till mig nu?

- Nej, det får du höra sedan.

- Låter oroväckande ....

Efter avslutad morgonfika beger de sig iväg, inledningsvis under tystnad. Snart tycker Sture att han bör berätta lite för Ester om vad Jesus sa när han och Palme var där.

- Jesus sa till oss att han var bara en vanlig människa på jorden, precis som alla andra.

Ester sneglar på sin man för att se om han skojar. "Nää, det verkar inte så", tänker hon.

- Jaha och ... ?

- Han sa att han aldrig påstått att han var Guds son ...

- Men enligt Bibeln kallar han sig så, avbryter Ester.

- Han säger att han inte kan rå för vad som skrivits i Bibeln. Den skrevs ju mycket senare än då Jesus levde och av människor som inte var med då.

- Hur kunde det gå till?

- Jo, folk som var med på den tiden, de som följde med honom och såg honom som en fantastisk välgörare och som lyssnade på vad han sa, berättade för andra om honom och ... sedan berättade de vidare och så ... förstår du?

- Ja, ja, och så blev det en höna av en fjäder, eller ... Är det så du menar?

- *Jag*? Jag berättar bara vad han sa själv. Men det stämmer väl med fjädern och hönan. Han sa att sån't som berättas från person till person om sån't man tycker är märkvärdigt, blir till legender till slut.

Ester nickar bara och de fortsätter framåt mot det hus, där Sture och Palme knackat på sjutton år tidigare. "Bara en människa", tänker Ester, "men det känns allt lite konstigt att träffa Jesus ... och högtidligt ..."

- Då knackar vi på.

Lite nervöst väntar båda de sekunder det tar innan dörren öppnas. Sture känner genast igen Jesus från förra gången och säger ett "hej ... jag har min fru med mig" med en blandning av försiktighet, tvekan och försök till att låta lite käck. Ester säger ingenting. Hon har helt tappat talförmågan, åtminstone tillfälligt och niger. "Det där behövs inte", viskar Sture, "han är jättehygglig".

Jesus besvarar Stures hälsning med "välkommen" och tittar roat på Ester, som rodnande försöker se ut som vanligt.

- Hej, ska jag väl säga, tar Jesus till orda, då Sture inte tycks ha mer att säga och Ester fortfarande verkar lida av tunghäfta. Han fortsätter, medan han tittar ömsom på Sture, ömsom på Ester med "du, Stubben, ska väl presentera damen ordentligt för mig".

- Ja, ja, visst fan, det här är min fru, Ester. Hon kom hit för bara ett par, tre dar se'n.

- Tjänis, ler Jesus mot Ester, som nickar och försöker hälsa tillbaka, men rösten vill inte riktigt. Det blir mest ett kraxande.

- Ta och harkla dig. Jag hämtar lite vatten åt dig, så här kan vi ju inte ha det. Du har väl kommit hit för att ställa frågor, antar jag.

Jesus försvinner in i huset och Ester harklar sig kraftigt, hostar till lite, lagom som Jesus är tillbaka med ett glas vatten, som han överräcker med ett "drick!". Ester lyder och efter ett par klunkar säger hon äntligen "hej", men ser fortfarande osäker ut.

- Jag tycker att vi slår oss ner på gräsmattan, säger Jesus, det är ju så vackert väder att det är trevligare att vara ute än inne.

Sagt och gjort. De sätter sig ner och Jesus säger "välkommen hit, både till mig och till Himlen, här ska det säkert bli väldigt trevligt för dig, liksom för oss alla andra".

- Tack, svarar Ester, som nu börjar kvickna till, när du nu hälsar välkommen till himlen, som om du vore värd här, är du väl ändå Guds son eller nå't sån't?

- Nej, det är jag inte och jag är inte heller värd här, men jag tyckte ändå att jag kunde vara trevlig och önska dig välkommen.

Sture meddelar att han sagt lite till Ester om det Jesus berättade vid förra träffen.

- Bra, tycker Jesus, då behöver vi ju inte tjata om allting.

- Vad tycker du är det viktigaste för människorna, frågar Ester. Sture säger att Bibeln skrevs långt efter din död och att det är en blandning av lite sanning och legender eller kanske sagor, vad vet jag. Då kanske inte det viktigaste står där?

- Det viktigaste ..., hm, svaret å detta kan bli långt, men jag börjar med att säga att människorna ska vara goda mot varandra och ... jo, förresten, här lär stå i Bibeln att jag ska ha sagt ungefär "allt du vill att människorna ska göra för dig, ska du också göra för dem". Det är en bra sammanfattning av vad jag tycker är viktigast och där har författarna av Bibeln i alla fall skrivit vad jag troligen sagt.

- Va, troligen ..., avbryter Ester, vet du inte vad du sagt.

- Snälla lilla söta Ester, det var rätt länge sedan jag levde på jorden, så jag minns inte allt jag sagt i detalj. Jag sa ganska mycket under min tid, när jag försökte få folk att helt enkelt vara goda mot varandra. Jag vet i alla fall vad jag ansåg då och anser än, så därför ar det ytterst troligt att jag sa ungefär som så.

- Jaha, jag förstår. Jag har ju faktiskt läst en del i Bibeln, till skillnad mot dig, ler Ester, som nu blivit riktigt kavat, och där står att du predikat om en Gud som är allsmäktig och god och att det du säger ska vara hans vilja. Ja, i stort sett, i alla fall.

- Det stämmer också i stora drag, om vi inte går in på alla detaljer.

- Mmm, men när jag kom till Himlen och träffade Sankte Per, berättade han att man inte kan träffa Gud. Och då undrar jag, varför det?

- Ett ärligt och rakt svar är "jag vet inte". Jag tror att Gud i form av någon sorts person eller personlighet inte finns. Det verkar ändå finnas en slags gudomlig anda i hela Himlen, en anda som utstrålar frid och där alla själar finner sig väl tillrätta. Och trivs, tillägger Jesus.

- Då står det alltså fel i Bibeln, säger Ester och ser rakt in i ögonen på Jesus.

- Ja, uppenbarligen och dessutom får jag lov att erkänna att jag också hade fel.

- Men du trodde själv helt och hållet på Gud.

- Ja, självklart, det gjorde ju alla på den tiden. Det fanns ju en skrift för dem som kunde läsa och skriva redan före min tid. Efter innehållet i den försökte man leva och det var där som jag reagerade mot det jag tyckte gjordes fel.

- Vad var det för skrift?

- Ja, jag kunde ju inte läsa, så för mig var det bara att försöka lyda det som sades. Men Gud där i den skriften tyckte jag var väldigt hård och dömande samtidigt som han skulle vara god. Jag trodde inte på det motsägelsefulla i budskapet och försökte tala om en mildare Gud ... eller predika, som det sagts om mig.

- Men vad för skrift var det? Var finns den nu? Ester envisas.

- Vad jag föstått är den skriften i stort sett lika med del ett i den kristna bibeln. Den delen innehåller de fem Moseböckerna, profeterna och de övriga så kallade heliga skrifterna.

- Del ett? Du menar Gamla Testamentet? Det låter ju så i alla fall.

- Ja, det måtte jag väl mena. Del två lär ju handla mest om mig.

- Nya Testamentet, alltså.

Ester, som nu fått en hel del att tänka på, tystnar och tittar samtidigt på Jesus. Sture som intresserat följt samtalet, känner igen mycket av det som sagts sedan sjutton år tillbaka. Han tittar i sin tur på Ester, övertygad om att det kommer mera. Han behöver inte vänta länge.

- Judarnas bibel, eller i alla fall en tidig variant av den, fanns alltså innan du föddes?

- Just precis.

Ester gör en ny, kortare tankepaus.

- Du sa att alla trodde på Gud då.

- Just precis, igen.

Efter en ännu kortare tankepaus konstaterar Ester:

- Du föddes alltså som jude.

- Precis.

- Och dog som kristen.

- Nää, nu har du faktiskt fel.

- Vad då, har jag fel? Du var väl ändå den förste kristne?

- Nej, inte alls. Jag var jude. Föddes så och levde och trodde enligt den läran, men vill bara ändra sådant som jag tänkte ... och trodde också ... var fel. Jag tänkte att Gud måste vara bättre än att bara tänka i banor om straff för den som gjort fel.

- Det var som fan, undslipper sig Sture, det fattade jag inte när vi pratade då Palme var med. Du berättade då att romarna med han Pilatus inte var särskilt angelägna om att döda dig utan att det var folket som ...

- Folket, nej, det fanns ett i och för sig rätt stort antal som ville det, men de som krävde att jag skulle korsfästas var de judiska prästerna. De såg mig som en fara för sin ställning, privilegier, ekonomi och ... ja, allt. Och de hade piskat upp en stämning emot mig som en fara för vår tro ...

- För judendomen, alltså? Ester vill ha ett klarläggande.

- Javisst, vad annars? Och tillsammans med de fanatiska prästerna skrek ett antal medlöpare sina glåpord på korsfästelse.

- Men Pilatus trodde ju inte att du var skyldig till nå't, sa du förra gången, påpekar Sture. Varför stod han då inte emot pöbeln?

- Jag var inte viktig för romarna. Varken död eller levande. Men de var oroliga för att det skulle kunna bli upplopp och till och med uppror om jag inte dömdes till döden.

- Men ett människoliv kan man väl inte döma till döden bara så där? Ester är indignerad.

- Det var en annan tid då. Man dödade folk för nästan ingenting ibland. Med grymma metoder. Korsfästelse är grymt. Stening är grymt.

Stympning är grymt, även om man inte dör av det.

- Stopp, nu räcker det.

Det blir tyst ute på gräsmattan. Efter en liten stund reser sig Jesus och säger "det här var nu så länge sedan, så vi behöver inte bli sorgsna och tyngda av det. Det är ju egentligen inget nytt för någon av oss. Jag sätter på lite kaffe, som jag gissar ni gärna dricker. Någon däremot?"

Trots att det var bekanta saker man pratat om känner sig både Ester och Sture dämpade och tanken på att Jesus inte var den förste kristne, utan jude hela livet, känns konstig.

Jesus serverar kaffet i tre stora muggar och har gjort i ordning varsin brödbit med fårost på. "Min favoritmacka", säger Jesus, "det har hängt i sedan jag var barn. Fårost, alltså. Hoppas det smakar herrskapet".

- Du är alltså jude, börjar Ester, men när …

- Ursäkta att jag avbryter, men här i Himlen är ingen det ena eller det andra. Här finns inga judar, kristna, muslimer, buddister, hinduister eller ens ateister.

- Vad är det du säger? Vi två är ju kristna.

- Det tror ni nog bara. Nä, förlåt, jag skojade lite …. Jo, ni var väl kristna på jorden i den meningen att ni tillhörde den kristna kyrkan. Om ni var troende eller inte har jag så klart ingen aning om. Det spelar ju ingen roll nu i alla fall. Här i Himlen behövs ingen religion. Som jag förstått det efter en tid här uppe, är religioner bara ett sätt för människan i jordelivet att tänka sig en bättre tillvaro efter döden. På så vis blir inte döden så avskräckande och definitiv. När man så kommer hit och får uppleva en behaglig evighet försvinner alla tankar på religion. Oftast faktiskt efter att ha träffat dem som anses ha orsakat de olika religionerna och fått svar på sina frågor. Alla, oavsett religion, har frågor som de vill få utredda.

- Ja, ja, tanken om att människan skapade Gud snarare än att Gud skapade människan har väl blivit allt vanligare i modern tid. Men nu har jag en fråga till, den som jag försökte börja på nyss.

- Låt höra.

- Igen, du *var* alltså jude, men när kom de första kristna. Vilka var de första man kan kalla kristna?

Jesus ser från den ena till den andra, men båda ser undrande och nyfikna ut.

- Det borde ni väl veta bättre än jag.

- Nää, varför då? Ester förstår inte.

- Hur ska jag veta vad som hände efter min död?

Nu tittar Ester och Sture på varandra och Sture skrattar lite generat.

- Nu är vi där igen.

- Vad menar du, säger Ester som begriper ännu mindre.

- Jo, när jag och Palme träffade Jesus första gången ställde vi ett antal dumma frågor. Som du nu gör.

Nu tar Jesus till orda och ursäktar Ester, menande att i förvirring och i en "konstig" situation hinner man inte riktigt tänka efter. "Precis som för er den gången".

- Nej, den frågan har jag fått många gånger och då liksom nu har jag ingen "sanning" att berätta. Men jag har en idé om det.

- Vilken?

- Låt oss resonera. Jag lär ju vara upphovet till en ny religion, trots att jag själv aldrig tillhörde den. Jag var ju, som jag tidigare sa, jude. Troende, men lite kritisk jude. Det fanns ett antal människor, som följde mig och som trodde, eller kom att tycka, tro, som jag. Särskilt var det en grupp som följde mig överallt och som jag diskuterade en hel del med.

Både Ester och Sture lyssnar andäktigt men säger inget. De väntar sig en fortsättning. Jesus väntar också, men på att någon av dem ska bidra till resonerandet på något sätt.

- Nåå? Har ni funnit något svar på frågan?

Båda ser lite förvirrade ut.

- Vilken fråga?

- Om de första kristna, suckar Jesus. Koncentrera er lite.

- Det är inte så lätt, utbrister Ester, här står man i Himlen och pratar med Jesus. Hur i fridens namn tror du man kan vara koncentrerad. Det är mycket lättare att vara yr i mössan ... eller vad man ska säga ...

- Jag tror att man kan säga att de som följde dig blev de första kristna, gissar Sture, som ju varit i Himlen tillräckligt länge för att inte tappa fattningen så lätt som hans kära hustru.

- Ja, du Stubben, det tror jag också, svarar Jesus, men jag tror inte attt de själva kallade sig kristna, det tog nog en eller ett par generationer, kanske ännu mer, innan man kallade sin nya religion något särskilt. Det var nog, åtminstone för dem som levde samtidigt med mig, bara en lite förändrad judendom. Namnet kristendom och kristna människor kom nog så småningom.

- Kanske dröjde det hundra år, gissar Sture igen.

Ny tystnad uppstår. Jesus har inget att tillägga för tillfället och Sture är nöjd med resultatet av "resonemanget". Ester är dock inte nöjd, eller snarare, är inte färdig för hon erinrar sig plötsligt något hon läste under sin korta skoltid.

- Du var visst kristen för du blev ju döpt!

- Blev jag döpt?

- Ja, det står i Bibeln att du blev döpt av Johannes Döparen och att du var Guds son och att du skulle förändra världen och en massa sådant.

Sture ser förvånad på Ester, "värst vad hon vet", och sedan på Jesus.

- Du har rätt. Johannes döpte mig och det var vid det tillfället jag kände att jag skulle försöka uppfylla det han sagt. Det där om Guds son kände jag faktiskt en viss tvekan till, ungefär som "tänk om det är så", men det han sagt om att jag skulle föra människorna tillsammans och framför allt ta bort världens synd, tyckte jag att jag skulle försöka. Men, tillägger Jesus, jag blev ju inte döpt till någon *religion*, Johannes var jude och jag var jude och de flesta av dem vi umgicks med var också judar. Att jag blev döpt var från både min och Johannes sida ett sätt att stärka mig i att vara en god människa. Jag blev snarare döpt till ett uppdrag eller vad man ska kalla det.

- Var alla som fanns i Palestina på din tid judar? Sture skjuter in en fråga som plötsligt slagit honom.

- Nej, långt därifrån. De flesta var inte judar. Det fanns ….

- De andra var väl muslimer, förmodar Ester.

- Det fanns inga muslimer då. I varje fall inte i dagens mening. Muhammed är sexhundra år yngre än jag, så han hade ännu inte hunnit komma med sitt budskap. Men det fanns många olika arabiska stammar och ett antal olika sätt att tro och tillbe gudar på, som var mer eller mindre lika det som sedan blev islam under Muhammeds ledning. Och förresten, fortsätter Jesus, tog Muhammed också en del intryck från mitt budskap.

En ny liten tankepaus innan Jesus fortsätter.

- Det är ju inte så konstigt egentligen. Vi levde ju på ungefär samma ställe på jorden och alla olika sätt att tro påverkade ju varandra. Judendomen och alla andra småreligioner, om man får säga så. Alla har väl haft samma ursprung, kan man tro.

En ny eftertänksam paus följer och så:

- För min del hade jag ju mer och mer börjat tänka på innehållet, budskapet i vår lära som …

- Du menar fortfarande i judendomen, avbryter Ester.

- Ja, det fanns ingen kristendom, suckar Jesus.

- Javisst ja, förlåt.

- Alltså, jag hade för varje år allt mer börjat tycka att saker hanterades fel av våra så kallade skriftlärde och predikanter och jag fick en allt starkare önskan att vilja ändra på det. Men det kändes övermäktigt, så jag tvekade länge. Jag hade hört en hel del om Johannes förehavanden i öknen, hur han predikade att frälsaren skulle komma, hur folk kom dit och bekände sina synder och blev döpta så de skulle bli omvända och leva livet bättre, syndfria. Syndfria, men fortfarande judar, förstås. Jag beslöt att gå dit, dels för att träffa honom, jag kände ju honom lite, dels för att kanske också bli döpt. Det var då jag övervann min tvekan och bestämde mig för att predika om att leva ett liv utan synd i enlighet med den heliga skriften.

- Den skrift som du inte kunde läsa, ville Sture få bekräftat.

- Riktigt, jag som de flesta andra fick tro på det som berättades om vad som stod. Jag tror mig dock ha vetat mer än de flesta, eftersom jag var kritisk och ställde många frågor till många olika och fick ibland svar som var rätt motsägelsefulla och jag började därför att göra egna tolkningar.

- Jaha, jag förstår. Ester hoppade in i samtalet och fortsatte "men du sa att du kände Johannes Döparen".

- Ja, sedan vi var barn faktiskt. Vi var födda samma år och vi var trettio när han döpte mig. Så jag var trettio alltså när jag började min predikantbana.

- Jamen, man känner väl inte varandra bara för att man är lika gamla.

- Nej, förlåt, jag menade att säga också att våra mammor var släkt. Inte så nära släkt, men ändå släkt och jag och Johannes träffades några gånger som barn och någon gång också innan han drog ut i öknen för att söka Herren Gud.

- Då så. Du blev döpt och då blev du kristen, summerade Ester. Alltså blev du den …

- Nej, stopp. Nyss sa jag ju att att jag inte blev döpt till någon religion. Hör du inte på?

- Javisst, förlåt, jag blandade ihop det hela. För mig är det här fortfarande jäkligt rörigt, urskuldar sig Ester.

- Jag blev alltså inte döpt till kristendomen. Jag blev döpt som troende jude och efter dopet var jag en mer beslutsam troende men kritisk jude, som ville att alla judar, liksom jag, skulle sträva efter ett liv utan synd och att omvända sina hjärtan till att vara goda, generösa, hjälpsamma medmänniskor … och judar.

Ester nickar långsamt och börjar förstå det Jesus försökt förklara under en längre tid.

Hon börjar nu också inse att det som hon kallat kristendom inte uppstått som "genom att trycka på en knapp", utan måste ha växt fram i svallvågorna efter Jesus och hans lärjungar. "Petrus hette en som nog var viktig", tänker hon, men säger inget. Hon tycker hon har krånglat nog med sina frågor.

- Mer kaffe, frågar Jesus, då ingen säger något.

- Nu skulle man nästan behöva nå't starkt, säger Ester.

Sture skruvar på sig "vad är det hon säger …"

- Vad skulle det vara, frågar Jesus.

- En sup.

- Förlåt?

- En snaps, då.

- Har jag nog inte, är jag rädd, men ett mindre glas starkvin kan du få. Vill du ha kaffe också.

- Ja, tack, låter perfekt.

Jesus försvinner och Sture får mål i mun.

- Du kan väl inte be om sprit hos Jesus heller.

- Jaså, det visste jag inte. Jag känner mig så trött i huvudet av allting, så jag tyckte jag skulle behöva nå't stärkande.

Tysta väntar de, med huvudena fulla av tankar, på att Jesus ska komma tillbaka. Med en bricka framför sig kommer han snart med tre koppar kaffe, tre bröd av något slag och tre glas med ett mörkt rött vin.

- Du är duktig och genomhygglig, säger Ester, njuter av anblicken och forsätter "men var är det där", hon pekar på bröden, som är ljusa, nästan gula, släta med någon fyllning.

- Pitabröd med hummus blandad med lite honung. Jag tänkte det skulle vara både lite mättande och gott.

- Hummus? Ester har aldrig hört talas om hummus.

- Enklast förklarat är det ett mos gjort på kikärtor och så har jag blandat i lite honung för att det ska bli lite mer likt kaffebröd.

- Mättande? Sture ser undrande på Jesus och fortsätter: Brukar du bli hungrig? Det blir aldrig jag här uppe.

- Nej, självklart inte, men uttrycket lever kvar än … efter två tusen år … "mättande och gott".

Gott men ovanligt. Kaffestunden blir "en riktig höjdare". Lite småprat om ingenting och svallvågorna i huvudena började lugna ner sig.

- Nu har vi pratat om gamla saker länge, tar Ester vid. Ska vi prata om lite moderna problem?

- Om du vill. Det är nog ingenting jag är särskilt duktig på. Alla som kommer hit vill bara prata om det vi pratat om hittills. Om Gud finns, om jag är Guds son och så vidare. Men sätt igång, jag vet ju inte så mycket om moderna problem. Vet du nå't, Stubben?

- Nja, en del känner jag väl till, men det är väl ännu värre nu, kan jag tro.

- Det kan man säga, fortsätter Ester, det värsta är nog luftföroreningarna, nersmutsningen av världshaven och den globala temperaturhöjningen.

- Låter förfärligt, säger Jesus, är luften förorenad? Vad menar du och hur går det till?

- Alla motorer och alla fabriker som spyr ut avgaser med koldioxid och jag vet inte allt. I vissa städer är det närapå farligt att andas.

- Motorer, fabriker, koldioxid … kan du förklara lite närmare?

- Är du *så* väck när det gäller hur livet på jorden är numera?

- Ester, välj dina ord, viskar Sture.

- Ja, jag är så väck och, Stubben, det gör inget om Ester säger att jag är väck, för det är jag ju.

- Vi hoppar över luften nu, då. Världshaven är fulla av plaster, gamla nät som dödar sälar, tumlare, delfiner, vrak som läcker olja, tankers som går på grund och …

- Oj, oj, oj, vad är plaster, nät förstår jag, men inte olja och tankers.

- Vi hoppar haven också. Globala uppvärmningen kanske du fattar.

- Om jag får bakgrunden, kanske.

- Mänskligheten eldar fossila bränslen, kol, olja och en massa koldioxid kommer ut i luften, vilket gör att temperaturen i atmosfären långsamt stiger. Torkan blir svårare där det redan är för torrt och öknarna breder ut sig. Isarna vid polerna smälter, havsytan kommer att stiga, det blir jättelika översvämningar …

- Snälla Ester stopp, ropar Jesus.

- Ja, sluta för all del, håller Sture med.

Jesus skakar långsamt på huvudet och säger att han levde i en tid då nästan inget av det Ester nämnt fanns eller var aktuellt, att han bara var en människa på jorden med den begränsade kunskap om världen som fanns där och då och att han han varken nu eller då kunnat göra något åt saken.

- Jag är för egen del glad att slippa leva där med allt elände du berättar, men ledsen över att det är så och jag får hoppas att det kan bli bättre där nere på jorden.

- Det får vi hoppas, tycker Ester också, nå'n gång måste väl mänskligheten vakna till och rädda sig från undergång.

- Undrar det jag, säger Sture och pessimismen lyser om honom, jag minns vad miljökämpen Björn Gillberg sa redan på sextiotalet, "människan gräver gärna sin egen grav, bara det är tillräckligt bra betalt".

Alla tre tittar på varandra och Jesus klär deras gemensamma tankar i ord, sägandes "ja, vi kan inte göra något härifrån, låt oss bara hoppas att det händer något positivt där nere".

- Å andra sidan, morskar Ester upp sig, får ju alla det jävligt bra när de kommer hit, så det kanske inte gör så mycket.

De båda herrarna ler trots den nyss så dystra stämningen och håller med.

Jesu besökare känner att de fått de svar de kunde få för ögonblicket och känner samtidigt att de inte orkar med något mer. De tackar för sig och berättar att de nästa dag ska försöka att träffa Muhammed främst för att "Ester har frågor hon *verkligen* vill ha svar på".

Eftersom Jesus var med då han och Palme träffade Muhammed tycker

Sture att "du kan väl hänga med den här gången också", och därmed skulle han känna sig lite säkrare. Ester säger sig också välkomna "stöd" av Jesus, som invänder att "det behövs inget stöd, Muhammed är lika lugn och vänlig som jag, men visst kan jag hänga med om det känns bättre".

De skiljs åt och makarna vandrar tillbaka samma väg som de kom.

- Nu tar vi oss en öl, innan vi slår oss till ro och kopplar av, föreslår Sture.

- Konstigt att du vill ha en öl, du gillade ju inte öl, förr, i alla fall.

- Jo, men nu har jag hittat annan öl, öl som jag inte visste fanns. Jag gillar engelsk bitter ale.

- Jaha, det låter märkvärdigt och nästan snobbigt. Tror du jag gillar det också?

- Nja, det vet jag inte, men jag tror absolut att du skulle gilla en belgisk, Leffe, Chimay eller Grimbergen.

- Åh, jag är gift med en elegant expert i barfrågor, retas Ester.

- Visste du inte det, svarar Sture oberört, tog henne under armen och förde in henne i den pub där han lärt om öl av vännerna Tage, Beppe och Palme.

- Skönt att de inte är här nu, säger han halvhögt för sig själv.

- Va' sa du?

- Just inget, bara skönt att Tage, Beppe eller Palme inte är här nu. Skulle inte orka berätta allt som hänt.

- Men jag vill gärna träffa dem, om jag får.

- Det ska säkert ordnas, men en annan gång.

Sture beställer deras öl, Ester ger beröm för hans val åt henne och de kan börja koppla av.

- Det var onödigt att du skulle ta upp det där om moderna problem när vi ändå inte kan göra något åt det.

- Ja, jo, egentligen vet jag inte vad som flög i mig. Kanske att vi hela tiden kände oss lite som idioter som inte begrep nå't medan Jesus kunde och visste allt.

- Så ville du hämnas?

- Jag vet inte, kanske inte hämnas, men tala om saker vi vet mycket mer om.

- En slags revansch i alla fall?

- Nja, usch, det var nog dumt.

- I alla fall, som jag sa, onödigt. Jesus är ingen översittare. Han mästrar oss inte, han svarar ju bara på våra frågor och är vänlig hela tiden. Tog ju dig i försvar fast du kallade honom ”väck”.

- Jo, det är sant. Usch, jag ångrar att jag drog upp skiten. Jag ska be om ursäkt nästa gång vi ses.

Sture tar hennes händer och ser henne i ögonen medan han säger att ”det behöver du inte göra, men om du vill, så …”

De avslutar sina öl och reser sig, tackar barängeln och ger sig av mot sin invanda sovplats. En vacker solnedgång kan de njuta av … förutom varandras sällskap, ”tänk, det är sjutton år sen vi hade varandra senast och femtiofem år sen vi hade varandra först …”

- Mycket hände däremellan.

- Ja, en hel del.

MUHAMMED OCH JIHAD

Ny morgon och de vaknar i samma gräs som dagen innan. Solen står redan ganska högt på valvet ovan dem och de minns gårdagen väl. "Jag har egentligen fler frågor till Jesus", tänker hon högt. Sture hör, men har inga kommentarer. "Varför kan man inte ta en öl på morgonen?", funderar han högt för sig själv.

- Det skulle se ut det, säger Ester som aldrig kan låta en fråga eller åsikt bara hänga i luften, man är väl ingen alkoholist heller.

Sture har ingen kommentar nu heller, men tänker att "det kanske ser illa ut, kaffe är ju bra nog, det får väl bli kaffe i dag igen". Han ligger kvar och njuter av solen som värmer honom och han minns soliga dagar på Norrö, "där kunde man ligga på rygg naken, ensam, ja Ester var där också, och känna värme, lugn och ro och man kände sig som en del av naturen".

- Ska du ligga där hela da'n? Ester lutar sig undrande över honom.

- Nää, jag bara tänkte.

- På vad?

- Sol och värme, Norrö, bad och solbad och så där, inget särskilt.

- Det behöver du väl inte sakna, det har du ju här också.

- Jag vet det, jag har inte sagt att jag saknar det, jag bara mindes det med anledning av den ljuva solvärmen här.

Nog tänkt. De reser sig och konstaterar att klädseln är perfekt, ingen svettlukt, inga fläckar, inte skrynkligt, "det är då för märkvärdigt", tänker Ester. Automatiskt styr de stegen mot sitt vanliga kafé, där den vanliga ängeln hälsar "god morgon" och ställer fram leverpastejsmörgåsar med ättiksgurka i stället för deras vanliga räkmackor.

- Vad nu då, har du tänkt att variera kosten? Sture tittar undrande på mackorna, som ser läckra ut.

- Ja, är det inte bra?

- Jo, för tusan, perfekt, slipper man tänka själv.

- Men kaffe ska ni ha, som vanligt?

- Ja, inget öl nu på morgonkulan.

- Nej, men jag tänkte på te som en variation.

- Nej, bevare oss väl, undslipper sig Ester, som aldrig förstått sig på tedrickande.

- Och vad blir det idag?

- I dag ska vi försöka att träffa Muhammed och fråga om hans lära och vad som menas med en massa saker jag inte begriper, svarar Ester och tittar åt Stures håll.

- Vi får sällskap med Jesus för säkerhets skull, tillägger Sture.

- För säkerhets skull? Är han farlig?

- Nää, Sture ser lite tveksam ut och säger "men jag är inte så bra på att samtala, kan få tunghäfta och Ester har berättat att hon är upprörd över saker som händer på jorden, så hon kanske tar i för mycket".

- Så spännande, jag blir nyfiken, kanske också ska hänga med och lyssna.

- Varför inte, säger Sture och Ester samtidigt.

- Men, det är nog trots allt bättre att jag blir kvar här, det är bättre för oss änglar att inte veta så mycket om livet på jorden.

- Som du vill. Tack för mackorna och kaffet, nu går vi.

De går liksom tvekande mot platsen där de träffat Jesus och känner sig tvehågsna inför det kommande mötet. Sture, som alltid varit en fridens man, oroar sig för att Ester ska bli "otrevlig och ful i mun, hon kan ibland bli klumpig och ofin ...". Ester å sin sida funderar på hur hon ska ställa sina frågor och om Sture bara ska tiga. Som på en given signal tittar de samtidigt på varandra. Ester är snabbast att säga något.

- Vad tänker du på? Du är så tyst.

- Du med. Vad tänker du på?

Båda anger att de inte tänkt på något särskilt, fortsätter framåt och snart dyker Jesus hus upp framför dem.

Han har sett dem komma och kommer dem till mötes.

- Jag talade med Muhammed i går kväll och han väntar på er. Så vi lunkar väl dit. Förresten, jag bjöd er på kaffe i går och det gillade ni, det märktes, men Muhammed kommer sannolikt att bjuda er på te. Ett mycket gott orientaliskt te, men ni kan be om kaffe om ni inte vill ha teet.

- Jag har aldrig gillat te, säger Ester och rynkar på näsan.

- Men det här är riktigt gott. Du kanske ska prova?

- Ja, jag provar nog igen, ler Sture, sist var det gott med honung i. Men det var ju här hemma hos dig. Muhammed hade kommit hit.

- Ja, just, så var det, ja.

- Var hittar vi Muhammed?

- Han sa att han skulle sitta under de fem dadelpalmerna.

- Va? Ska vi knalla ända till tropikerna.

- Ja, men här är det inte särskilt långt. När ni vet det, kommer ni också att se palmerna, precis som ni ser björkskog när ni är i era tankar.

- Nej, nu jävlar, utbrister Ester, hur sjutton kan …

- Ester, ta't lugnt, ber Sture, det är väl egentligen inte konstigare än allt annat vi tyckt varit konstigt här uppe.

- Ja, förlåt, men hur ser han ut, frågar Ester.

- Hur tror du han ser ut?

Ester beskriver tveksamt en man med något turbanaktigt på huvudet, en väst ovanpå en vit skjorta, gråvita byxor, "och så har han skägg".

- Ja, så är det, säger Jesus och småskrattar.

- Vad skrattar du åt?

- Du vet väl hur man ser en person här uppe, som man aldrig sett på jorden?

- Va? Jo, jag minns. Det har man ju berättat. Det var alltså en ovanligt dum fråga.

- Nja, egentligen, förstås, men man kan väl som nykomling inte ha koll på allt hela tiden, säger Jesus diplomatiskt.

De går över en sandig slätt, de två svenskarna tittar åt båda sidorna och framåt, väntande sig att de ska se en glittrande havsstrand. Men icke, snart ser de några palmer och så dyker sihuetten av fem dadelpalmer upp framför dem och en man reser sig upp och kommer dem till mötes.

Han bugar sig lätt och tar dem i hand, lustigt nog båda två samtidigt och sedan med båda händerna på den ena av deras händer, först Ester, sedan Sture.

- Mitt namn är Muhammed och det är jag som anses ligga bakom islams heliga bok, Koranen. Jag hälsar er välkomna till mitt favoritställe under palmerna och jag har lärt mig att i det moderna västerlandet hälsar man på damerna först. Dessutom, tillägger han, känner jag ju dig sedan förut, Stubben.

Muhammeds milda, mörka stämma och hälsningsfras gör att både Ester och Sture kommer av sig.

- Jag heter egentligen Sture, hickar Sture fram.

- Stubben var det väl sist?

- Ja, det var ju kompisen Palme som kallade mig så. Alla andra kompisar också, för den delen.

- Ja, men då så. Då får du heta Stubben här hos mig också.

Han bjuder dem att sätta sig ner på den varma sanden eller alternativt på några pallar som finns i skuggan. En stam av något annat träd ligger där också. "Kanske ett olivträd", tänker Sture och sätter sig där. Ester sätter sig bredvid och känner sig fortfarande hämmad av sin nyvunna respekt för Muhammed. "Vilken person", tänker hon, "han bara öppnar käften och man blir alldeles matt".

- Kära vänner, fortsätter nu Muhammed, för att min allra nyaste vän ska få chansen att lugna sig och sedan ställa sina frågor, ska jag hämta te åt oss. Vill någon ha honung?

Alla tre gästerna räcker upp handen, Muhammed ler och försvinner in bakom några levande olivträd, vilket gör att Sture tänker att "då sitter vi på en olivträdstam i alla fall". Ester tittar på Sture, som lugnt tittar tillbaka, så tittar hon på Jesus, som om hon söker hjälp.

- Du blev inte hälften så paff, när du mötte mig, säger han. Blev du skrämd?

- Inte skrämd, men jag känner mig så obetydlig. Han gav mig ett så mäktigt intryck.

- Ja, men han är väldigt bra att ha att göra med, var inte orolig.

- Men mina frågor är ju rätt otrevliga att anklaga honom för. Det känns inte bra.

- Då lär du väl aldrig få något svar. Om du inte ställer dem, menar jag.

- Fråga, säger Sture i ett försök att stötta, det kan ju inte vara farligt. Jag tror dessutom att han, liksom Jesus, är van att få både trevliga och otrevliga frågor.

Muhammed återkommer med en bricka och fyra glas med en gyllengul dryck däri.

Han bjuder runt och Ester tar sig ett glas som hon först för under näsan för att känna doften. "Hmm, inte illa, luktar rätt gott." Så läppjar hon på teet och finner det helt acceptabelt att dricka. Ja, till och med gott, "men det kan inte ersätta kaffe", tänker hon.

De njuter alla av sitt te innan Muhammed med sin mjuka stämma inbjuder Ester till frågestund. Hon tittar nästan hjälplöst på Sture, som nickar åt henne, "kör på", tar sats och ...

- I Amerika, i New York alltså, hade islamister kapat två stora passagerarflygplan, som de körde rätt in i två skyskrapor med, varpå tusentals människor dog. Människor, som inte gjort något illa, passagerarna i planen och de som jobbade i de där tvillingtornen och även en del människor på gatorna omkring strök med.

Hon tittar på Muhammed, som långsamt skakar på huvudet. Hon fortsätter ....

- Även andra attentat har gjorts och man säger att det är det heliga kriget, jihad eller vad det heter på deras språk.

Muhammed blundar, sväljer och mumlar "förfärligt".

- Du sa själv att du ligger bakom Koranen och de här mördarna, som kallas islamister säger att de för det heliga kriget enligt Koranen. Har du sagt och skrivit så?

Ester har nu hetsat upp sig och stirrar uppfordrande och ihärdigt på Muhammed, som med uppgiven blick möter hennes ögon.

Han tittar i marken för att liksom samla sig, suckar och tar till orda.

- Min första kommentar är enkel. Nästa kommentar är mer komplicerad och jag hoppas ni kommer att förstå.

- Och den första kommentaren är?

- Jag har inte skrivit Koranen. Jag är, eller åtminstone var, analfabet, alltså kunde jag varken skriva eller läsa.

- Vem skrev den då?

- Enligt vad jag har fått veta efteråt, här i himlen, skrevs den av en kalif, Uthman, ungefär tjugo år efter min död. Andra, som varit här och pratat med mig, säger att den skrevs ännu senare. Vad vet jag. Det är inte viktigt. Vad som är viktigt är vad som står i den och det har jag ingen helt klar bild av.

Muhammed gör en liten paus, som för att tänka efter hur han ska uttrycka sig. Så fortsätter han:

- Jag predikade för mina samtida om vår gud, Allah på vårt språk, hur man skulle leva för att vara en god människa för andra människor och för honom. Jag pratade också om praktiska saker för folket, som skulle hjälpa alla i vardagen.

- Men hur visste du allt?

- Visste? Liksom Jesus och alla andra på hans och min tid i vår del av världen, trodde vi på den goda guden. Jag var starkt övertygad och alltså starkt troende. När jag var ungefär fyrtio år ville jag söka svar. Jag gav mig iväg och levde asketiskt i en grotta, bad och mediterade. Fick uppenbarelser, men kanske jag egentligen borde kalla det upplevelser, om Guds mening och jag berättade … eller predikade, är väl kanske ett bättre ord, om detta i kanske tjugo år om jag minns rätt. Sedan var det dags att lämna livet på jorden. Jag var väl drygt sextio då jag for iväg till himlen.

- Och …

- Jag vet ungefär vad jag sa och exakt vad jag menade. Saken är nu den att det jag sagt har förts vidare från person till person innan det skrevs ner och därför vet jag alltså inte egentligen vad som står i Koranen.

- Det låter ungefär som Jesus och Bibeln.

- Ja, det inte bara låter så. Det *är* så. Ingen av oss vet bestämt vad som står i de böcker som skrevs med anledning av våra liv och predikningar. Vi vet bara vad vi velat förmedla till folket.

Jesus nickar, där han sitter i sanden. Muhammed ser på sin vän och säger att nu är det dags för den andra kommentaren.

- Ja, Ester, du nämnde jihad och det heliga kriget. Då måste jag först påpeka att jihad betyder att anstränga sig, att kämpa. Det betyder inte speciellt att kriga. Det heliga kriget är något annat. Jesus vet, liksom de som levde samtidigt med mig, att jag ledde försvarsstyrkor i krig. Det var för oss då "det heliga kriget". Vi försvarade oss med våld emot angrepp med våld.

- Då har du alltså krigat? Ester avbryter Muhammed tvärt med sin fråga.

- Ja, men låt mig berätta färdigt, så kan du fråga sedan.

Ester nickar och tiger. Sture tittar med spänning på Muhammed "nu kommer nå't jag inte haft en aning om …"

- Det är nog bäst att jag börjar med vad som var före min tid. Alltså, folket på arabiska halvön levde isolerat och fattigt och man hade en

mängd avgudar samtidigt som man ändå trodde på Allah, den högste
guden.

Det fanns ingen enhetlig ledning för alla dessa stammar som levde där
med alla sina olika avgudar. Minsta lilla småsak kunde bli storbråk
mellan stammar eller klaner och till och med bli som ett riktigt krig i
mindre skala med död och förintelse.

I denna röra, detta kaos, växte jag upp. Pappa dog innan jag föddes och
mamma när jag var sex. Fattig var jag alltså och växte upp hos min
farbror. Men jag fick bättre resurser i livet då jag gifte mig med Khadidja
som var femton år äldre än jag och som dessutom var en rik änka.

Jag jobbade på, vi fick barn och jag var nöjd med livet, trots att jag var
störd av att se så många avgudar, till och med i Kaba.

- Kaba, undslipper sig Ester och Sture unisont, vad är det?

- Det stora templet för vår religion i Mecka. Det var centrum för alla
varianter av den religion vi hade sedan Abrahams tid.

- Abraham?

Ester, som läst mycket i bibeln i skolan och har ett väldigt gott minne
ropar till.

- Är det samma Abraham som finns i bibeln och som fanns långt tidigare
än Jesus?

- Precis. Abraham är en av profeterna hos judarna, hos de kristna och hos
oss muslimer. Våra religioner, skulle man kunna säga, är av samma släkt.

- Å, det visste jag inte.

- Egentligen samma religion, lite olika utformad, bara, tillägger
Muhammed och ler.

- Nu fortsätter vi. Så ungefär fjorton-femton år efter jag gift mig och
dessutom fått det bra, började jag grubbla över det religiösa och sociala
förfall i det land som jag kände till och jag blev deprimerad. Jag lämnade
Khadidja för att söka finna en vägledning och begav mig ut till ett berg
som heter Hira och där höll jag till i den grotta jag nyss nämnde och
som jag visste om sedan tidigare och där började jag meditiera, be och
grubbla vidare.

- Bad du till Gud, undrar Ester.

- Jag bad till Allah. Du vet, ler Muhammed vemodigt, vi kallar gud för
Allah, men det är bara ett annat namn på den gud både judar och kristna
ber till.

- Han, som inte finns, kommenterar Sture och sneglar upp på Muhammed.

- Ja, som vi nu och här i Himlen har förstått, han som inte finns som en person eller liknande, utan bara som en gudomlig anda, som utstrålar frid och där alla själar finner sig väl tillrätta. Nu tillbaka till min berättelse, om det är okej.

Alla nickar och Muhammed forsätter.

- Nu efteråt kan man ju fundera på vad som hände, men då upplevde jag att ärkeängeln Gabriel visade sig för mig och dessutom talade till mig. Ängeln gav mig ett uppdrag från Allah att jag skulle vara hans profet. Jag skulle fullfölja det som Abraham, Moses och Jesus påbörjat.
Jag blev alldeles förkrossad av denna tunga uppgift och visste inte hur jag skulle göra. Under en lång och svår period var jag hela tiden deprimerad och väntade på vägledning, men ingenting hände.
Sedan började jag få nya uppenbarelser och visioner från Allah ofta samtidigt som jag upplevde smärta. Jag såg aldrig mer ängeln Gabriel, men hörde hans röst ofta föregången av bjällror som klingade.

- Var det ingen annan som också hörde?

- Nej, det var bara jag och jag berättade för alla jag kunde om varningarna om den kommande domedagen, om att man måste leva rättfärdigt och bara tillbe den ende och sanne guden, Allah. Man ska tänka på alla andra, visa hänsyn och hjälpa de fattiga, inte söka världslig rikedom och ...

- Hallå, ropar Ester, det där låter ju som kristendom.

- Ja, inte sant. Islam och kristendom har i huvudsak det mesta gemensamt, faktiskt. Judendomen också kan man nästan säga. Det har vi ju nyss konstaterat.

- Jo, det är sant.

Efter en begrundande tystnad fortsätter Muhammed.

- Jag ville få bort all tro på avgudar, andar och monster av olika slag, jag ville att alla de olika arabiska stammarna skulle enas och att det därmed skulle bli lugnt och inte en massa våldsamma konflikter om bagateller.
Jag ville också att kristna och judar skulle återvända till det rena och enkla livet, bort från det jag såg som motsatt mot deras egen idé, alltså omsorg om de fattiga och generositet med det man har. Synagogor och kloster blev allt rikare på fattigas bekostnad. Jag ville mycket, kanske för

mycket?

Sedan tillkom det att jag ville så mycket, som låg utanför religionen, att mitt budskap blev allt mer praktiskt och nästan politiskt. För att vägleda mitt folk hur man skulle vara en god människa uttalade jag levnadsregler. Det skulle underlätta, var det meningen. Men islam är inte och ska inte vara politik. Det var aldrig min mening, men jag har senare förstått att det nästan blivit så hos många.

Alltså, efter att ha upplevt vägledning, vände jag mig först till mina närmaste, min fosterson, min hustru Khadidja och min bäste vän, Abu Bakr, men sedan också till hela min stam. Det fanns folk i min egen stam som hade invändningar mot mig, men å andra sidan fick jag anhängare från andra stammar, ofta svagare och fattigare.

- Varför berättar du allt det här? Ester undrar, medan Sture som alltid varit intresserad av historia lugnt väntar på fortsättningen.

- Jag försöker att ge en bakgrund till att jag krigade en period, trots att jag är emot våld. Dessutom brukar vanliga kristna inte veta särskilt mycket om varken islam eller dess bakgrund.

- Hur vet du det?

- Ni är inte de första före detta kristna jag har pratat med här uppe i Himmelriket.

- Vad då "före detta"?

- Här i himlen, när man fått allt klart för sig och har samma värderingar, varken finns eller behövs det religioner. Därav "före detta".

Muhammeds åhörare nickar införstått och han fortsätter.

- Mitt budskap mötte motstånd främst från de styrande och de rika …
och det var ju kanske inte så konstigt, jag ville ju att de skulle dela med sig … Men det fanns ändå några från de högre klasserna som följde mig. Nästan alla fattiga och de som sågs som obetydliga i samhällena ville följa mig.

Jag och de mina blev hotade, förföljda och till och med dödade av dem som var emot mig … oss. Befolkningen i städerna ansåg att en ung man från en svag och fattig klan inte var någon att bry sig om.

Hur som helst … för att förkorta historien … jag drog mig undan, flydde med mina anhängare, kan man nästan säga, till en annan stad för att finna en lösning på hur jag skulle få ut budskapet till alla.

Han tystnar och de tre åhörarna tittar undrande på honom. Muhammed blundar och säger med svag röst "den lösning jag fann, var tvärt emot den lösning Jesus fann".

Jesus nickar och tillägger, också halvviskande "men jag fann ju ingen lösning"

- Jo, du fann lösningen att bli offret, som skulle göra att du skulle bli trodd för att du dog för din sak ... som ett offerlamm. Men jag ville inte dö innan jag hade fullföljt det uppdrag jag fått av Allah, det som Gabriel berättade för mig. Jag måste genomföra att ena vårt folk under ett budskap. Alla varianter av vår egentligen gemensamma tro skulle enas, islam skulle bli en enhetlig tro och därtill skulle jag ge folket levnadsregler, så de visste hur man skulle leva och helst också varför.

Allt eftersom Muhammed talar tilltar rösten i styrka. Nästan så att Ester och Sture känner den desperation Muhammed tycktes ha känt för långt mer än tusen år sedan.

- Jag beslöt att jag måste besegra dem som hotade och ville förgöra oss. I den stad, Yathrib, jag flytt till, såg man mig som en profet. I Yathrib fanns ovanligt många judar och de talade ofta sinsemellan och även med oss, om den profet som skulle komma. Så kom alltså jag med rätt många följeslagare och då blev jag profeten för dem. Inte för judarna, även om några av dem vacklade lite om jag var deras förutsagda profet eller ej. Men folket i staden, icke-judarna alltså som ändå var i stor majoritet, började kalla staden för "Profetens Stad".

Muhammed ler och vänder sig mot Ester, som varit den påflugna av de båda gästerna från den höga nord.

- På arabiska blir "Profetens Stad" Medinat an-nabi, men ni västerlänningar säger bara Medina. Känns det namnet bekant?

- Nää, svarar Ester med viss tvekan, hon kan inte erinra sig att hon hört det.

- Jag känner till Medina som en stad i Arabien. Och Mecka också, förresten, säger Sture och känner sig lite stolt över att ha kunnat något i alla fall.

- Bra. Då fortsätter jag och nu kommer vi äntligen till "det heliga kriget". I Medina var jag tvungen att bli politisk mer än religiös. Jag blev vad ni skulle kalla en realpolitiker och för att bli stark och överleva gjorde jag upp med stammar som inte kallade sig muslimska och med judarna.

Vi var då en stark politisk enhet som gjorde raider och saboterade
Meckas handel och avsåg med det att göra dem svagare. Vi störde och
attackerade lite gerillalikt deras militära krafter.
Vid flera tillfällen organiserade Meckas fientliga ledare militära anfall
emot oss i Medina, men vi var starkare. De misslyckades och det hela
slutade med att vi var starka nog att inta huvudstaden, Mecka. Tack vare
sammanhållningen bland oss muslimer och med stöd av judarna lyckades
vi besegra motståndet.
Det första jag gjorde efter att vi intagit Mecka var att rensa Kaba från
alla beläten och avgudar och därefter förrätta bön till en ende och sanne
guden, vår Allah.

Muhammed riktar tigande blicken ömsom mot Ester, ömsom mot Jesus
medan Sture väntar på vad som ska komma "för det känns ..."
- Det var det heliga kriget och det varade i nära åtta år, inte dagligen men
till och från.
Kriget som jag upplevde som oundvikligt med tanke på mitt gudomliga
uppdrag och det allt våldsammare motstånd jag mötte.
- Det var det, ja, mumlar Jesus och Sture, den känslige, hör att Jesus inte
är helt med på att det skulle ha varit den enda lösningen.
- Jaha, det är det som är eller var "det heliga kriget" och det heliga kriget
är *inte* att flyga stora passagerarplan in i höghus i New York och döda
oskyldiga ...

Muhammed tittar sorgset på Ester och skakar sakta på huvudet "sådana
idioter ..."
Han sätter sig ner efter att ha rest sig i början av sin långa berättelse,
skakar sakta på huvudet igen och säger "i Islams och mitt namn, säger
du, ... och jihad ... jihad är något helt annat ... i Islams och mitt namn
tillåter man andra religioner så länge man inte attackerar oss ..."
Så tittar han intensivt och samtidigt förtvivlat på Ester och utbrister
"Förstår du!"
- Ja .. ja, ja, svarar Ester nästan skrämd av Muhammeds plötsliga
upprördhet.
- Hallå! Jesus höjer rösten. Nu har vännen Muhammed berättat om
bakgrunden till och om själva "det heliga kriget" och Ester har fått svar
på sin fråga. Känslosamt har det varit för min gamle vän att redogöra
för detta, som jag vet var det svåraste han haft. För att få lite balans i

detta med "heligt krig", vill jag påpeka, att drygt tusen år efter min död genomförde de, som ansåg sig som kristna, heliga krig mot alla och envar som man då ansåg som hedningar eller "otrogna". Dessa "heliga krig" i kristendomens namn varade i hundratals år och drabbade bland andra muslimer på förödande sätt. Man kallade dessa angreppskrig för korståg, med korset som symbol och påvarnas välsignelse. Skillnaden mot det Muhammed nu berättat och vad jag kort sagt är, att Muhammed var med i sitt heliga krig, som var ett försvarskrig medan jag var borta sedan länge och hade aldrig tillåtit dessa angreppskrig.

Nu är "det heliga kriget" avklarat och jag vet att Ester har fler frågor. Jag föreslår att dessa frågor får vänta, gärna till en annan dag och att vi nu tar oss något att äta och dricka.

För både Ester och Sture känns Jesu förslag skönt. Det hade blivit väldigt mycket. Dels känslomässigt och dels en mängd fakta de inte hade en aning om. De hade också tagit Muhammed till sig och kände att de egentligen ville ta om honom och trösta honom, utan riktigt vara på det klara med varför.

För Muhammed är förslaget också en lättnad. Han känner sig tömd och alltså tom invärtes.

- Jag hittar i ditt kök, säger Jesus, sitt kvar här i solskenet och prata om vädret medan jag fixar något.

Han försvinner in i en liten stuga bakom palmerna.

De tre kvarvarande tittar på varandra och på himlen, där solen skiner från samma blåa himmel som alltid.

- Ja, vad blir det för väder i morgon, tro, säger Sture, som lärt sig en del humor av vännerna Palme, Beppe och Tage.

Ester tittar frågande på sin man medan Muhammed ler "det var en svår fråga". Ester tittar nu också på Muhammed med samma undran "men här verkar det alltid vara sol och vackert?"

Herrarna nickar och Ester inser tramset.

Sture hinner fråga Muhammed om hur de levde på den tiden, om de hade andra husdjur än kameler och om de odlade säd. Potatis visste han att de inte odlade för den kom från Amerika "på sjutton- eller artonhundratalet tror jag", tänkte han.

Muhammed tittar lite trött åt Sture till och svarar "jodå, vi hade får och åsnor bland annat och vi odlade säd och bakade bröd".

- Jag ska inte fråga mer, du verkar nästan utmattad, säger Sture.

- Vi kan spara det till en annan dag, som Jesus sa, ler Muhammed mentalt trött.

Ester är tyst och begrundande.

Med en jättebricka i händerna kommer Jesus balanserande fram mellan palmerna. Förväntansfullt vänds tre par ögon mot honom och han sätter ner brickan emellan dem. Där finns bröd, ost, olivolja, rökt fisk, couscous, lammkorv och lite till av livets goda. Fyra muggar te, förstås.

- Varken öl eller kaffe, tänker Sture, men det blir nog jättebra ändå. Vi kan ju ta en öl på fiket hemmavid sedan.

Ester, Sture och Jesus tar ett "ses-i-morgon"-farväl av Muhammed i vilket de bestämmer att ses hos Jesus nästa dag. De vandrar hemåt, tar farväl av Jesus vid hans hus och återvänder till sin soväng via fiket, där Ester tar sig en stor mugg kaffe och Sture tar sin numera vanliga engelska öl.

Trötta sjunker de sedan ser på ängen, som ser lika vacker ut som alltid.

- Nu orkar vi inget mer, puss och kram och god natt!

Sture och Ester vaknar i solskenet, som vanligt.

- Lustigt att vi kan sova på morgonen trots att solen redan är uppe. Ester sätter sig upp, reflekterar över situationen och ser sig samtidigt om.

Sture ligger kvar med ögonen riktade mot himlen.

- Jag ser faktiskt en molntuss ... det är ovanligt ... tror jag, tillägger han, jag brukar inte studera himlavalvet så noga, känns inte nödvändigt när det hela tiden är vackert väder.

Konstaterandet att det hela tiden är vackert väder, väcker en ny fråga hos Ester.

- Hur kan det växa, om det aldrig regnar. Titta, gräset är grönt och frodigt, björkarnas löv är gröna och ... ja, allting är ju fräscht. Jag förstår inte det heller.

Fortfarande i ryggläge svarar Sture, som har betydligt längre erfarenhet av livet i Paradiset "jag tror att det är med väder, vind, växter, och djur som det är med oss."

Med rynkad panna tittar Ester ner på sin avslappnade make, "vad menar du?".

- Vi har ju evigt liv, mår bra, behöver egentligen inte äta och dricka, allt fungerar som i en idealsituation. Det är nog lika med naturen. Vore ologiskt annars, som Palme brukar säga.

- Palme? Vad har han sagt om naturen?

- Nää, inte om naturen direkt, men om logiskt eller ologiskt. Sture sätter sig nu också upp. Han kommer ofta fram med det uttrycket. I alla fall gjorde han det när vi träffades dagligen.

- Så du har lärt dig det också, retas Ester, inte bara blivit expert på öl.

- Ja, är det nå't fel med det?

- Nej, nej, så klart inte, jag skojade bara. När kan jag få träffa Palme, det är ju i alla fall lite speciellt att träffa honom.

- Är det inte speciellt nog att träffa herrar som Jesus och Muhammed ... eller?

- Jo, så klart, men efter ett tag tillsammans kändes det som ... som ... att träffa nästan vanliga människor. De är ju så naturliga och som vi, på nå't sätt.

- De är ju det, enligt dem själva. Alltså vanliga människor som levde på jorden som vi. Fast i en helt annan tid och med helt andra förutsättningar …

- … och helt andra idéer och drömmar, har jag ju förstått.

Morgonsamtalet avstannar, de reser sig och beger sig mot sitt kära stamfik.

- Efter frukosten ska vi ju över till Jesus och träffa Muhammed igen med dina andra frågor. Palme kan vi träffa sedan. Kan ju vara kul att berätta för honom om Muhammed. Jag tror inte att han har koll på allt, även om han vet mer än jag, förstås.

- Ja, idag känner jag mig inte nervös som igår, säger Ester. Muhammed och Jesus med, för den delen, är ju så jättehyggliga.

- Fattas bara … de lever väl som de lär. Eller lärde, kanske man ska säga här uppe.

- Ja, det förstås, det är ju för att de är som de är, som de har kommit med sina budskap om det goda, det tänkte jag inte på …

- Hej, jag såg er komma, så jag öppnar dörren för herrskapet. Ni går långsammare än vanligt. Mår någon av er inte bra? Ängeln ser lite undrande på dem.

- Vi mår jättebra, svarar Ester, det är bara så mycket att prata om. Besöket i går hos Muhammed var otroligt … vad ska man säga … det gav oss så mycket nytt och var så lärorikt att vi blev alldeles matta.

- Intressant, är nog det minsta man kan säga, tillägger Sture.

- Då så, säger ängeln, då har ni fått så mycket intryck att jag inte ska komma med nya … mackor, alltså. Det blir ägg och ansjovis, okej?

- Perfekt.

Frukosten känns underbart god och de njuter av den goda smaken och av kaffet.

- Teblasket i går var väl rätt bra ändå, viskar Sture efter att ha njutit av sin goda frukost, men kaffe är ju ändå kaffe.

Ängeln vänder sig emot dem och ler.

- Fick ni bara te hos Muhammed? Hade han inget kaffe?

- Vi frågade aldrig.

- Och vad ska ni göra idag?

- Vi ska träffa Muhammed idag igen, men hemma hos Jesus. Han har kaffe, det vet vi.

Med dessa ord avslutas frukosten, makarna tackar för allt det goda, lämnar kafeet och beger sig så sakteliga mot Jesu tillhåll.

Snart har de kommit så långt att platsen där Jesus finns skymtar mellan träden.

- Så lattjo, utbrister Sture, när vi gick till Muhammed, jag menar, när vi kom fram till Muhammed fanns det bara palmer där. Och här … är det björkar.

Ester, som i sina tankar varit helt upptagen med vad hon skulle ta upp med Muhammed, håller lätt frånvarande med. Sture kastar en blick på sin fru och ser att hon är i andra tankar och formulerar själv ett svar som han blir nöjd med.

- Det är väl för att vi gick till Jesus utan att ha fått någon beskrivning av hur där ser ut, så vi såg väl svensk natur. Men hur det ser ut hos Muhammed fick vi ju beskrivet …

De ser sina båda nya vänner i samspråk, väntande på dem och Sture får en hastig tanke "är vi sena". Tanken hinner dock inte slå rot och skapa bekymmer, förrän Jesus säger att de är välkomna tillbaka och att han och Muhammed småpratat lite över en kopp orientaliskt te.

- Ni vill väl kanske egentligen hellre ha kaffe, säger han vidare, och …

- Nädå, skyndar sig Sture att säga, teet i går var jättegott. Det tyckte Ester också, eller hur?

- Ja, intygar Ester, men tillägger att kaffe är ju ändå kaffe.

- Precis, säger Muhammed, och lustigt nog är det ju detsamma med te.

- Va? Ester studsar till.

- Te är ju ändå te … men nog skämtat. Vad har frun för frågor idag då?

- Jag har flera … men, jag vill börja med att fråga om kvinnorna.

- Jaha, sätt igång. Ja, först ska vi väl sätta oss ner, det här kanske tar lång tid.

De sätter sig liksom i en ring och alla tre tittar förväntansfullt på Ester.

- Varför måste muslimska kvinnor bära slöja?

Muhammed tittar en stund forskande på Ester liksom för att utröna om hon är kunnig i islam och dess läror.

- Jag vet varför du frågar, eftersom du är långt ifrån den första som undrar. De flesta som undrar har ju haft en kristen bakgrund och är negativa till de muslimska kvinnornas klädsel.

- Tycker du att det är konstigt?

- Både ja och nej. Jag tycker att det är konstigt att man bland modernare, icke-muslimska människor blir så störd av hur muslimer klär sig. Å andra sidan tycker jag inte att det är konstigt om man upplever eller tror att muslimska kvinnor är förtryckta genom sin klädsel.

Ester tittar otåligt på Muhammed och ber honom att svara på hennes fråga.

- Jag ska svara, men det blir nog ett ganska svävande svar. Det finns fler än ett sätt att svara på.

- Varför det? Hur då?

- Ett sätt att svara är utifrån vad jag har sagt för mycket mer än tusen år sedan. Ett annat sätt är utifrån vad som blivit skrivet i Koranen. Ett tredje sätt är utifrån vad som blivit någon sorts levnadsregel i islam grundat på vad religiösa ledare långt efter mig har sagt. Ett fjärde sätt skulle kunna vara historiska traditioner och seder.

Muhammed ser nu på Ester som om han undrar vilket sätt han ska svara på. Hon säger inget, ser bara lätt oförstående ut och Muhammed förstår att hon inte alls är bevandrad i islams läror.

- Vi börjar enkelt. Jag kan inte minnas, att jag uttalat mig om slöja överhuvudtaget. Det enda jag vet säkert, är att jag sagt att de som följer mig, ska var väl klädda. Därmed har jag menat, och även sagt, rena, snygga och anständigt klädda. Det var rätt vanligt då jag var ung, att kvinnor hade onödigt djup urringning och visade rätt mycket av brösten, vilket jag tyckte var lite störande. Alltså påpekade jag, att med anständigt menade jag, att brösten skulle döljas. Ett plagg skulle fästas på lämpligt sätt. Män skulle ha långbyxor, hela och rena kläder också på överkroppen.

Ester tittar upp då Muhammed tystnar.

- Var det inget mer än så? Då måste jag undra igen, varför har de då slöja idag?

- Egentligen vet jag inte, men en rad muslimska företrädare och lärde har ju hälsat på mig och berättat om Koranen och Haditherna och där …

- Vad sa du, haditherna?

- Ja, Haditherna är tolkningar, tillägg och det som muslimska lärde har sagt, som idag egentligen är påtagligare för muslimerna än själva Koranen. Det är enligt vad jag tror, utan att muslimerna själva är medvetna om det.

- Du sa, att ett sätt att svara på är utifrån Koranen. Vad står det där?

- Ja, efter vad jag har fått veta, står där inte mycket. Där nämns ett par plagg som kvinnor ska ha, men det lär inte stå hur de ska se ut och hur de ska bäras. Det enda, som känns klart och tydligt om klädsel i Koranen är att kvinnor och män ska klä sig anständigt.

- Vad då, anständigt nu igen?

- Ja, vad tror du? Det finns väl "att klä sig anständigt" även idag, antar jag, även om man väl menade lite annat för fjortonhundra år sedan.

- Jo, jo, jag förstår. Förresten, vad sa du? Kvinnor … och män!

- Ja, jag sa män. Så lär det stå i Koranen och det är ju i linje med vad jag vet att jag sagt.

- Men det måste väl stå något mer om slöja och sån't i Koranen?

- Nej, faktiskt inte, efter vad jag förstått. Resten finns i Haditherna, verkar det.

- Och vad står där?

Muhammed suckar lite och ser sig om som om han behöver hjälp. Han skakar lite på huvudet efter en stunds tystnad och säger slutligen "det lär vara väldigt tillkrånglat och jag vet inte om jag kan redogöra för det hela riktigt, men huvudinnebörden har jag nog kunnat förstå i mina samtal med muslimer genom århundradena".

Ester lyssnar noga och svarar "det är nog bra om du tar det viktigaste bara, för om det är krångligt för dig, blir det väl obegripligt för oss".

- Ja, på ett ställe i Koranen står att mina … ja, faktiskt *mina* hustrur ska vara avskilda från andra män via ett förhänge, på arabiska hijab. Sedan har de som kunnat Koranen och som varit lärda, genom historien alltmer hävdat att denna hijab ska bäras av alla kvinnor när de inte är hemma. På så sätt har kvinnors klädsel blivit ett religiöst påbud, på ett sätt som jag inte kan påminna mig att jag varken tänkt eller sagt.

- Får jag avbryta med en fråga, säger Ester.

- Visst, fråga på.

- Dina hustrur …. Hade du flera fruar?

- Ja, det var rätt vanligt på den tiden och det viktiga var att mannen hade ekonomi nog att försörja allihop.

- Jaha … kanske var det ett sätt för en ung kvinna att bli försörjd, gissar Ester.

- Kan det säkert också ha varit, svarar Muhammed.

En ny kort paus uppstår. Muhammed väntar på en reaktion eller en följdfråga.

- Så kvinnors klädsel, slöja och sån't alltså, är något som bestämts utan att du sagt något och trots att Koranen inte säger något egentligen heller.

- Mja, så kan man kanske uttrycka det.

- Du sa att också traditioner har betydelse när det gäller slöja och sån't?

- Ja och här har vi det största problemet, om man ser den islamska kvinnans klädsel som ett problem. Traditionellt, vid tiden för min levnad på jorden, var mannen ett familjeöverhuvud som bestämde allt. Det var så oavsett religion i min del av världen. I kristna familjer, i judiska familjer och i islamska familjer var mannen obestridd hövding och familjen hans egendom.

- Vad då? Han *ägde* väl inte fru och barn …

- Jo, man såg det så. Och egendomen skulle till varje pris skyddas.

- Var väl bra? Ester kastar sig in.

- Jo, det var bra till stor del åtminstone. Men det innebar också att mannen bestämde hur kvinnan skulle klä sig. Hon fick, särskilt i vissa områden, inte visa sig för andra män. Inte sitt hår, sitt ansikte, ingen del av benen. Endast händerna fick synas.

Muhammed tystnade och lät det hela sjunka in.

- Det gällde faktiskt generellt i den del av världen i vilken både Jesus och jag levde. Gällde alltså judar, på hans tid. Judar och kristna på min tid och även de olika religioner som jag sedan enade till islam. Förislamska religioner kan man väl säga.

- Jaha … och …

- Mannen bestämde ofta också vilka kvinnan fick träffa. Även vilka andra kvinnor som var godtagbara. Kvinnans plats var hemma vid spisen eller bland barnen i huset.

- Jaha ... och ...

- Ja ... och ... till stor del har detta kommit att blandas ihop med religionen. Särskilt lever denna sammanblandning starkt vidare inom islam. Dock inte hos alla muslimer.

Muhammed fortsätter.

- Judar och kristna har ju under senare tider moderniserats i den meningen att kvinnan frigjorts från det traditionella. Men, tror jag, genom att jag, när jag predikade om Allah också samtidigt gav praktiska anvisningar hur man ska leva för att vara en god människa, blev det en röra av religiösa och världsliga påbud, som gjort det otydligt vad som är religiöst viktigt och vad som kan vara viktigt ur andra synpunkter.

- Koranen är alltså en röra ...

Ester reflekterar med rynkad panna.

- Ja, som jag förstått det. Men jag har väl också förstått att den röran var bra för folket i stort sett. Problemet, nu är vi där igen, är väl att den profana världen inte är likadan längre som den var då jag formulerade mina allmänna levnadsregler eller råd ... och det i sin tur har nog lett till att alltför många muslimer lever i en föråldrad världsbild. Långt ifrån alla dock, vill jag noga poängtera.

- Så du tycker egentligen att muslimska kvinnor inte *behöver* bära slöja?

- Det kan man säga, om man vill, men jag vill hellre uttrycka det ungefär som jag en gång gjorde, det vill säga att kvinnor och män ska vara anständigt och snyggt klädda.

- Snyggt?

- Ja, hela och rena!

Ester ser på dem alla i tur och ordning och säger sig nu förstå även den här frågan lite bättre. Jesus intygar att det Muhammed sagt om judar på hans tid stämmer och tillägger att nu är det nog dags att vila hjärnorna med en stunds småprat och kaffe eller te.

- Orientaliskt te var ju gott i går. Det är det nog idag också, förmodar Sture.

Ester himlar lite med ögonen, men säger inget.

- Det är en sak till med moderniseringen, jag tror jag har förstått och vill säga, säger Muhammed. Jag har fått mig berättat att samhället, särskilt det västerländska, de sista hundra åren, har utvecklats med demokrati, som är bra för folket, som därmed kan göra sin röst hörd. Religionerna för judar och kristna har i stort hängt med, medan islam fortfarande verkar leva i forntiden med föråldrat synsätt ... Och då blir det problem när muslimerna kommer till västerlandet för att leva ...

Jesus och Muhammed tassar nu in i huset, medan Sture och Ester tittar på varandra och Sture småler.

- Vad smilar du om, frågar Ester lätt misstänksam.

- Inget särskilt, bara det att du frågade bra och föreföll rätt klok ändå.

- Jaså, jag trodde att du tyckte jag var korkad.

Inne i huset vänder sig Jesus mot Muhammed, medan han värmer vatten, plockar fram sitt orientaliska te och en stor burk honung.

- Förenklade du inte väl mycket i det du berättade?

- Nej, det tycker jag inte. Alla möjliga och omöjliga frågor jag fått under de sista femton-tjugo åren om muslimska kvinnors klädsel, har gjort att jag försöker hålla mig till vad jag vet att jag sagt och vad jag fått höra om vad som står i Koranen.

- Jaha, och ... slutsats?

- Slutsatsen är att det som står i Koranen är skrivet så att det kan eller behöver tolkas. Och i och med att det ska till tolkningar, beror ju det "sanna" svaret på *vem* som tolkar.

- Sant, intygar Jesus och tillägger, mycket är på det hela taget likadant i Bibeln.

- Ja, och Haditherna, som ju verkar åtminstone delvis ha tagit över det muslimska budskapet, vill jag inte yttra mig om alls, egentligen. Vad som där står och hur det eventuellt ska tolkas får andra svara på.

Muhammed kastar sig frenetiskt över det ojästa brödet, som förses med allehanda grönsaksröror han tagit med sig, en del starka så det kunde hetta i munnen, andra honungsmilda.

- Får väl se vad de gillar bäst, muttrar han, medan Jesus ler.

- Lugna ner dig, jag menade inte att kritisera, jag bara reflekterade. Har ju faktiskt hört flera av dina invecklade diskussioner genom tiderna.

- Ja, ja, ler Muhammed tillbaka, då serverar vi vad vi åstadkommit.

En lång förfriskningspaus avnjutes och Sture finner snabbt att de starka rörorna är bäst i hans smak, medan Ester inte alls uppskattar dem. Däremot de milda och smakrika, "mmm, här känner man ju vad det smakar. De där andra bränner ju bara i munnen".

- Nästa fråga, säger Muhammed plötsligt och titta på Ester, som nästan sätter den sista teklunken i fel strupe. Hon sväljer ett par, tre gånger innan hon får ordning på tankarna och på det hon vill säga. Utan någon diplomatisk omskrivning av sitt ärende klämmer hon till:

- Hur fan kan mord ha med heder att göra? Hedersmord alltså, där en pappa kan mörda sin dotter eller fru för familjens eller hans egen *heder*?

- Jag kan inte svara på den frågan, såsom varande den som skapat islam, svarar Muhammed med eftertryck. Redan då och också innan jag levde, förekom detta och det har *ingenting* med sann islam att göra. Tvärtom! Liksom ni kristna kan läsa i Bibeln om tio Guds bud har jag upprepade gånger sagt, att det Gud har skapat, till exempel människan, är okränkbart för andra människor. Det är alltså fel att döda någon. En sant troende muslim dödar inte *någon*! Jag kan samtidigt passa på att säga att det ni kallar självmordsattentat är lika fel enligt muslimskt synsätt som enligt kristet.

- Oj, Ester ryggar nästan tillbaka, du blev arg?

- Det är väl klart. Jag hade redan under min levnad hört om dessa usla handlingar, hedersmord, menar jag, och förstått att detta möjligen fanns i vissa av de förislamska religionerna, men framför allt fanns, och *finns*, i vissa *kulturer*, i vissa *traditioner* i muslimska länder. Mord, hedersmord, självmord, kalla det vad som helst. Men det har ingenting med muslimsk heder eller islamistisk lära att göra.

- Men vad kan man göra åt det, då?

- Ja, ingenting härifrån förstås. Men om jag kunde nedstiga på jorden och kunde få alla att förstå att Muhammed har kommit tillbaka på besök i ett viktigt ärende, skulle jag göra det och klarlägga att *man dödar inte i islams namn*.

- Men det går inte?

- Nej, det vet du ju. Inte ens för oss, gamla profeter.

- Det är ju synd, ja, det är bedrövligt att detta inte går att stoppa, suckar Ester, men det var ändå skönt att höra att det inte är något man har rätt till i islam.

- De enda, som skulle kunna rätta till detta på sikt, är de politiska, polisiära krafterna och de muslimskt lärde, till exempel imamerna.

Därmed avslutar Muhammed denna för honom uppslitande fråga.

- Du ser ut att behöva lite mer te, tycker Jesus och fyller på lite i Muhammeds mugg och passar samtidigt på att ge en påtår till de övriga.

Pausen blir inte särskilt lång. Ester tycker att det är lika bra att köra på, nu när hon är igång. Ändå lite tveksam om hur Muhammed ska uppfatta nästa fråga, om han ska "bli arg" igen eller inte, säger hon stilla:

- Varför ska unga flickor eller kvinnor omskäras?

Muhammed höjer förvånad på ögonbrynen utan att säga något. Han tittar åt Jesus till och skakar lätt på huvudet.

Ester, som på grund av profeternas tystnad, vill förtydliga och skärpa till frågan, höjer rösten.

- Jag undrar, varför kvinnor könsstympas!

Jesus griper in och svarar, att det Ester frågar om, har inget med religion att göra.

Nu fortsätter Muhammed, till synes lugnare.

- Omskärelse, eller könsstympning om du så vill, är något som har funnits hur länge som helst. Långt innan islam och kristendom kom till och troligen även innan judendomen. Dessa seder lär komma från Afrika och är fortfarande, vad jag förstått, vanligast i Afrika.

- Jamen, varför …

- Jag har aldrig talat om att man ska skära bort könsdelar, varken från kvinnor eller män. Tvärtom har jag sagt att den sexuella njutningen är skapad av Allah eller Gud, vilket du vill, och, liksom detta med mord, ska människor inte blanda sig i och förstöra något okränkbart, något Allah som har skapat.

- Men, Ester envisas, det berättas ju att muslimska flickor omskärs, även i Sverige där jag, vi, kommer ifrån.

- Vad jag förstått av mina samtal med muslimska skriftlärde så står det inget i Koranen om denna sedvänja och inte heller finns det i Haditherna och därmed kan vi lämna frågan.

- Jamen …

- Snälla Ester, nu räcker det, könsstympning har inget med religion att göra. Det är gamla sedvänjor och traditioner som funnits på många ställen på jorden ... länge, länge. Om vi skulle byta fokus och prata om manlig omskärelse, så finns den framför allt hos judendomen, där den är en ritual motsvarande dopet, alltså med spädbarn. Den förekommer också bland muslimer, men finns inte heller den påbjuden i Koranen och jag har aldrig ens drömt om att ta upp något sådant.

- Vissa kristna grupper lär ha manlig omskärelse, tillägger Jesus.

Efter detta inlägg i debatten blir det tyst och Ester begrundar vad hon fått höra och viskar till sin make, att det där med islam verkar många, som anser sig vara muslimer, ha fått om bakfoten. Sture, som avvek från jorden innan "problematiken med muslimer" uppstod, har ingen uppfattning och tycker i största allmänhet att islam verkar ju vara som kristendom ungefär.

Muhammed och Jesus samtalar också viskande och Jesus säger att det är ändå rätt märkligt att så mycket konstigheter kan uppstå och påverka vad folk tror och tänker. -- Det är väl inte konstigt egentligen, tycker Muhammed, konstigare är det väl att vi, de så kallade profeterna, har fått våra uppenbarelser och gått ut och berättat, eller man kanske ska säga predikat, och *folk har trott på oss*.

- Inte alla, invänder Jesus, jag hade ju bara en liten skara omkring mig, även om det fanns en hel del som tyckte att det jag sa var bra.

- Men hur många är kanske inte det viktiga. Det märkliga är att man trott på oss. Vi sa på olika sätt att vi står i kontakt med Gud, den högste, och blir trodda. För alla som hörde oss, kunde det vi sa, ju vara vad för svammel som helst. Hur många mer än oss har sagt sig vara Guds budbärare och *inte* blivit trodda?

- Jomen, de har ju kanske haft villfarelser och syner som är mer att se som sinnesförvirring, gissar Jesus.

- Och ... Muhammed sänker rösten till det nästan ohörbara ... vi då?

- Det var en lång och välbehövlig paus, säger Muhammed efter sin lite kryptiska fråga till Jesus, som verkar ha fått nå't att fundera på.

- Då har jag bara en undran kvar.

- Bara en. Det är ju många fler frågor att ställa om islam för dig, som modern västerländsk person.

- Ja, kanske det, men jag frågar bara om det jag undrat på jorden. Nu, alltså, varför får inte muslimer dricka alkohol?

- På min tid var inte annan alkohol än vin bekant i vår värld. I Mekka, som var en knutpunkt för karavanvägarna fanns mycket vin, som kom ifrån Syrien och Irak. Hos oss var varken mark eller väder lämpligt för vinodling. Nå, om vindrickandet varit måttfullt, skulle jag väl inte sagt något, men det var det inte. Man var ofta berusad i hemmen, på marknaden och till och med under bönen och därmed gick det för långt, tyckte jag.

- Även bland oss judar fanns en rörelse om att man inte ska dricka så mycket vin, som somliga gjorde, inflikar Jesus.

- Så det var inte någon märkligare bakgrund än så till förbudstanken, frågar plötsligt Sture som spetsat öronen särskilt i denna fråga. Han hade vid festliga tillfällen tagit både en och flera snapsar på jorden och dessutom i Himmelriket tillsammans med sin kompisar Palme, Tage och Beppe lärt sig dricka och uppskatta god öl.

- Nej, inget märkvärdigt som ett påbud från Allah, svarar Muhammed, det var mest en riktlinje, ett praktiskt råd från mig för ett bättre leverne.

- Då har jag inga mer frågor och ber att få tacka för svar, som du lyckts förklara så bra, att även jag, som bara gått fem år i folkskola på landet, faktiskt förstått.

Ester uttryckte sitt tack så väl att Sture förvånad nickade, Jesus log, men Muhammed höjde bara ögonbrynen.

- Folk, som du, brukar också undra om Ramadan, Sharia och varför man inte äter svinkött, fläsk …

- Kanske det, men jag har få de svar jag önskade. Men å andra sidan kan det ju vara spännande med en kort beskrivning om varför man inte äter fläsk.

- Kort? Jaha. Man ska inte äta självdöda djur. Den regeln finns överallt även idag. Svin rotar i marken och äter allt, kan man säga, till och med självdöda djur om de får chansen. Jag och flera med mig såg en fara i att grisköttet på så sätt kunde vara orent, farligt och därför ska man inte äta det.

- Åh, på så sätt.

- Men, fortsätter Muhammed, idag, på de flesta ställen, har man ju svinen så att säga under kontroll på ett annat sätt. Man har kontroll på vad de äter och därmed skulle man väl åtminstone på dessa ställen kunna bortse från fläskförbudet.

- Vi judar har ju samma förbud som muslimerna, säger Jesus. Ja, vi har ännu strängare regler, när det gäller vad som kan ätas och ofta hur ….

Jesus och Muhammed tittar på varandra och brister ut i skratt.

- Det är bara ni kristna, som slafsar i er allt utan urskiljning!

Unisont skrattar de fram den sista meningen och både Ester och Sture ler åt deras plötsliga uppsluppenhet och skämtet, som på något sätt ändå verkar stämma.

Eftermiddagen är nu långt gången och Sture gissar att en klocka skulle ha varit mellan tre och fyra, vilket Ester också håller för troligt. De båda profeterna ser glada och nöjda ut och sällskapet bereder sig på ett avsked. Sture tvekar lite, men gaskar snart upp sig och säger "jag brukar ibland på eftermiddagen eller kvällen ta en öl. Är det okej".

Muhammed lägger händerna på hans axlar och tittar honom djupt i ögonen.

- Ja, min vän. Trots att jag är gammal, har jag inte en aning om hur det smakar, men jag vet att det är klart alkoholsvagare än vin.

- Och jag tar bara *en* öl oftast.

- Jag vet inte heller hur det smakar, säger Jesus. Kanske ska vi följa med en annan dag och prova?

- Men jävlar, det vore festligt, utropar Sture. En gammal kommunalarbetare lurar Jesus och Muhammed att dricka öl. Vilken tidningsrubrik!

Skrattande tar de avsked för den här gången och profeterna önskar dem välkomna tillbaka närhelst de önskar.

Med beslutsamma steg går de mot sin hemmakrog och Sture har en stor öl i kikaren medan Ester mer tänker sig ett glas portvin "liknande det som Jesus hade hemma".

Dagen avslutas i eftertanke och ro.

STURES BROR OCH FAMILJ

- Åååh, vad jag ältat allt, suckar Ester efter en lite oroligare natt än vanligt.

- Ältat vaddå?

- Allt vi hörde igår i förhållande till vad jag hört på jorden.

- Är det så'n stor skillnad då?

- Ja, som natt och dag vill jag säga. Sedan den där attacken med flygplanen som flög in i skyskraporna i New York, har jag mest hört att islamister är ... ja, onda människor. Och amerikanarna, som attackerade Kuweit och pratar om att anfalla Irak för de ska ha massförstörelsevapen och håller på att bygga upp atombomber och ...

- Herregud, vad har hänt i världen sedan 1986?

- Va, 1986?

- Ja, det året jag dog. Måtte du väl komma ihåg?

- Jo, det vet jag, men jag tänkte på andra saker. Du kommer väl ihåg alla demonstrationer mot Amerika när de härjade i Vietnam och så?

- Ja ...

- Och värre har det blivit. De fick ju ge upp i Vietnam, men håller på med massa skit i länderna kring Arabien och Persiska Viken och ...

- Det visste jag inte, förstås, men det är ju lätt att begripa varför. De vill ha koll på oljan, förstås.

- Det är väl så, men de påstår att Saddam Hussein ...

- Vem?

- Saddam Hussein är diktator i Irak. Alltså, att han håller på att framställa vapen som kan förstöra hela världen och att han dödar sitt eget folk, ja, eget och eget, de kurder som bor i norra Irak har dödats via bombningar och med gasattacker och ... nu anser presidenten i Amerika, Bush heter han, att Saddam ska stoppas ...

- Du milde, amerikanarna slår alla rekord. Förr höll de sig på sin kant och hjälpte till när nå'n dåre, som Hitler, höll på att förstöra världen. Då var de hjältar, men nu ...

Samtalet fortsätter med en ganska uppjagad Ester och en bekräftande

Sture och avslutas med att Sture säger att "det var skönt att jag slapp uppleva det där. Jag hade blivit vansinnig".

Vid morgonfikat frågar ängeln om de konverterat till orientaliskt te i stället för kaffe, men de framhåller ängelns kaffe såsom varande himmelskt gott, även om det orientaliska teet med honung också var okej.

Plötsligt frågar Ester om han träffat Tosse.

- Brorsan? Är han här?

- Ja, det måste han vara, han dog ett år före mig.

- Åh fan, och han har inte sökt upp mig. Hur fan kommer det sig?

- Märta, då, har du sökt upp henne, det var kanske sju-åtta år se'n hon dog.

- Nää, jag visste inte om det heller. Och hon har inte heller sökt upp mig fast hon ju vetat att jag fanns här.

- Det finns lite tråkigheter att berätta om läget på jorden, vilket vi nog inte ska berätta för Tosse och Märta, när vi ses.

- Vad då?

- Jo, Anita mår inte bra. Hennes rökning har, liksom Märtas, påverkat henne till den milda grad att hon har stora svårigheter med andning och hon verkar gå samma väg som sin mamma, bara några år tidigare. Skulle inte förvåna mig om hon strax är här.

- Det var illa, när jag gav mig av från jorden, fanns det ju inga problem med Anita. Märtas hostande och ibland lite rosslande andning var inte så farligt, tyckte man.

Tosse då, dog han också i sviter av rökningen, han rökte ju mycket.

- Nej, konstigt nog, men han fick någon sorts demens, som han hade i flera år och Anita tog sig an sin pappa och flyttade honom till ett hem i närheten av sin bostad för att kunna titta till honom så gott som dagligen. Han åt för dåligt, hade ingen aptit varken på mat eller livet, han dog väl av ålder och leda, tristess.

Sture begrundar sin brors familjs öde en stund och Ester stör honom inte. Efter ett tag reser han sig från frukostbordet, tar Esters hand och nickar "hej då" åt ängeln, som hört hela samtalet och förstår att Sture är lite betryckt av det Ester berättat. Sakta går de framåt innan Sture säger att "nu måste vi träffa brorsan och Märta".

Sture tänker intensivt på brorsan Tosse och tankarna drar iväg till barndomen i det lilla arrendetorpet Hagsätra tillhörande Älvsjö Gård. Han tänker på hur lätt det var att leva då hans egen pappa ännu levde och småbröderna Tosse, fyra år yngre och Kalle, hela tio år yngre sprang omkring och lekte, medan han, som storebror redan tidigt fick hjälpa till.

Det gjorde inget att behöva hjälpa morsan och farsan, tänker han, och det var extra kul att jobba med farsan. Tosse kunde ju också snart börja hjälpa till, men han fick mest vara köksdräng. Lille Kalle, som ju bara hunnit bli fyra år när farsan dog fick ta sin del av "hjälpatillet" lite senare.

Plötsligt vänder han sig mot Ester.

- Hur är det med Kalle och Guje?

- Eeh .. Ester var oförberedd på frågan, jodå, med dem är allt jättebra. De besökte mig väldigt ofta och jag kan nästan säga att de tog hand om mig när du lämnat. Det var jättetrevligt och .. jo, som sagt, de mår bra på alla sätt.

- De börjar väl att bli lite till åren också?

- Jaaa, få se, Kalle fyllde sjuttiosex lite innan jag dog och Guje ska fylla detsamma i oktober.

- Vi får väl tacka dem för att de tog hand om dig, då de kommer hit, men det får gärna dröja länge om de får behålla hälsan.

I fortsatta tankar vandrar Sture framåt med Esters hand i sin. Väder och natur är, som alltid, strålande, men Sture är inte uppmärksam på det, fast han hela livet varit en naturälskande person. De passerar några hus och en äng breder ut sig i en backe ner mot en liten sjö, som är bemängd med näckrosor. Sture noterar ett par som sitter i gräset uppenbarligen med någonting att äta och dricka.

- Ser ut som de där sitter och har picnic, säger han utan att egentligen titta närmare.

- Men ser du inte, utbrister Ester.

- Va? Sture undrar tankspritt.

- Ser du inte vilka det är?

- Nej, vad … jo, fan, det är ju Tosse och Märta, det var som fan, mitt i solen och mitt på ängen. Och picnic.

Med accelererande steg tar de sikte på paret på ängen och nästan springer sista biten. De båda sittande vänder sig om och ropar till "Sture ... och Ester också!"

Ett kramkalas vidtar och Sture tittar på sin bror uppifrån och ner. Tosse tittar tillbaka, intresserad av vad som komma skall. De båda fruarna tittar på sina män ...

- Du ser fan i mig inte ut att ha ajshajmer eller va fan det heter. Med denna fras bryter Sture den lite andlösa tystnaden.

- Nää, och du kommer springande med alla hjärtfelen ... Tosse svarar med ett skratt.

De kramar varandra länge. Sture tittar på fruarna, som fortfarande iakttar sina män, och han säger "vi har aldrig kramats förr, så nu jävlar, om inte förr, så är det dags!"

I ett allmänt skratt upplöses omfamningen och en mer normal kramning som hälsning mellan alla fyra vidtar innan de tillsammans sjunker ner i gräset.

Så blir det tyst. Ingen vet var man ska börja. Märta finner sig först "vill ni dela kaffet och wienerbröden med oss?" och därmed blir situationen avdramatiserad. Jo, de vill gärna dela fikat.

- Du, Stubben, det heter Alzheimer och du sa nästan helt rätt. Fast jag vet inte om det var det jag fick eller om det var nå't annat. Skit samma, här är allt bra och förresten och anmärkningsvärt väl, vi röker inte här.

- Vad då, får ni inte? Är det "Rökning förbjuden" i Himlen?

- Det vet jag inte, men ingen röker här och jag och Märta, som totalt inbitna rökare, har inte känt minsta sug efter att röka. Det verkar vara nå't som bara händer. Och du då, förresten, du snusade ju som den värsta gårdfarihandlare.

- Ja, just ja, det har jag inte tänkt på överhuvudtaget se'n jag kom hit. Nej, nå't snussug har jag inte känt på sjutton år.

- Sjutton år?

- Ja, jag har varit här så länge. Du, Märta, du rökte vansinnigt mycket ...

- Jag vet det mycket väl och visste det mycket väl redan då, men att sluta, som Ester gjorde, var uteslutet för mig.

- Varför det? Ester och Sture frågar unisont, tittar snabbt på varandra och skrattar till.

- Det var väl för att jag trodde att jag inte kunde och ... så var det väl också så att jag inte ville, lite tjurskallighet ... plus att man inte riktigt ville tro allt som sas och skrevs om rökningens farlighet.

- Men du märkte väl, att ...

- Jag märkte nog mer än jag ville medge ... det fanns väl något barnsligt trots i det också, ungefär som att "ingen fan ska bestämma över min rökning, det är min ensak".

- Men nu är det slut.

- Ja, tack och lov.

Samtalet glider över till det oundvikliga om alla man träffat i Himlen och alla man kände på jorden, hur släkt, vänner och bekanta har det. De flesta svar om tillståndet på jorden har ju de som kom upp senast och den sist ankomna var Ester och bara lite före hade Tosse kommit.

Så frågar Tosse om barnen och Sture och Ester växlar samförståndsblickar.

- Anita? Jo, hon bor ensam, men har nära kontakt med barnen, främst Marianne och det är väl rätt okej med henne vad vi vet.

Ester kände sig kluven av att ha hållit inne med att den efterfrågade dotterns hälsa inte var särskilt bra "men det är ju onödigt att bekymra dem, när de ändå inte kan göra nå't".

- Ingemar och Ingegärd? Jodå, allt är bra med dem.

- Barnbarn? Våra fem och era två är det bra med. Kalle och Gujes fyra också. Tyvärr har de förlorat ett i en olyckshändelse.

Så fortsatte samtalet och snart var man nere på barnbarnsbarn och där hade Ester egentligen bara riktig kunskap om sina. I viss mån Kalles och Gujes också.

Vad gör man i Himlen, förutom att leta upp gamla vänner och prata bort timmar och dagar. Blir det inte långtråkigt till slut. Vad då, till slut, det finns ju inget slut. Lär man känna nya personer här uppe? Nej, det är svårt, men det kan ske under särskilda förutsättningar. Hur vet man hur en ny person ser ut då man ju bara kan träffa hans eller hennes själ? Det vet man inte. Hur gör man då. Ens själ löser det problemet genom att hitta ett utseende eller sätta ihop ett, utifrån allt man sett på jorden av främmande människor.

Visst är allt konstigt här? Ja, men trevligt, skönt och ... Ja, vad mer? Det vete fan.

Efter många och långa samtal reser de sig från gräset på ängen och vandrar iväg mot en mindre krog de ser på håll. Tosse berättar, att de ofta går dit och äter en bit och tar sig ibland en nubbe också.

- Vad lattjo, konstaterar Sture och stannar upp, röklusten och därmed rökningen, tobakssuget, alltså försvann när vi kom till Himlen. Men lusten att ta sig ett järn, en öl eller ett glas vin finns kvar. Det är väl ologiskt?

Sällskapets tre övriga stannar också och ser alla frågande ut. Ingen kommer på något bra svar eller ens ett dåligt. Till slut …

- Ja, det var fan så konstigt, håller Tosse med om.

Med denna olösta fråga tar de sig in på krogen, sätter sig ner och beställer vad de vill ha. De beställer också varsin snaps och herrarna beställer varsin stor öl. Damerna tar varsitt glas rött vin, poängterande för kyparen att ”det få inte vara för surt”. Med lite förvånat uttryck ”vad då, vi serverar inte surt vin”, skyndar han ut med beställningen.

- Fan, vi borde fira att vi äntligen träffats igen, Tosse vinkar till sig kyparen, får vi in en flaska champagne och fyra glas före den andra beställningen, tack.

Champagnen kommer in, öppnas och glasen fylls. Alla är de ovana vid denna på jorden dyra dryck, men de får ändå snabbt, kanske för snabbt, i sig sina första glas.

- Jag fyller på, ler den uppsluppne Tosse och tömmer allt som är kvar i glasen och de konstaterar att flaskan räckte till åtta måttliga glas.

Medan de smuttar på champagneglas två i lugnare tempo, har Sture fått återfall i sina ”logiska” funderingar.

- Med dagens beställning har vi understrukit att brännvin går bra, men inte tobak.

- Va' fan säger du, undrar Ester som redan glömt frågeställningen utanför krogen.

- Det vi pratade om. Att lusten att ta sig lite sprit ibland finns kvar. Jag undrar hur det är med alkisar. Om en som är alkoholist kommer hit och kan dricka här, hur fan ska det sluta? Här kan du ju beställa obegränsat, vad jag förstår. Det verkar ju inte klokt … för en alkis i alla fall.

- Men, funderar Tosse, han kan ju inte supa ihjäl sig här som på jorden. Här är han ju redan död.

- Ja ... just det ... men på nå't sätt verkar det inte klokt i alla fall. Jag menar, en alkis kommer till Himlen och super skallen av sig varje dag ... vad är det för ordning?

Till sista dropparna ur champagneglasen muttrar Sture att nå'n jävla logik borde det väl ändå finnas.

Silltallrik med västerbottenost och knäckebröd tillsammans med en väl tilltagen snaps och ett väntande glas öl gör att Sture tillfälligt glömmer Himlens ologiska drogpolitik.

De låter sig väl smaka av denna ursvenska förrätt och det ursvenska fortsätter sedan med rotmos och fläsklägg

- Nu vill jag inte ha nå't mer, säger Sture belåtet och ger sitt nästan tomma ölglas en blick. De sista dropparna spar jag ett tag.

- Vi skulle vilja har varsitt glas likör, säger Märta till sin Tosse.

- Jamen, det är väl klart, inga problem. Han viftar åter till sig kyparen. Två glas likör till damerna och två små konjak till herrarna ... och fyra kaffe, är du snäll.

- Jag har inte beställt konjak, protesterar Sture.

- Nää, men jag, svarar Tosse, drick upp eller låt bli ...

Friden lägger sig över sällskapet, som, var och en i egna tankar smuttar på det senaste som inkommit på bordet. Sture sveper först det han hade kvar i ölglaset och under det han smakar på konjaken, kommer han igen att tänka på Himlens uppenbart konstiga drogpolitik.

Det kanske är nå't som händer vid ingången till Himlen, nå't med Helvetet, ja, skolan alltså. Man kanske omedvetet blir avvand från sina laster ...? Tobaksslavar slipper sitt begär och kanske alkisar blir av med sitt? Men se'n då? Varför finns alkohol tillgängligt, men inte tobak? Kanske är det så att de allra flesta kan hantera det där med sprit och bara konsumera måttligt och då njuta eller fira något. Och då kanske Himlen tycker att det borde kunna finnas? Kanske före detta alkoholister vid sin avvänjning kommer att aldrig mer vilja smaka alkohol och därmed skulle problemet vara ur världen?

Men tobaken då, rökningen? Varför skulle i så fall inte detta gälla även tobaken?

- Vad tyst du blev. De andra undrar.

- Ja, jag har fastnat i drogproblematiken.

Sture redogör för hur han tänkt och alla sina frågor.

- Bekymrar du dig inte i onödan, frågar den praktiska Ester.

- Ja, det är väl inget att grubbla på, tycker också Märta, jag är bara glad att inte röka längre.

- Jag grubblar inte ur det perspektivet, svarar Sture, jag gillar inte att jag inte förstår.

- Jag förstår, säger Ester.

- Va? Förstår du? Det är mer än jag gör. Sture tittar intresserad på sin förstående fru.

- Nej, jag menar, jag förstår att du inte gillar att du inte förstår.

- Åh, jag förstår.

Tosse ser från den ena till den andra och skakar lätt på huvudet. Och spär gärna på.

- Det här är inte lätt att förstå.

- Vilket, menar du, undrar Sture.

Alla brister ut i skratt, till och med Sture som annars har svårt att se så lättvindigt på ett allvarligt problem.

- Jag har svaret, säger Tosse. Svaret, som får gälla för oss tills vidare och som Stubben behöver för att inte köra alldeles fast i sina grubblerier. Hör nu, så här är det nog. Rökning är något man börjar med när man är "ung och dum", man vill visa sig stor och kaxig. Det smakar fan och man kämpar på mot illasmak och illamående tills man vant sig så pass att man tar en cigarett utan dessa problem. Efter ytterligare onödigt rökande blir man så småningom beroende av nikotinet och då blir rökandet inte längre onödigt utan ett nödvändigt ont för att man ska känna sig okej.

Drickandet av öl och vin börjar man med i lite högre ålder och är inget som smakar särskilt illa och som man blir illamående av heller, förutsatt att det inte sker i för stora mängder. De allra flesta hanterar alkoholen vettigt genom livet och det tillför glädje de gånger man nyttjar det. Undantag förstås för dem som blir beroende, alkoholisterna.

Alltså, rökandet görs för att man ska känna sig okej, medan spriten tas för att man vill fira nå't positivt. Det är, tycker jag, som inbiten före detta rökare, en väsentlig skillnad.

Och, lyssna noga nu … eftersom alla som kommer in i Himlen uppenbarligen är fria från sina gamla laster, behövs rökningen inte,

då man, lastfri, redan känner sig okej. Däremot kan det vara trevligt
och festligt, att med champagne fira att man fått glädjen att återse
storebrorsan! Skål Stubben ... och damerna också, förstås.

Skålen besvaras i konjak och likör och Sture sitter häpen och tänker
över vad Tosse sagt. Ester och Märta tittar ömsom på varandra, ömsom
på Tosse med beundran. Sture nickar långsamt vartefter logiken, Tosses
logik åtminstone, klarnar.

- Du är inte dum, du. Sture ser på Tosse och tillägger, men så tog du
realen också.

- Tokfan, säger Tosse, egentligen är du på flera sätt klokare än jag. Det
var bara så att just nu for alla dina funderingar ihop i skallen och så kom
det ut så här.

- Ungefär som det gjorde för Muhammed och kanske Jesus, säger Sture
tankfullt.

- Muhammed och Jesus? Är det rubbad?

- Nej, inte alls. Vi var hos Jesus i går och snackade. Mest med
Muhammed förstås, eller snarare, han berättade en massa för oss därför
att Ester hade frågor om islam med sig till Himlen.

Tosse tar sig för pannan och undrar om konjaken var lite för mycket för
storebror.

- Skojar du?

- Nej. Det är sant. Vi har många svar med oss, men om du vill veta kan
du försöka hitta Muhammed eller Jesus. De är polare och umgås nästan
dagligen. Annars kan vi berätta, vi är nästan experter nu.

De reser sig från bordet, glasen och tallrikarna är tömda till skillnad mot
de arma hjärnorna som känns sprängfulla. Väl ute samlas de för att säga
"hej, för den här gången, vi ses igen" och kramas igen.

- Det känns ovant att krama varandra, tycker bröderna, men det var ju
så i vår familj, särskilt sedan farsan dog så tidigt. Vi fick bita ihop. I alla
sammanhang.

Så beger sig båda paren hemåt och de vet nu hur och var de kan träffas
igen.

Ester och Sture går långsamt hemåt, dagen börjar bli sen och var oerhört
känslosam och samtidigt rolig. Sture är glad över att ha träffat sin bror

och hans fru. Ester är också glad över det, men extra glad över att hennes Sture fått möta sin bror och rörd av åsynen på brödernas långa kram, full av gamla återhållna känslor.

KING OCH GANDHI

Jesus kommer i sällskap med Muhammed och två till som Ester och Sture inte riktigt känner igen, men som ändå på något sätt verkar bekanta. Alla fyra tycks uppspelta och Jesus tar till orda.

- Känns herrarna igen?

- Nja, nä, inte riktigt, jo han där till höger påminner om bilder jag sett någonstans. Ester ger ett tveksamt svar. Sture bara skakar nekande på huvudet.

- Ja, han till höger här är alltså Martin Luther King i egen hög person. En person, som var fantastisk på jorden och som är lika fantastisk här, säger Jesus.

- Jag håller med helt och hållet, därmed påvisande att våra religioner inte bara tolererar varandra utan stödjer och tycker om varandra, säger Muhammed med ett brett leende och klappar den nyss presenterade på axeln.

- Martin Luther King, frågar Ester, som alltid varit den mest talföra av makarna, var det inte du som kämpade mot rasdiskrimineringen i Amerika?

- Jo, det stämmer. Den elegante svarte gentlemannen nickar lätt.

- Å, det var som attan, undslipper sig Sture. Jag tyckte nog att det var något bekant över dig. Men du blev väl mördad, precis som min vän Olof Palme?

- Ja, det stämmer också.

- Det minns jag med, fruktansvärt. Ester vill också vara med och känna igen dessa välkända figurer. Jag minns ditt fantastiska tal också, "jag har en dröm ..."

Martin Luther King ler lite vemodigt, "jag hade mycket kvar att göra, egentligen ..."

- Och denna smala hjälte då, säger Jesus och pekar på mannen till vänster.

De båda makarna ser klart och tydligt en lång, rätt mörkhyad man i runda glasögon och ett tunt grått, lockigt hår och meddelar Jesus att "vi känner nog igen honom från TV, tror vi, men kan inte komma ihåg namnet."

- Jag tror förresten att vi såg en film om honom, fortsätter Sture hastigt, jag vill minnas att Ingemar släpade med oss för att se "en intressant film", som han sa.

Jesus och Muhammed väntar på att namnet ska klarna för paret. De beslutar att ge ett tips.

- Ja, förnamnet är kanske krångligt, Mahatma, som egentligen mer är en titel. Men nu kanske det klarnar om efternamnet. Mahatma var indier och eller pakistanier eller både-och, det var rörigt med det på hans tid.

- Ah, jag vet, säger Sture, Gandhi.

Presentationen fortsätter med att Jesus berättar vilka Sture och Ester är och att de är intresserade av mycket och att de kanske vill fråga om olika saker.

- Ni är ju inte vilka som helst ..., säger Jesus åt de exotiska gästerna.

Ömsesidiga leenden mellan de sex avslutar presentationen och de tittar lite frågande på varandra ungefär som "vad gör vi nu då". Muhammed tar initiativet.

- När ni var över hos oss pratade vi om många saker och inte minst jag berättade om en massa saker inom den religion som uppstod efter mig. På begäran, vill jag gärna framhålla. I samband med att jag försökte förklara vår negativa inställning till alkohol, frågade Sture ungefär som "är jag en dålig människa som tar en öl emellanåt?" och där minns jag inte riktigt mitt svar, men det gick i alla fall ut på att han inte var det och att vi, Jesus och jag, skulle kunna tänka oss att prova denna för oss helt okända dryck.
Så vi beslutade att vi skulle komma. Vi hade just beslutat det, då doktor King och Mahatma tittade in för en pratstund. Liksom jag och Jesus ofta träffas och pratar, träffar dr King och Mahatma varandra. Emellanåt ses vi alla fyra och undrar vart världen är på väg. Vi frågade dem om de ville följa med och "ta en öl". Det var så du uttryckte dig, Sture.

Sture nickar och ser samtidigt lite handfallen ut, "va fan, det hade jag aldrig väntat mig" och Ester tittar från den ene till den andre som om hon undrar om hon hört rätt.

- Martin, ja dr King alltså, sa ...

- Varför säger du *doktor* King, avbryter Ester.

- Jo, för att han är doktor och i USA kallas han så ... fortfarande.

- Är du läkare, alltså, frågar Ester vidare, vänd mot doktorn.

- Nej, ler Martin Luther King, jag är *teologie* doktor och jag engagerade mig som pastor inom baptistkyrkan liksom både min far och farfar gjort.

- Jag förstår, svarar Ester utan att riktigt veta vad doktor i teologi egentligen betyder och heller inte riktigt veta vad som menas med baptister, annat än att de har vuxendop.

- Alltså, tar Muhammed vid efter att doktortiteln förklarats, dr King sa genast på min fråga "ja, varför inte, men bara en, då", medan vår käre Gandhi sa "nej, tack, men jag kan följa med ändå".

- Så vart tar vi vägen nu, undrar Jesus.

- Det ligger en krog som är som en engelsk pub en bit bort och innan den finns vårt kafé, där vi morgonfikar och ibland tar en öl, men det är mer ett kafé än ett ölställe.

Sture förklarar lite hest, han har inte sagt något på länge och är fortfarande paff.

- Det är lugnare på fiket, säger Ester, ni får välja …

- Ja, fastställer Jesus, då tar vi fiket för där kan vetgiriga frun få ställa frågor.

- Får jag också fråga, om jag skulle vilja, frågar Sture.

Nu blev Jesus lite ställd och svarar "ja, jo, javisst … det är klart…"

- Tack, det var vänligt.

- Förlåt mig, du tog väl inte illa upp?

- Nää, varför skulle jag göra det?

- Det lät som … lite ironi … eller …

- Ja, så bra, det var det också. Tyckte jag kunde ge en spark på knäet och visa att jag också är här och att jag också är väldigt intresserad av historiska och filosofiska frågor trots att jag bara är kommunalarbetare. Eller var …

- Jag ber verkligen om ursäkt om jag yttrat mig så illa att du blivit sårad, det har absolut inte varit meningen.

- Nä, det vet jag. Inga problem, men du förstår … i mitt liv har jag hela tiden haft lite komplex när det gäller det teoretiska och så. Skolan var liksom inte gjord för en så'n som jag. Jag har aldrig kunnat lära mig saker utantill och som folkskolan var för mig handlade det om att kunna psalmverser fram- och baklänges. Jag satt kvar efter skolan nästan varje dag för att lära det som för mig var omöjligt. När det kom till att förstå saker hade jag inga problem. Det gick till exempel väldigt bra med räkning, ja, matematik, ska man väl säga. Så komplex har jag burit på i livet.

Fyra herrar och en dam iakttar lite överraskade den förre kommunalarbetaren som så oväntat tagit till orda.

- Jag känner Jesus bättre än han gör själv, säger Muhammed, och jag vet att han skulle aldrig försöka att spä på det du kallar dina komplex. Tvärtom.

- Nej, jag vet det egentligen, men det bara blixtrade till i huvudet, de gamla komplexen ropade på mig. Och … jag vill gärna berätta vidare …

- Gör det, det är viktigt, säger plötsligt Gandhi, som hittills inte öppnat munnen.

- Jo, när jag kom till Himmelsporten, träffade jag vår statsminister, Olof Palme vid grinden. Vi blev snabbt bekanta och var tillsammans dagligen den första månaden. Av honom lärde jag mig mycket. Bland annat att jag inte är dum i huvudet.

- Det har du väl ändå inte trott, säger Ester.

- Inte egentligen, men har man gamla komplex lurar de alltid i bakgrunden. Här var det som att börja om med mycket. Vi hade många intressanta samtal och vi var ju också och träffade dig, Jesus, och, hur som helst, jag har inte känt av mina gamla komplex här i Himlen, förrän de blixtrade till nyss.

- Nu vill jag gärna säga något.

Martin Luther King ser sig om i sällskapet och ögonen fastnar sedan hos Sture.

- Så som du har uttryckt dig nu, i viss affekt, dessutom, kan ingen människa tro att du skulle vara mindre begåvad. Tvärtom. Med självförtroende skulle du kunna bli en lysande talare, förutsatt att du har något att tala om som du brinner för … som jag hade …

Sture känner sig lite obekväm i den situation han skapat. Han tar Jesu händer i sina och ber om förlåtelse för att han "ställt till det, vi skulle ju bara testa en öl". Jesus å sin sida tycker att han oavsiktligt hjälpt till att skapa situationen. Det slutar med att Jesus tar Sture i famnen och de börjar skratta, "så fånigt det blev".

- Men jag tror att det var bra för dig att få ur dig saker och ting och kanske dina gamla komplex också åkte med ... för alltid.

Mahatma Gandhi ler stillsamt mot Sture som nu känner sig befriad från
"att ha ställt till det".

Äntligen fortsätter de mot kaféet och när alla sex klämt sig in, stirrar
ängeln storögt på sällskapet, "men vilket besök ... så mycket fint folk på
en gång ..." Den mumlande kommentaren uppfattas av alla besökarna
och Jesus frågar om de är igenkända.

- Självklart, som ängel känner jag igen alla som lyckas ta sig in i Himlen.

- Bra, presentation onödig. Var ska vi sitta och får vi beställa?

- Vill mina kära gäster ta fönsterbordet för sex där borta så tar jag emot
beställningen genast.

Snart har de bänkat sig och ängeln går runt, "damerna först".

- Mjaa, säger Ester, vad hette ölet du föreslog för mig förut?

- Öl, frågar ängeln förvånad innan Sture hinner svara, ska ni ha öl?

- Ja, vi ska prova. Muhammed hojtar till och förefaller redan lite
upprymd.

- Men du ... muslimernas fader ... och du ... kristendomens
förgrundsfigur ... och du ... renlevnadsmästaren ... och du ...
baptistpastorn, ja, du, det är väl inte *så* konstigt. En rätt modern amerikan
som tar sig en öl ... i hettan för att svalka sig.

Ängeln går igenom sällskapet person för person, först Muhammed, sedan
Jesus, Gandhi och slutligen dr King. Sedan tittar ängeln på Sture.

- Du är väl den som tar en öl här ibland och det händer ju att frun din
också smakar. Har du lurat hit stackars oskyldiga ...

- Just så, säger Sture, och nu ska vi se på nå't som världen inte skulle tro,
om den såge det. Men all kunskap om detta stannar i Himlen, som vi vet.
Men, mina herrar, nu ska vi beställa och smaka på, men jag vill inte se
några överdrifter eller dryckesorgier.

Herrarna ler utan ord.

- Ja, kära ängel, fortsätter Sture som kommit igång på allvar, vill du
servera min fru en liten Newcastle Brown Ale och jag tar gärna en stor
ESB. Är det någon av övriga herrar som har en aning om vad han kan
tänkas vilja ha?

- Jag tar gärna en varför inte en stor, Brooklyn Lager, beställer dr King.

De övriga tre ser frågande ut och Gandhi säger sig gärna avstå. Stubben tycker att man kan beställa en liten Newcastle, samma som till Ester, åt den gode Mahatma "du behöver inte dricka upp den, om du inte vill".

- Och ni religionsskapare, vad ska vi ta åt er. Vi kan ta två olika typer, så kan ni prova varandras. En stor weissbier, ta Erdinger om du har och … en stor … varför inte en svensk … Mariestad.

- Kan detta hända, det är ju inte klokt, frågar sig ängeln och försvinner ut mot sina lagerutrymmen.

- Det här var överraskande, säger Muhammed, jag trodde att öl var öl och inget annat.

- Jamen, det är det ju.

- Jo, men jag menar, det verkar ju finnas olika öl, sorter, som jag förstått av beställningen.

- Ja, det gör det. Nästan obegränsat. Mina ölkunskaper är inte så stora som det kanske verkar, men det jag kan, har jag fått här av mina vänner Tage, Beppe och Palme.

- Palme känner vi till, men de andra två?

- Två fantastiska underhållare och på flera sätt filosofer som kom till himlen lite före Palme och mig. Svenskar …

De ser på varandra med undrande blickar, som om … "hur ska detta sluta?". Sture har svårt att hålla sig för skratt och enligt honom själv är han ju "den ende som vet vad vi ska få in och hur det smakar. Utom dr King, förstås". Hans bubblande skrattkänsla får sällskap av Jesus, som muntert leende säger "vansinnigt spännande och vi två, som har levt för mer än tusen år sedan, har ingen aning …" Han nickar menande åt Muhammed, som brister ut i ett nervöst skratt och får med sig de övriga.

Munterheten finns kvar då ängeln återvänder med en stor bricka fylld med glas.

- Jahapp, säger ängeln, då ska vi se, två små Newcastle, en åt frun och en åt herr Gandhi. Och en Brooklyn åt doktorn, som ändå håller på sitt Amerika. Sedan, vad jag förstod, kan jag fördela två som jag vill eller som det faller sig till profeterna och då slumpar det sig så att herr Jesus får Erdingers veteöl och Mariestads lageröl tillfaller herr Muhammed. Sist, men inte minst, en stor ESB till herr'n själv, som dragit hit allesammans … till fördärv för kropp och själ.

- Inga överdrifter, ropar Jesus, som är i god form redan innan han smakat sin öl, fördärv till kropp och själ kan det inte vara ... kropparna finns inte med här uppe.

- Tänkte inte på det, svarar ängeln med sitt bredaste leende.

- I Sverige, tar Sture vid efter utskänkningens avslutande, säger man "skål" som hälsning till varandra, när man dricker alkohol tillsammans. Så, mina vänner, nu smakar alla var sin klunk av sin öl, skål!

Ester och dr King svarar med ett "skål", medan de andra lite tveksamt lyfter sina glas och stirrar ner på den dryck de förväntas prova.
Sture, som är i högform efter det som senast hänt, frågar med stärkt självförtroende, "är det sorg hos herrarna?"

- Förlåt, va? Muhammed undrar, vad Sture menar.

- Ja, när jag säger "skål" och höjer glaset, ska ni, som vill dela glädjen med mig, svara "skål" högt och glatt och höja era glas.

- Jamen, då så höjer vi alla våra glas, hakar Jesus på, och alla sex utropar ett "skål".

- Smaka på nu då, säger Sture, när han ser de lite oroliga ansiktena över glasen, det är inte giftigt.

Ester och dr King smakar på utan konstigheter och ställer ner sina glas och Ester, som känner sig lite störd av att hennes man släpat in alla renlevnadsmänniskor för att dricka öl, frågar lite försynt vad doktorn tycker.

- Jag tycker det är trevligt, svarar dr King lågmält.

- Jag menar, vad tycker doktorn om ölet?

- Jaså det, jo, jag har smakat öl då jag levde på jorden, inte mycket och inte ofta, men någon gång ibland. Jag tycker det är läskande och friskt, då man är törstig, men jag dricker helst och vanligtvis vatten.

Ester nickar och dr King fortsätter "du behöver inte kalla mig doktorn, det räcker bra med Martin". Ester nickar igen.

Under tiden händer det saker runt bordet. Sture har tagit en stor klunk och svalt ner. Gandhi har smuttat ytterst lite och slickar sig om läpparna. Jesus har följt Stures uppmaning liksom kompisen Muhammed.

Jesus smackar lite och säger att "det smakade annorlunda, men inte illa", i stort sett håller Muhammed med, men tillägger att "det var ändå lite beskt". När så allas blickar vänds mot Gandhi, ler han nästan lite generat och sägar att han "tog ingen riktig klunk utan mer fuktade läpparna".

- Är du feg, frågar Muhammed lite retsamt, varvid Gandhi tittar ner i glaset igen.

- Men ta och prova då, hetsar Jesus.

Gandhi tittar sig nästan hjälplöst omkring och Sture kommer till hans försvar.

- Ni profeter är nu dumma, som tonåringar på jorden kunde vara på min tid. Försöka hetsa någon till att dricka om han inte vill.

- Jag håller obetingat med Sture, hörs dr King yttra. Mahatma är gammal nog att bestämma själv.

Ett stort leende lyser upp Gandhis normalt allvarsamma ansikte och han säger att "med ett så starkt stöd i ryggen ska jag ändå ta en klunk, om än en mindre sådan, för att kunna vara med i utvärderingen sedan".

- Vi skojade bara, säger Muhammed och Jesus med en mun.

Sture, som blivit något av ledare för denna öltest, säger att "nu ska var och en beskriva vad de tyckt om denna dryck, som lär ha bryggts redan för mer än fem tusen år sedan i trakterna av Persiska viken, alltså samma delar av världen varifrån bruket att odla säd kommer".

- Värst vad du kan, säger Ester och får medhåll av de övriga.

- Jodå, säger Sture, som närapå kaxat till sig, jag kan berätta en del om hur det lär ha gått till när det började. Jag har lärt av mina kunniga vänner här uppe.

- Och dum är du ju inte har vi nyligen konstaterat, kommenterar Martin Luther King lite underfundigt.

Sture funderar kort på vem som ska börja. Han bestämmer sig för att den till synes mest tveksamme ska få börja, oinfluerad av vad de andra sagt.

- Vill du Mahatma Gandhi beskriva hur din öl smakade och om du skulle kunna dricka upp resten, prova en annan sort och ta dig en öl i framtiden.

Till allmän förvåning tog sig Gandhi ännu en lite klunk och ställde sedan ner glaset.

- Jag tycker att smaken är ganska mild och mjuk, påminnande lite om en del fruktsafter jag druckit. Den bubblande kolsyran var ett angenämt tillskott i smakupplevelsen. Någon särskild smak som jag skulle kunna knyta till alkohol har jag inte känt, kanske mest beroende på att jag inte vet hur alkohol smakar?

Vad var det mer? Jo, jag dricker gärna upp det jag har i glaset, om inte upplevelsen förändras under min konsumtion. Jag tänker inte svepa innehållet, så jag har tid att stoppa. Prova en annan sort? Ja, kanske, men inte idag. En öl i framtiden? Inte helt omöjligt, men i så fall under speciella omständigheter.

- Vilken fin beskrivning, kommer det uppskattande från Ester. Jag har samma sort och tycker ungefär likadant, men jag skulle aldrig kunnat uttrycka det så …

Jesus och Muhammed tittar på varandra och Jesus nickar åt kompisen som "du är nog nästa helt oerfarna, jag har ju ändå testat rödvin".

Även Muhammed tar sig en extra klunk före sin beskrivning, liksom för att påminna sig om vad han smakat.

- Jämfört med Mahatmas beskrivning tycker jag att min öl var relativt skarp i smaken. Detsamma när jag jämför med smaker på mina normala drycker. Här tycker jag i motsats till Mahatma att bubblorna kändes konstigt, särskilt vid första klunken, och den beska smaken, var väl inte alltför stark men tydlig och inte riktigt i min smak.

Då jag var beredd på smaken vid den andra klunken, kändes det mer okej och jag har inget emot att dricka ur mitt glas här. Men vad jag förstår, ska jag och Jesus smaka på varandras öl och vi får väl hjälpas åt att dricka ur. Jo … och jag provar gärna en annan sort och kan dessutom tänka mig att någon enstaka gång ta en öl som omväxling till mitt goda te.

- Alkoholsmaken? Sture undrar.

- Har ingen aning, precis som Mahatma. Vad smakar alkohol? Kan du beskriva?

- Nej, och i varje fall inte än.

Jesus, som nu står på tur, tar också en förstärkande extraklunk, nickar och drar åt sig andan.

- Min öl är mild och en aning söt eller vad jag ska säga. Det är väldigt olikt smaken på det vin jag känner till. Det finns ju en del alkohol i både vin och öl, men jag hittar inga likheter i smak, så jag undrar om alkohol egentligen smakar nå'nting alls. Jag tycker nog att bubblorna friskar upp smaken på drycken. Utan dem skulle det troligen kännas … mja … vad ska jag säga, ofräscht, kanske. Om drycken vore kallare, skulle jag nog känna den ännu fräschare … kanske. Jag kan tänka mig att dricka ur glaset, men jag skulle nog inte vilja ha ett glas till av samma sort. Däremot gärna prova andra sorter och ser fram emot att byta glas med Muhammed. I framtiden kan jag tänka mig att ta en öl om jag hittar en som är lite fräschare än den jag har här.

Sture har nu fått i beskrivningar från alla tre helt oerfarna öldrickare och ber slutligen dr King beskriva sin öl.

- Min öl är en lagertyp, alltså samma typ som Muhammeds. Jag tror att min är till och med lite beskare än den han har, då Brooklyn är känt för att ha kraftig beska på sin lager. Jag brukar beställa den de relativt få gånger jag dricker öl. Bara när jag är törstig och samtidigt vill ha en klart annan smak i munnen … tar jag en öl.

- Esters öl är ju redan beskriven, kommenterar Sture, och min öl är lite av samma typ som hennes och Mahatmas, en engelsk typ. Men min är med betydligt kraftigare beska än Esters och beträffande beskan kan väl dr Kings öl och min tävla. Fast båda dessa beskor, kan man säga, är olika, helt olika smak, tycker jag.

Så kommenderar Sture "fritt drickande och gärna provande av varandras". Stämningen blir rätt uppsluppen och det skojas friskt om de olika sorterna och, framför allt, om att de sitter tillsammans, de som satsat sina liv på en god framtid för människor och som avstått ifrån eller till och med predikat avstående ifrån alkohol.

- Och vad gör vi tillsammans?

- Vi dricker öl, alla möjliga sorter, tillsammans.

Sture beställer in en stout porter, en svart öl med ursprung Irland. Vi ska ta den bästa jag vet, säger Sture och ber om en Oyster Stout. Den delas sedan på sex och alla uppskattar den.

- Den kan jag tänka mig nästa vecka, säger Jesus och får medhåll.

När nyfikenheten och yran stillats, blir Sture allvarligare och ber Mahatma Gandhi att berätta.

- Ester och jag såg för länge sedan en film som handlade om ditt liv, men jag har glömt mycket av den. Du kan väl så kort som möjligt berätta om det som du blivit så känd för.

Gandhi nickar och ska försöka vara kort "nästan i överkant, vi kan ju ses en annan gång och fördjupa oss om det är intressant. Och jag kan berätta om hinduismen, vilket jag tror att ni just inte vet något om".

- När jag föddes 1869 tillhörde Indien det brittiska imperiet och när jag mördades 1948 var Indien självständigt.

- Ja, just det … du blev också mördad …

- Ja … självständighetskampen gjorde mig känd. Metoden jag övertygade mina medhjälpare om var icke-våld och fredlig civil olydnad. Vi genomförde ett antal demonstrationer och vid några av dessa angrep kolonialmakten de våra med vapen och ställde till massakrer på oskyldiga fredliga människor. Det blev liksom droppen och vi utvecklade vår icke-våldstaktik med köpvägran av brittiska produkter. Vi försökte själva producera och vi fick stå emot både det ena och det andra. Civil olydnad var att vi bröt mot lagar som var orättfärdiga och så vidare. Flera gånger kastades jag i fängelse och flera mordförsök gjordes.
Hur som helst, till slut, vid andra världskrigets slut gav britterna upp inför allt passivt motstånd som hindrade så mycket för dem och vi fick äntligen självständighet. Mitt i detta hände det jag inte ville. En stor del av Indien bröts ut och man bildade staten Pakistan och det hade sin bakgrund i motsättningar mellan muslimska och hinduiska ledare. Så fick vi ett Indien med hinduisk majoritet och ett Pakistan med muslimsk majoritet.

- Varför blev du mördad?

- Eftersom jag dog av mordet, vet jag inte annat än det jag fått mig berättat efteråt.
En extremist bland hinduerna ansåg att delningen var mitt fel och att jag försvagat Indien.

Både Sture och Ester såg tankfullt på denne fantastiske man, som åstadkommit så stora ting i rätt modern tid utan våld. Båda erinrar sig nu stycken ur den film de sett och om hur Gandhi levde enkelt, nästan asketiskt och dessutom var strikt vegetarian.

"Och nu har han klämt en liten öl".

- Jag vill inte jämföra mig med Mahatma, säger så Martin Luther King, men jag lånade hans metod för att försöka minska rasdiskrimineringen i USA. Jag ska hålla mig kort också inte bara för att mitt liv blev kort. Men intensivt. Föddes 1929.

- Då är du tio år yngre än jag och så blev du präst? Ester undrade igen.

- Jag fick studera och blev till slut teologie doktor när jag var tjugosex. Samma år ledde jag en bussbojkott i över ett år mot att svarta var tvungna att sitta längst bak i bussarna. Det här talet, som du kommer ihåg, höll jag 1963 då jag var 34 år.

- Då blev jag farmor för första gången, mumlar Ester högt.

- Ja, men grattis, ler doktor King och fortsätter:

- Året efter fick jag Nobels fredspris, vilket jag var stolt över, förstås, men det gjorde det också möjligt att få bättre ekonomi bakom verksamheten och mer uppmärksamhet för saken. Liksom vår vän Gandhi, använde vi civil olydnad som ett medel.
Jag kan alltså inte framstå i samma ljus som Mahatma Gandhi, men jag stal mycket av hans metoder, som sagt.

- Man behöver inte jämföra. Två fantastiska personer, förutom de två vi redan lärt känna, summerar Sture. En jude, en muslim, en hindu och en kristen. Det ska bli intressant att få lära om hinduismen.

Efter en stunds småprat lämnar gruppen tillsammans kaféet, tar adjö och försvinner åt olika håll. Ester och Sture enas om att dagen varit konstig, "ölfik med sådana personer" och samtidigt lite lärorik.

- Och jag vill veta lite om hinduismen, upprepar Sture sin tidigare önskan.

- Mer religion? Vi har ju redan lärt en massa om islam.

- Det var ju din grej, säger Sture. Jag vill veta mer om den där religionen där man inte får göra en fluga förnär. Råttorna lever fritt bland människor och kossorna lever och skiter på gatorna. Verkar nästan fredligt i överkant.

- Ja, ja, vi får väl se. Eller åtminstone höra.

VAD VET SANKTE PER

Nästa dag randas och vädret är vackert.

- Underbar morgon som vanligt, gäspar Ester, nästan tjatigt, skulle faktiskt vara skönt att känna regnet mot kroppen som omväxling.

- Vakna till en kalldusch, menar du?

- Njaä, det kunde väl kanske komma ett regn på eftermiddagen.

- Jo, kanske, men så verkar det inte vara här. Men om du känner att du vill blöta ner dig kan vi väl gå och bada på eftermiddagen. Jag har upplevt att bada i både salt och sött vatten.

- Det finns alltså både hav och sjö här?

- Ja, såvitt jag förstår

- Det verkar inte klokt. Men å andra sidan, vad verkar klokt här … ingenting.

Efter detta inledande samtal beger de sig till kaféet för sin dagliga frukost.

- Hejsan, är ni ensamma idag? Ängeln hälsar dem glatt. Också det som vanligt.

- Ja, precis som vanligt, svarar Sture.

- Som vanligt? Vad säger du om igår eftermiddag, då?

- Då var det ovanligt.

- Minst sagt, säger ängeln, inte nog med att sällskapet var ovanligt. Ännu ovanligare, om uttrycket räcker till, var väl att det dracks öl i det sällskapet.

- Jo, men inte mycket.

- Nää vars, men *att* det dracks öl, var ovanligt, särskilt att herrarna Muhammed och Gandhi testade, det är ju egentligen otänkbart.

- Ester konstaterade för en stund sedan, innan vi kom hit, att ingenting verkar klokt här, så då är väl kanske inte heller en liten öl för herr Gandhi så konstig. Eller för Muhammed …

- Okej då, men nu blir det kaffe … väl?

- Ja visst, nu är det som vanligt igen

Ängeln serverar kaffe med en stor smörgås, ägg och ansjovis, och en stor med räkor och majonäs och iakttar dem hur de ska lösa att de fått olika. Utan att kommentera detta alls, tar Ester sitt bestick och delar de båda mackorna på mitten och så var det löst.

- Finns det hinduer eller vad det heter i Himlen? Sture ställer plötsligt en fråga till ängeln som stannar upp och ser på honom helt nollställd.

- Det kan jag inte svara på, men du såg ju själv Mahatma Gandhi här igår.

- Ja, men då tänkte jag inte särskilt på att han har en annan tro.

- Annan tro? Nåja, jag tror att du ska gå tillbaka till porten till Himlen och fråga Sankte Per. Han kan och vill nog säkert svara dig.

- Ja, det kan jag väl. Honom känner jag ju se'n förr. Tror du han minns mig, det var ju sjutton år se'n.

- Han minns alla, det är hans uppgift, faktiskt.

- Det var attan, tala om hästminne …

- Va' sa du?

- Inget, glöm det. Tack för frukosten, vi ses väl i morgon som vanligt.

Ester, som hade följt hela samtalet utan att säga något själv, tar Sture under armen och styr honom mot det håll där profeterna håller hus.

- Vart ska du, undrar Sture.

- Ska vi inte till Sankte Per?

- Jovisst, men du styr ju åt fel håll. Dit bortåt … då kommer vi ju till profeterna.

- Jaha, mitt usla lokalsinne har följt med till Himlen. Ester skrattar till.

Sture skrattar också och säger att ”lokalsinnet hör väl till sinnena, själen, och inte till kroppen …” och de vänder till rätt riktning. Vandringen blir lite längre än de minns, men till slut ser de gärdesgården på båda sidor om grinden genom vilken de själva en gång kommit.

- Det ängeln sa att vi skulle fråga Sankte Per om, vill jag minnas att jag frågade när jag kom hit, säger Ester medan de långsamt skrider fram genom den vackert skiftande naturen.

- Jaså, vad svarade han?

- Jag kommer inte ihåg så noga, men jag tror att han sa att i alla fall muslimer finns här.

- Jaså. Varför just muslimer?

- Jag frågade om muslimer för jag undrade mycket om islam … kommer du väl ihåg.

Sankte Per sitter på en stubbe i skuggan av den stora eken som Sture minns från sin ankomst. Så får han syn på återvändarna och ropar på håll "har ni ångrat er? I så fall är det för sent. Det finns liksom ingen återvändo".

De ankommande närmar sig och Sture ropar tillbaka.

- Nej, vi har inte ångrat oss. Det kom lite funderingar till oss, efter att vi träffat Mahatma Gandhi. Ja, vi har också träffat flera andra, förstås, men Gandhi är ju hindu och det är den ende vi träffat som inte är kristen eller muslim.

- Jaså, har ni inte träffat någon jude heller.

- Nää, jo, förresten, Jesus säger att han är … eller var jude. Han säger också att han inte är … eller var kristen, utan att det som kallas kristendom uppstod efter hans död.

- Ja, precis, så var det, nickar Sankte Per. Men varför undrar ni om herr Gandhi?

- Jo, han är ju här i Himmelriket och han är hindu. Betyder det att hinduer också kommer hit?

- Javisst, varför skulle de inte komma hit? Det enda är, att de kommer genom en annan grind … eller port, jag har faktiskt inte sett deras ingång. Och inte heller judarnas eller muslimernas.

- Men de tror ju inte på vår gud, de lär ju ha ett antal gudar, mer eller mindre mäktiga.

- Ja, på jorden är mycket konstigt, men det som är viktigt är hur god en människa är. Snäll, givmild, generös, omtänksam med mera, det är det viktiga för att komma hit och jag antar att ni förstått att någon personifierad gud inte finns utan allt är beroende av ett gott väsen, som dessutom välkomnar alla goda människor.

- Buddhister också? De lär ju inte ha någon gud alls, egentligen.

- Nej, men de allra flesta av dem är, liksom ni, goda och hyggliga människor.

Plötsligt och redan har de fått svaren, som de kommit så pass långt för att inhämta. Det känns nästan lite snopet, de hade väntat sig längre och mer komplicerade förklaringar.

- Här finns folk från alla religioner, tillägger Sankte Per efter den tystnad som uppstått.

- Hur många religioner finns det, undrar Ester.

- Det vet jag faktiskt inte. I Afrika finns det flera folk som har nästan ingen kontakt med övriga världen och det finns liknande lite varstans på jorden. Många av dessa folk har alldeles egna religioner. Vanligen lär man på jorden kalla dem hedningar, ett för mig mycket egendomligt uttryck för folk med annan tro.

- Jaså, men ...

Ester påbörjar en vidarefundering utifrån Sankte Pers utläggning, men kommer av sig, hon vet faktiskt inte vad hon vill säga ...

Det blir totalstiltje i samtalet innan Sture eftertänksamt säger, att "man kan undra vad som menas med hedning. Är det de, som tror på något annat än vad vi tror på?"

- Enligt min uppfattning så kommer uttrycket från dem som absolut ska få andra att tro på just deras gud. Sådana som kallar sig missionärer har kanske skapat uttrycket eller i varje fall använt det. Flitigt ... kanske det uppstått redan i förkristen tid, bland judarna?

- Jag har alltid trott att hedningar är sådana, som inte har *någon* gud ... eller någon tro, säger Ester.

Sankte Per skrattar till och ler sedan brett.

- Jo, så är det nog, men de som kallas hedningar på jorden har inte bara en gud utan oftast flera och tro ... har de mycket. Och ... tillägger Sankte Per, deras tro kallas, åtminstone av den kristna kulturen, för vidskepelse.

- Men, ...

Ester finner återigen inga ord. Vidskepelse och avgudar hos "infödingar" har hon ju hört sedan hon var liten och här menar Sankte Per att dessa människor i stället har egna gudar och egen tro. Inte vidskepelse ...

Nu reflekterar Sture igen och funderar högt.

- Vad är då vidskepelse. Som barn lärde man sig att vidskepelse var att tro på något som inte finns, liksom ... Här upp i Himmelsriket har vi nu förstått att det inte finns någon gud så som vi lärt oss på jorden ... Betyder det då, att alla kristna, alla muslimer och alla judar och alla de andra också för den delen egentligen är vidskepliga?

Nu skrattar och ler Sankte Per igen.

- Ja, varför inte? Nej, allvarligt talat, ordet vidskeplig har ju en väldigt negativ klang, så låt oss i stället säga, att alla har sin eller sina gudar och en tro att hålla sig till.

- Men nu, säger Ester och lyser upp, det finns ju de, som förnekar att det finns någon gud och de har ingen gudstro heller, förstås.

- Ja, man kallar dem ateister och det är väl de då, som är jordens hedningar, ler Sankte Per brett och tillägger "även de kommer hit förr eller senare".

- Alla, alltså, *alla*, betonar Ester, kommer hit?

Sankte Per nickar.

- Men djuren, då, undrar Sture, jag har sett några flugor och rätt mycket småfåglar, men inga större djur som hundar och katter eller kor och hästar …?

- Nej, djuren kommer inte hit, svarar Sankte Per.

- Varför då?

- De har ingen själ på det viset som människorna.

- Jo, men de har väl själ och … Både Ester och Sture blir störda av påståendet.

- Ja … och nej. De har en slags själ, visst, men inte den sortens själ som krävs för att ha ett liv här i Himmelriket.

Djurvännerna tittar på varandra och båda tänker "synd … det vore trevligt annars".

- Men småfåglarna här, då och lite insekter, bin till exempel? Sture ser frågande på Sankte Per.

- De finns här som dekoration, kan man kalla det. För ökad trivsel och så.

Nu tystnar allihop, sjunker ner i gräset och förefaller att försvinna i sina tankar. En lång stund går och de båda makarna ser ut att ha somnat. Sankte Per kikar försiktigt på dem och då, tvärt, sätter sig Sture upp.

- Finns Hitler här? Den fan skulle man vilja fråga vad fan han tänkte på.

- Hitler, frågar Sankte Per, vem är det.

- Ha, ha, då är han alltså inte här, utropar Ester, vår ängel sa att du känner till alla som passerar in.

- Nej, någon sådan har inte kommit hit.

- Men det är ju, få se ... Sture räknar och fortsätter ... femtioåtta år sedan han gjorde sitt självmord.

- Ja, ler Sankte Per, då har han väl ovanligt svårt för sig i Helvetet, skolan, alltså.

- Det förvånar mig inte ett ögonblick, svarar Sture.

- Han måtte ha gjort något förfärligt, det kan jag se och förstå på dig. Men berätta inget, jag får veta tids nog. När, eller om, han kommer ...

Ester har en annan fråga på hjärtat.

- Hur länge har Himmelriket funnits?

Sankte Per drar ett djupt andetag och vaggar med huvudet åt sidorna.

- Mjaa, det vet jag faktiskt inte, men jag tror ... att det funnits åtminstone lika länge som mänskligheten.

Det känns färdigpratat och de tackar Sankte Per för alla svar och att han haft tid och tålamod med dem.

- Dyker det upp nya frågor är ni välkomna tillbaka ...

ALLT MÖJLIGT OCH TILL SLUT NISSE BJÄLKVALL

- Tänk att man trott att det bara var vi, som fick komma till Himlen. I den mån man alls trott på det där med paradiset och så.

- Vilka vi menar du?

- De kristna … eller ja, man tänkte väl inte så noga vilka "vi" var, på något sätt var det väl ändå kristna europeer, man tänkte på.

- Ja, och amerikaner, förstås.

- De här andra två religionerna, judendomen, som fanns före kristendomen och islam, som kom efter, fanns liksom inte med när man tänkte på att komma till himlen.

- Och så måste man tro på gud.

- Allt var fel …

- Nja, fel? Nej, men allt var alldeles för snävt. Det visar sig ju att grejen är att vara en god människa. Vad man trott på under livet på jorden saknar ju totalt betydelse, bara man har varit hygglig och snäll mot sin omgivning.

Detta samtal utspelar sig under promenaden till morgonfikat. Just som de kommer fram säger Sture, "du, jag har en fundering, men den är lite intim, så vi spar den till efter frukost". Outsägligt nyfiken nickar Ester, "nu får vi ha snabbfrukost".

Sture lugnar ner henne genom att säga att det är inget som brådskar, det är bara en sak han kom att tänka på.

Frukosten flyter på, idag med leverpastej och ättiksgurka samt det vanliga kaffet. Ängeln är klok och ser att gästerna är fulla av tankar och vet dessutom att de far omkring och träffar en massa spännande själar. "De blir väl snart snurriga av alla intryck".

Äntligen klart, tänker Ester och direkt utanför dörren till kaféet frågar hon:

- Vad är det du funderade på?

- Vi sätter oss i gräset där borta, svarar Sture.

Sagt och gjort, de sätter sig i en gräsbevuxen slänt och Sture tar sin fru i handen.

- Under alla åren här innan du kom, funderade jag då och då på, hur det skulle vara med kärleken.

- Va? Ester avbryter, vad då kärleken?

- Jo, vi har ju alltid hållit av varandra väldigt mycket genom alla åren och då och då har vi ju haft … ja, intimt umgänge.

- Ja, det är väl naturligt och inget konstigt med det.

- Jag frågade faktiskt Palme redan första tiden här, om han trodde att det gick för sig att ha intimt umgänge här i Himlen.

- Jaha, skrattar Ester till, och vad trodde han?

- Han trodde väl att det skulle gå för sig, men han visste ju inget mer än jag, egentligen.

- Men vad funderade du på före frukost då?

- Jo, nu är du här sedan mer än en vecka, snart två. Jag känner mig glad och lycklig över det, samtidigt som jag känner att det räcker. Jag menar, jag upplever ingen sexlust eller vad jag ska kalla det. Hur är det för dig?

- Det har jag inte tänkt på. Som du säger är upplevelsen att ha återfunnit varandra efter sjutton år stark och jag är lycklig, i stort sett lika lycklig som den 26:e juli 1942.

- Då vi gifte oss?

- Ja, men med lite lugnare lycka nu. Då var jag ju så konstigt nervös.

- Okej, jag förstår. Men om du känner efter … känner du att det skulle vara fint med samlag?

Ester tittar storögt på sin man en stund och funderar. Rätt länge tänker hon efter och upptäcker lite till sin förvåning att ett samlag vore alldeles onödigt och till och med konstigt.

- Nej, säger hon till slut, jag känner som du. Jag älskar dig lika mycket som alltid och den känslan är mer än tillräcklig. Någon sexlust, som du sa, känner jag inte.

Sture har väntat sig det svaret och är glad över deras ömsesidiga kärlek, men undrar ändå … ”Varför känner vi ingen sexlust?” Och den frågan kan Ester inte besvara.

Sture kastar fram ett svar han tänkt på ända sedan han fått tillbaka sin fru här i Himlen, ”Kanske det beror på att vi bara är själar. Sexlusten kanske

sitter i kroppen och här i Himlen har vi ju inte kroppen längre."
- Jamen, vad klokt, så är det naturligtvis … troligen.

Nöjda med att ha funnit svar på frågan om den obefintliga sexlusten, lägger de sig ner på rygg och Sture noterar lite himmelsdekorationer i luften. Små lustigt formade moln drar fram över himlen, några svalor far omkring i halsbrytande flykt hit och dit, upp och ner. Ett bi hittar en stor maskros och ägnar sig med energi åt blomman. "Flitig som ett bi", tänker han avspänt, nästan lojt.

Han fortsätter tankarna till den tid då Ester så tvärt blivit ensam på jorden och då tydligen lillbrorsan Kalle med fru, Guje, hjälpt henne mycket. Så kommer han att tänka på Esters bästa kamrat, Mona, vad hon hette mer … Bjälkvall, så var det.

- Du, säger han, hur är det med Mona. Ställde inte hon också upp och gjorde dig sällskap? Hon och Nisse träffade vi rätt ofta när jag var kvar därnere.

- Jo, hon kom ofta eller jag gick ofta dit. Ingemar hjälpte mig att flytta från huset, det var obehagligt att vara ensam där. Först bodde jag något år i Aspudden med hans hjälp, men sedan hittade Ingemar ett nybygge på Huddingevägen och då kunde jag flytta dit. Då blev det nära till Mona. Fem minuters promenad.

- Ja, men … vad bra! Vad hände med huset? Sålde ni det?

- Nej, Ingemar övertog det och köpte ut Ingegärd. Han byggde om det lite senare.

- Det låter spännande, hur då?

- Han gjorde helt enkelt om huset till ett enfamiljshus. Tog bort köket uppe och gjorde ett sovrum av det. Sedan gjorde han om trapphuset så att det blev en innertrappa. Han tog bort väggarna mot trappan, så den blev liksom en del av lägenheten.

- Lägenheterna, menar du väl?

- Nej, de två lägenheterna blev ju till bara en, i två plan.

Sture ser först lätt förvirrad ut, men sedan klarnar bilden för honom.

- Ja, när allt var klart, vad fanns?

- Jösses, få se … Uppe fanns tre sovrum och ett litet allrum eller vi kan säga TV-rum. Nere fanns ett kök, ett rätt rymligt vardagsrum och ett sovrum. Och källaren … hm, den var som den var. Nej förresten, han lät

borra för bergvärme och allt med som hade med olja att göra togs bort. I
stället för pannan kom där in en central för bergvärme, som såg ut som
ett högt kylskåp och se'n kunde man ha det gamla pannrummet renare
och sätta in några mindre skåp också.

Tyst betraktar Sture det flitiga biet, som nu är färdig med maskrosen och
flyger iväg mot nästa. Han följer biets färd med ögonen, medan huvudet
är fullt av tankar och han försöker föreställa sig allt det Ester berättat.
Hon, å sin sida, förstår att det är mycket att ta in, så hon förblir också
tyst, tills hon kommer på en sak till.

- Jo, en sak till. I vardagsrumshörnet, där din mamma hade sin TV, satte
de in en balkongdörr och utanför byggde han en altan i trä, med trappa
ner på tomten.

Biet hade nu försvunnit in i en stor blåklocka och Sture vaknar till ur sina
tankar och säger att han förstår ungefär hur allt ser ut.

- Blev det bra?

- Det blev *väldigt* bra.

- Tänkte han ut allting själv?

- Ja, det tror jag.

- Hur mycket gjorde han själv.

- Vad menar du?

- Hur mycket arbetade han själv med sina händer?

- Mycket. Han hade en hel del hjälp med komplicerade saker.

- Du menar bärande väggar och sån't.

- Ja och annat komplicerat. Gevert hjälpte till och han tog dit några
snickare från sin firma som hjälpte till med att öppna ytterväggen och
sätta in balkongdörren.

Stures ögon söker biet igen, som för att få hjälp att fatta vad som sägs.

- Vem är Gevert?

- Anns svärfar ...

- Menar du vårt barnbarn Ann?

- Ja, vem annars?

- Käraste Ester, det är kanske två veckor sedan du kom till mig här uppe
i Himlen och vi har inte talat om vad som hänt med barn och barnbarn.
Jag har inte en aning.

Stures ord får Ester att stanna upp i sin berättelse och förvånad betrakta sin man.

- Obegripligt nog, har jag haft nå'n föreställning om att du vetat allt. Jag blev så vimsig av allt som hände på en gång och att Jesus fanns här och … ja, jag kan … nej, jag kan inte förstå, att jag inte började med att berätta allt, för det är så mycket att berätta och det är bara trevliga saker.

- Bättre sent än aldrig …

Ester börjar med "när du dog ute på Ågesta …" och tar det omedelbara händelseförloppet om praktiska svårigheter och hur dessa lösts, om sorgereaktioner, om barn och barnbarn och begravning, om barnbarnens giftermål och slutligen också om barnbarnsbarnens ankomst.

Det tar lång tid och Sture frågar om gång på gång för det som hänt på sjutton år är mycket. När Ester är färdig, kommer Sture med en bekräftande retorisk fråga, "Gevert Bergman med byggfirma är alltså Anns svärfar."

Sture lägger sig bakåt i gräset igen och tittar upp mot den blå himlen och känner att han egentligen gärna skulle vilja se hur huset blev efter ombyggnaden. Han tänker också att han själv inte skulle ha orkat att göra en liknande ombyggnad och hade nog inte heller kommit på de lösningar som verkar så bra. Sonen var kanske inte så dum med såg, hammare och spik, som han fått för sig.

- Jag är lite överraskad att Ingemar har kunna göra så pass mycket med sina händer. Du minns, att jag tyckte eller trodde, att han hade tummen mitt i handen, som man säger.

- Jo, jag minns, men vad kan du vänta dig? Du var ju så duktig med allt det praktiska, så han fick ju sällan eller aldrig en chans att försöka.

- Nej, men …

- Jo, så var det faktiskt och när han ibland gjort något, skulle du alltid fixa till det, så hans självförtroende med handarbete sjönk till botten.

- Usch, var det så illa?

- Ja, men han hämtade sig ändå. Han har ju också gjort det jag önskade i många år medan du levde.

- Vad menar du?

- Redan tio – tolv år innan du försvann önskade jag ett större hus på Norrö.

- Det vet jag faktiskt. Det kände jag på mig. Men jag kände också att jag inte hade vilja nog att börja bygga där ute.

- Och det vet jag, därför har jag aldrig sagt något om det, heller.

- Vad hände då?

- Ingemar frågade, kanske tio år efter att du var borta, om det inte vore bra med en större stuga … och då sa jag, att det har jag önskat länge. Han frågade om han kunde bestämma själv *hur* och då sa jag ja … och så blev det … och han byggde nästan allt helt själv. Han hade e del hjälp av Gevert och Kalle …

- Brorsan?

- Ja, de hjälpte honom att resa stommen.

- Fantastiskt, det hade jag aldrig trott. Jag önskar jag kunde sett det … eller varit med på en kant. Hur blev det då?

- Ursprungshuset på tolv kvadrat lyftes upp trettio centimeter …

- Åh, hur då?

- Det ordnade Gevert med några domkrafter, steg för steg. Sedan byggde Ingemar ett hus i vinkel, som en utbyggnad av det gamla, där utbyggnaden är nästan tre gånger så stor. Tillsammans blev det ungefär fyrtiofyra kvadrat. Han öppnade en dörr i den gamla gaveln mot det nya och hela det gamla huset blev sedan sovrum. Det nya blev kök, vardagsrum med tre väggfasta bäddar som också var soffor.

Igen blir Sture imponerad över sonens i hans ögon remarkabla förvandling till praktisk man från att bara ha varit en teoretiker.

- Och lilla stugan nere gjorde han om till mig att ha med kylskåp och kök samt en bredare säng. Då blev det lättare för mig att träffa Svea … slippa trampa ner och upp i den bergiga slänten.

De konstaterar att de legat eller suttit på grässlänten i många timmar och tycker att de ska röra på sig ett tag. Utan att ha några bestämda planer vandrar de framåt och småpratar. Mest är det Ester som berättar detaljer ur det hela, som hon tidigare berättat i lite större drag. Plötsligt erinrar sig Sture att han började långt tidigare att fråga om Esters kompis Mona, men att de halkade ur ämnet. Huset kom emellan.

- Hur var det nu med Mona?

- Mona? Jo, Mona, det var bara bra utom att Nisse fick demens och det gick rätt fort.

- Nisse … fick han … vad hette det nu … alzheimer?

- Kanske det var det, det finns tydligen olika varianter av demens. Men det gjorde i alla fall att vi, steg för steg, inte kunde träffas lika fritt. Hon måste hela tiden hålla ett öga på honom, annars kunde han försvinna.

- Åh så tråkigt. Gamle, snälle, ja … genomsnälle Nisse … hur kunde han försvinna?

- Enkelt, han kände inte igen sig, visste inte var han var och så kunde han försvinna. Och det gjorde han rätt snart, också.

- Vad då, försvann han?

- Ja … till Himmelriket.

- Dog han?

- Han försvann till Himlen kanske sju – åtta år efter dig. Har du inte träffat honom?

- Nej, jag visste inte att han fanns här och man måste ju tänka lite koncentrerat på personen i fråga för att träffas, alltså att få själskontakt. Och han kanske är dement här också …

- Var inte dum, självklart inte. Försökte du vara rolig? För mig var det inte roligt. Jag såg hans medvetande försvinna från att ha varit den glade och vänlige Nisse med vackra bruna ögon till att bli ett … skal … med helt tom blick. Det var sorgligt.

- Förlåt, jag menade inte att …

- Det är bra, jag förstår.

Monas och Nisses båda vänner fortsätter sin planlösa promenad och båda tänker på hur mycket trevligt de haft ihop. Alla var de med i Örby Sångsällskap och med dem hade de haft flera turistbussresor, åtskilliga fester och enkla samkväm. Mona var ju kvar på jorden än, men ”Nisse ska ju finnas här”.

Knappt har han tänkt tanken klart förrän han hör en välbekant stämma ”Stubben!” och båda vänder de sig om. Där, på en bänk, sitter Nisse Bjälkvall.

Överraskningen och samtidigt fullbordandet av deras tankar gör att de inte finner ord utan stumt drar de upp den lika förvånade Nisse från bänken och ger honom stor, stor kram från två håll.

- Va' fan gör du här, utbrister Sture när tunghäftan släppt.

- Jag sitter, såg du inte det? Nisses bruna ögon glittrar av glädje.

Ester tar händerna om hans kinder och tittar honom stint i ögonen och konstaterar att det är den riktige Nisse de har hittat.

- Vem hittade vem, invänder Nisse, jag såg er först.

- Du kan väl inte känna igen nå'n, du är ju dement, skämtar Sture och vänder sig snabbt mot Ester, förlåt.

Två olika svar kommer samtidigt:

- Jag vet, jag blev medveten om det, innan det blev riktigt illa …

- Det gör inget nu att du skojar, när han har sin riktiga blick igen …

- Men nu är allt okej, säger Sture utan att förvänta sig svar.

- Nu är allt okej. Nu har vi träffats och snart är väl Mona på gång.

- Nja, säger Ester, hon var i hygglig form, när jag fick ge upp, men med ålderns rätt bör det väl inte dröja alltför länge.

Deras samtal fortsätter om gamla tider, om gamla bekanta och tiden går … Så erinrar sig Nisse att han träffat Pelle Pettersson apropå att de kommit att prata om kören, Örby Sångsällskap, alltså.

- Pelle undrade om jag träffat dig och det hade jag ju inte. Han hade sina funderingar på om Bondkapellet kunde återuppstå i Himlen. Einar är ju redan här och din morbror, Tor. Den ende som fattas är Kalle, brorsan din.

Sture minns småleende hur de, de uppräknade ur kören, hade klätt ut sig och till publikens förtjusning spelat "gammeltjo" vid Valborgsmässoelden varje år.

- Jag har inget dragspel här och jag antar väl att varken Pelle eller morbror Tor har sina fioler med sig.

- Nej, det är väl ett problem förstås, men eftersom så mycket annat ordnar sig obegripligt, kanske det går att lika obegripligt fixa fram instrumenten?

Efter att dagen nästan blivit natt, tar de farväl av den käre Nisse, "världens snällaste", som Ingemar sa, när Nisse kommit till honom med en bok, när han var liten och sjuk.

De vandrar tillbaka till varifrån de kom och bryr sig inte om att besöka kaféet. "Nää, mat behövs ju inte …"

Ester suckar och undrar "hur ska detta sluta? Varje dag är så full av händelser och intryck …"

Dagen har varit väldigt händelserik även för den mer "himmelrutinerade" Sture, men han säger att "det lugnar säkert ner sig efter några veckor till."

233

- Ska vi ta det lugnt idag och göra ingenting?

- Vi har väl inte *gjort* så mycket, men vi kanske ska försöka att *höra* ingenting.

- Frukost måste vi lyxa till det med även idag.

På kaféet är ängeln igång och tar emot dem med ett "äntligen kommer ni". Lite förbryllade sätter de sig på sina vanliga platser och ängeln serverar deras älsklingsmacka, ägg och ansjovis. Hon berättar också att Jesus har skickat ett meddelande att de är välkomna till honom idag, då han väntar besök av patriarken och profeten Abraham. Om de vill komma ska han också be Muhammed att närvara.

- Så blir det alltså med vår göra-och-höra-ingenting-dag, suckar Sture.

- Men vi vill väl komma, nästan ber Ester.

- Jo, jag menade inte så, utan konstaterade bara att våra dagar för lugn och ro får vänta ett tag till.

- Då meddelar jag att ni kommer, säger ängeln glatt.

- Värst vad du är uppåt idag …

- Ja och jag vet inte varför, visst är det kul?

- Kul? Ja, kanske, men hur får och skickar du meddelanden?

- Telepati.

- Va? Det är väl ändå inte möjligt.

- Nää, men det funkar.

Sture skakar på huvudet och ger upp, "telepati" …

De tar ett hej-svejs av ängeln, som glatt vinkar av dem, när de påbörjat sin promenad mot Jesus' tillhåll och Sture noterar högt för sig själv en gång till att ängeln verkar ovanligt uppspelt, "undrar om det är nå't på gång".

- Vad skulle det vara?

- Inte vet jag, vad kan det vara? Hon kanske fyller år?

De traskar på den numera rätt välkända stigen och så dyker stugan upp, den här gången med tre figurer framför.

Jesus kommer emot dem och för dem till de andra två. Han presenterar
en man med grått helskägg för dem och säger att detta är Abraham,
hebréernas stamfader och …

- Hebréerna … avbryter Ester tvärt, menar du judarna?

- Ja, får jag bara avsluta presentationen?

- Förlåt …

- Abraham är också den som lade grunden till att tro på *en* gud och inte
många och på så sätt blir han, förutom hebréernas stamfader, också
grundläggare av våra tre religioner, judendomen, kristendomen och
islam.

Abraham bugar lätt och frågar vilka gästerna är och Jesus presenterar
också Ester och Sture. Han fortsätter med att säga att "nu kan ni fråga
vad ni vill", som Abraham ska kunna svara på.

- Jag vet faktiskt inte vad jag ska fråga om, säger Ester tvekande, det var
lättare att fråga Muhammed eftersom det hänt så mycket fanstyg under
mina sista år på jorden, som sas ha med islam att göra. Men jag kan säga
att du liknar Sankte Per.

Abraham ler åt Esters liknelse utan att svara. De tittar alla på varandra
och ingen verkar veta vad som ska sägas. För att bryta den lite förlägna
tystnaden, frågar Jesus om de kanske vill ha kaffe eller te för att få igång
samtalet.

Då kommer den mer historie- än religionsintresserade Sture med en
fråga.

- När levde du? Jag vet ju, att Jesus levde alldeles i början av vår
tideräkning och Muhammed sexhundra år senare. Men du …?

- Hur ska jag svara på det? Då jag levde räknade vi inte tiden, det är ju
ett senare påhitt.

- Påhitt? Är det inte viktigt?

- Jo, kanske numera, men inte då i alla fall. Jag föddes och växte upp i
det som idag är Irak. Mesopotamien heter det i Bibeln, har jag lärt mig.
Det var långt före tehämtaren där, som visst är er grund för tideräkning.
Kanske föddes jag tusen eller tvåtusen år innan Jesus. Mer tvåtusen än
tusen, tror jag …

Under tiden Abraham påbörjar sitt svar, tassar Jesus iväg för att fixa te och kaffe till sällskapet och Abraham gör en menande nick åt hans rygg.

- Var det med dig som med Jesus, undrar Sture vidare.

- Nu förstår jag inte frågan.

- Jo, uppstod judendomen när du hade dött eller redan när du levde?

- Ingendera. Jag var ingen som predikade. På något sätt hade jag fått en uppfattning om vad som är gott och riktigt och naturligtvis också då, vad som är fel. Jag levde sedan strängt efter mina principer och jag trodde på en allsmäktig gud som önskade att människorna var goda mot varandra. Jag var också övertygad om att det bara fanns en gud, till skillnad mot de flesta andra.

- Ja, och … Ester yttrade sig, lyssnande.

- Jag valdes till hövding av min stam och jag upplevde att jag stod i förbindelse med Gud.

- Var inte det att tro lite för mycket om sig själv? Ester tycker att det låter väl kaxigt.

- Jo, kanske. Men så var det i alla fall och jag kände, upplevde, att Gud lovade att mina söner ska ärva ett skönt land som ska vara deras.

- Det förlovade landet, säger Ester lite ironiskt och tillägger, men det ligger väl inte i Irak eller Mesopotamien?

- Nej, det ligger runt Jordanfloden.

Jesus återvänder och serverar kaffe och te till alla, allt efter deras önskemål. Man låter sig väl smaka, trots avsaknaden av tilltugg.

- Men du var alltså inte jude? Sture vill försäkra sig om han förstått rätt.

- Nej, det fanns ingen enhetlig tro bland oss hebréer. Den kom mycket senare, kanske fyrahundra år senare genom en profet för det, som sedan blev judendomen.

- Vem var det, undrar Ester.

- Mose, den har ni säker läst om i er skola.

- Ja, men vi sa Moses, svarar Ester och betonar s-et på slutet.

Abraham tar en djup klunk av teet, följt av ytterligare ett par sippar och slickar sig om läpparna, "man blir törstig av att prata, jag är ju inte van".

- Mose fick uppenbarelser ungefär som Muhammed har berättat. Han upplevde kontakt med Gud … fick tio Guds bud och formade stegvis den judiska religionen till en enhet. Mose är med andra ord judendomens profet och skapare. Inte jag. Min insats var väl kanske att jag beredde vägen för de religioner, som tillber bara *en* gud.

- Men ängeln i vårt kafé sa att du var patriark och profet, invänder Ester.

- Ja, patriark var jag väl, men inte profet. Jag försökte inte tala om vad som komma skall och guds önskningar och annat som hör till profetiorna.

- Jaha, säger Sture, men det var ett väldigt svammel mellan orden hebréer och judar. Det känns svårt att hålla isär.

Abraham höjer ögonbrynen och det ser ut som han vill hitta en förklaring till de olika begreppen. Han nickar sedan för sig själv och vänder sig direkt till Sture.

- Det var när hebréernas elit var fångar hos babylonierna som de började att kallas judar. Innan dess sa man inte jude utan hebré. Vårt språk kallades och kallas än hebreiska.

- Hebréernas elit, vad är det? Och varför fångar? Sture undrar över det också.

- Det fanns ett land, Babylonien, i dag huvudsakligen Persien, nej förresten, Iran heter det idag, som förde krig mot snart sagt alla och envar. De erövrade mycket, bland annat stora delar av landet runt Jordan och förde de starkaste, klokaste och rikaste hebréerna med sig till sitt land som fångar.

- Jaha, och där blev hebréerna judar?

- Blev och blev … de var väl redan, men de började att *kallas* judar och deras tro blev då judendomen.

- När var det här, undrar Sture igen.

- Jag gissar och försöker beräkna … det var väl drygt tusen år efter jag levt, kanske tolvhundra?

- Och se'n då?

- Sedan? Babylonierna förlorade väl sina krigiska besittningar så småningom och då kunde hebréer, ja, judar, då, återvända till sitt land.

- *Sitt* land, undrar Ester, du menar det land som de ansåg var deras förlovade land?

Bodde där inte också palestinier, araber?

- Jovisst, men vi är ju egentligen samma folk, men de hade andra religioner och annat språk än judarna. Jag vet att araberna redan på min tid lyssnade och trodde på budskapet jag hade och som sedan min son, Ismail, förde vidare. Det budskapet som var om den ende och sanne guden. Men senare, jag vet inte riktigt när, kanske fyra-femhundra år senare, kom en man bland araberna, som folket upplevde som de en gång upplevt mig …

- Och hur var det nu igen …

- Som rättfärdig, generös och gudstrogen.

- Ja, okej, se'n …?

- Vid en resa hade han påverkats av ett folk, som dyrkade statyer, avgudar, och hans gudstro ändrades så, att han trodde att även andra gudar fanns och uppmuntrade sitt folk att också ha en massa extragudar liksom "för säkerhets skull".

Ester var inte riktigt nöjd nu när man, enligt henne, kommit ifrån ämnet.

- Judarnas förlovade land beboddes alltså redan av araber och en del judar och det hela var det land som kallades Palestina.

- Precis.

- Hur gick det att leva i samma land och ha olika religioner?

- Det gick alldeles utmärkt. Såvitt jag vet var där inga krig eller bråk mellan judar och araber.

Nu höjer Ester handen.

- Inte förrän man delade landet. Alltså inga krig och bråk förrän man tog en stor bit av Palestina, körde bort araberna och kallade det nya området för Israel. Sedan dess har det var krig eller bråk hela tiden.

Först nu yttrar sig Jesus, medan Abraham bara ser sorgsen ut.

- Efter det man kallar andra världskriget ville man ge judarna en egen stat och så gjordes detta, vilket är en mycket konstig åtgärd.

- Ja, emot all folkrätt, hoppar Muhammed in med.

- Folkrätt? Abraham är obekant med begreppet.

- Det är när man … försöker Sture, nej, jag kan inte förklara det exakt, men det hörs ju på ordet vad "mot folkrätten" betyder.

- Jo, jag kan tänka mig … Abraham nickar.

Alla församlade känner till judeförföljelserna innan och under andra världskriget, försöket av nazisterna att utrota judarna och den fruktansvärda situationen för dem, men ingen i församlingen förstår varför man skulle ta en bit av Palestina och ge bort.

"Palestinierna hade ju inte gjort judarna nå't ont", säger Jesus.

Alla enas om att hela denna historia är ett enormt misslyckande för den så kallade civilisationen och att "nu lämnar vi detta, vi kan inte göra något åt saken".

De lugnar ner sina känslor genom att ta mer kaffe och te och Jesus har nu bidragit till det kulinariska med ett bröd som doppas i olivolja, innan det stoppas i munnen. Sture, som varit länge i Himlen och provat detta tidigare, tittar lite oroligt på Ester. Han vill inte att hon ska säga något plumpt om detta som för henne var helt nytt. Hon besvarar hans blick med några blinkningar och tuggar i sig brödet till kaffet.

När lugnet lagt sig fullt och fast över dem alla, vänder sig Ester till Muhammed.

- Abraham berättade att det fanns en massa avgudar bland dina araber.

- Det stämmer och det var fruktansvärt, som jag berättade för er tidigare. Mitt folk var vidskepligt och trodde på det mesta, trodde också på mörkrets onda krafter och alla dessa beläten till avgudar, som till och med fanns i Kaba, vårt heliga tempel.

- Hur fixade du till det då, undrar Sture.

- Det har jag väl också nämnt, men när jag lyckats bli också den "politiske" ledaren, förutom den religiöse, såg jag till att bränna alla dessa hemska figurer som fanns i och runt Kaba. Dyrkan av Allah ska ske och sker utan något beläte. Redan innan jag fanns tillbad man Allah, som den högste, men man bad ännu mer till alla belätena, kanske särskilt till de onda, som man var rädd för.

Muhammed sträcker på sig.

- Jag rensade inte bara bort belätena, jag rensade också själarna.

- Och det är du belåten med, retas Ester.

- Ja, självklart. Muhammed låtsas inte om Esters lite retsamma kommentar och Sture suckar för sig själv "hon kan ibland inte låta bli ..."

Lugn och ro igen. De halvligger runt ett bord och ser ut att vara på en fashionablare badort. Men Ester är vaken och kommer med nästa fråga.

- Ni båda säger att ni inte vet vad som står i skriften efter er. Jesus vet inte vad det står i Bibelns nya testament och Muhammed vet inte vad som står i Koranen.

- Jo, stopp, protesterar de båda profeterna, vi vet i stora drag vad som står där genom att folk, som kommer till oss här i Himlen har berättat. Men man har inte berättat allt, så klart, och det man berättar, kan ju alltid förvrängas.

- Men ni båda har sagt, att ni inte skrivit något.

- Javisst, säger Muhammed innan Jesus hinner svara, ingen av oss kunde läsa eller skriva. Vi var analfabeter, som vi redan sagt, och det som skrivits, har skrivits *efter* vår död. En del saker skrevs redan tjugo år senare, som i islams fall, annat kanske 50 år efter, men många andra saker flera hundra år senare. När det gäller islam, finns ju Haditherna, som vi talade om tidigare och de innehåller mycket som jag inte har en aning om. Saker som de, som anser sig veta och förstå, har sagt och skrivit.

- Och beträffande Nya Testamentet i Bibeln, säger Jesus, innehåller de en mängd saker som skett efter min tid och som jag just inte vet något om, till exempel alla brev som Paulus skrev till olika folk och härskare.

- Men du då? Ester vänder sig till Abraham, var du också analfabet?

Abraham rycker till helt oförberedd på en fråga i detta sammanhang.

- Förlåt? Vad menar du?

- Varför skrev inte du, vad du ville ha sagt?

Abraham drar djupt efter andan.

- För länge sedan kunde bara de allra rikaste, de allra högsta i samhällena skriva. Detta gällde för Muhammed, som är yngst av oss. Detta gällde i högre grad för Jesus. Och detta gällde i ännu högre grad för mig på min tid, trots att jag, i motsats till vännerna profeter här, tillhörde det högre samhällsskiktet.

Abraham gör en paus för att tänka efter.

- Det viktigaste i det här sammanhanget är väl ändå, att jag inte tyckte, att jag hade så mycket att säga. För mig var det viktigast att leva så som jag uppfattade var rätt och därmed antog eller hoppades jag att folk skulle ta efter. Det var också därför jag inte predikade. I samtal och i olika sammanhang påpekade jag att den ende sanne guden var för oss alla och skulle ta hand om oss både nu och sedan.

- Och efter dig kom sedan tre religioner?

- Ja, det kom tre olika efterföljare, som specialiserade mina tankar till tre religioner.

- Intressant, va. Någon dag vill jag träffa Moses, säger Ester och Sture nickar, "någon dag, men senare …"

Samtalet avstannar igen, innan plötsligt Muhammed tar till orda.

- Jag kom ju sist av oss profeter och islam är väl då att betrakta som den yngsta religionen, även om det som fanns före mig ändå var ett slags islam. För-islam skulle man kunna säga. Jag vill gärna påpeka här i våra diskussioner, att jag hade mycket kontakter med både judar och kristna, kanske framför allt judar, eftersom det fanns flera av dem i det område där jag befann mig.
Jag tog mycket hjälp av judarna för att stå emot den fientlighet jag mötte hos stora delar av mitt eget folk. Jesus, som ju var en viktig profet i islam före mig, var ju den som utan sin vetskap, skapade kristendomen och en som också inspirerade oss.

Det fanns inga motsättningar på min tid mellan våra tre religioner … tvärtom. Vi har ju samma gud och samma grundbudskap …

Ingen känner att något behöver tilläggas och därför blir det en stunds tystnad igen innan Ester påminner sig något från sitt liv på jorden.

- Varför får man inte avbilda dig? Jag menar göra dig på bild, som man gör med Jesus och alla andra heliga personer.

- Det vet jag inte, svarar Muhammed, jag har aldrig förbjudit någon att rita eller måla av mig. Det var kanske inte aktuellt då jag levde. Jag kan inte erinra mig att någon gjort det. Men om någon skulle ha gjort det … eller gjort det senare, som man tydligen gjort med Jesus … ja, det kan väl inte göra något …
Förresten, jag kan inte se mig som en helig person.

- Jag håller med, säger Jesus, jag kan inte heller se mig som helig. Bara en som försökte komma med ett positivt budskap … som Muhammed.

- Vad är egentligen en helig person, frågar Abraham, som varit tyst länge, jag vet att också jag finns avbildad efter min levnad och jag känner mig inte heller helig.

Ester känner sig svaret skyldig. Det var ju hon, som drog upp begreppet "helig person" och hon har ingen aning om vad som menas.

- Jag vet inte … man säger ju att en del är heliga. Sankt Göran, Sankt Erik … heliga Birgitta …

Sture försöker komma till Esters hjälp.

- Det är väl något som människor har hittat på.

- Säkert, håller alla med om, vi är alla bara människor.

- Så då gör det inget om nå'n försöker rita av dig, göra en teckning … ? Ester vill ha en slutlig bekräftelse.

- Nej, inte ett dugg, svarar Muhammed, vill du försöka?

- Nää, jag ville bara veta.

Nu känns det färdigt. Ingen önskar fråga något mer. Ester och Sture har återigen fått så mycket att tänka på att de inte orkar delta i det småprat som förs mellan profeterna och patriarken. Detta småprat, som avslutas av Abraham, som annonserar att han drar sig tillbaka och reser sig med ett "vi ses igen om ni vill".

Alla tar farväl och tackar varandra för samtalet och Jesus för förplägnaden och så skiljs man åt.

- Märkligt det du frågade om.

- Att rita av Muhammed, menar du?

- Ja, hur kan det vara ett problem?

- Det förstår inte jag heller, men det är det tydligen för muslimerna på jorden.

- Det har jag aldrig hört talas om.

- Nää, du dog innan det blev ett problem.

- Vad för problem?

- En konstnär ritade eller målade en bild som skulle föreställa Muhammed och blev dödshotad av islamister.

- För att han ritat en bild! Var det en nidbild?

- Nää, en helt oskyldig bild.

- Obegripligt. Och det verkade Muhammed också tycka.

ESTERS BROR OCH FAMILJ

- I natt drömde jag om Axel, säger Ester direkt efter att hon slagit upp ögonen.

- Om Axel, frågar Sture både sig själv och Ester, jag trodde du skulle säga Abraham eller bilder av Muhammed …

- Nää, det igår var jätteintressant, men det var Axel som spökade för mig.

- Spökade Axel?

- Inte spökade så, men det var min älskade bror som dök upp i drömmen. Idag vill jag träffa honom och Tyra. Hon är ju också här.

- Jag har inte tänkt på att Axel är här, säger Sture lite snopet, han dog ju före mig, så han kan ju inte veta att jag kommit hit och jag har inte haft en tanke på att han är här. Tyra också, säger du? När dog hon?

- Jag minns inte riktigt. Lite mindre än tio år efter dig, tror jag.

- Då har vi dagens uppgift klar … hitta Axel och Tyra … och det kan väl inte vara svårare än att hitta de andra vi hittat.

Frukosten är god, som vanligt, och ängeln är nyfiken på gårdagens möte med Abraham. Sture berättar, att det hade varit intressant att få reda på ännu mer om religioners bakgrund och hur man då kan förundras över hur människor på jorden kan konstra till allting.

- Hur menar du då, undrar ängeln.

- När de berättar vad de tyckt, gjort och sagt under sin tid på jorden, låter allt så självklart och enkelt, men …

- ”De” … du menar Jesus och Muhammed?

- Ja och Abraham också … vad de har sagt, har ju krånglats till alldeles i onödan på jorden. Människorna, som kommit efter dem, har verkligen gjort allting som har med gud att göra komplicerat, man måste göra si eller så och man måste be … och man ska det … och inte det och… ja, det är så mycket … man måste!

- Är det så, undrar ängeln, som aldrig varit på jorden.

- Ja, du, det kan du ge dig fan på och det är värre ändå … men det struntar vi i nu för vi kan ändå inte göra nå't.

- Nu ska vi försöka hitta min bror, säger Ester, som lugnande avslutning på såväl frukost som Stures lilla utbrott över mänsklighetens svårigheter med religionerna.

Utanför kaféet ser de sig lite villrådigt omkring "vilket håll ska vi gå åt". Deras ögon möts och Sture brister ut i skratt "vad fan undrar vi om, det handlar ju inte om att gå till rätt ställe, det handlar ju om att tänka på dem och önska att träffa dem".

Ester erinrar sig hur det fungerar i Himlen, tar sin man under armen och går iväg.

- Var går du, frågar Sture på skoj.

- Dit näsan pekar, svarar Ester.

- Då gäller det att inte se sig om för mycket.

- Va … varför då?

- Annars blir vår väg väldigt krokig.

Ester försöker återuppta drömmen från natten samtidigt som Sture högt berättar olika minnen från lyckliga och glada dagar i Högsnäs, någon mil söder om Härnösand.

- Axel var allt en glad fyr, säger han. Sällan har jag skrattat så mycket som tillsammans med honom. En riktig tokfan kunde han vara …

Sture ler vid minnet, medan de i Esters näsas riktning närmar sig en stor äng i utkanten av den björkskog de traskar i. Även här ser de ett par som uppenbarligen har picnic i det gröna.

- Jag ger mig fan på att det är Axel och Tyra, säger Stubben skämtsamt och mindes hur det träffat hans bror Tosse med fru.

- Tror du … Ester blir nästan andlös av spänning.

De ökar på stegen och närmar sig paret, där mannen plötsligt vänder sig om, blir stående på händer och knän och ger ifrån sig ett frustande gnäggande.

- Det kan bara vara Axel, ropar Sture högt och raskar på stegen än mer.

Ester bror och svägerska står båda upp och de faller i varandras armar. Ester är rörd, Axel är rörd, Tyra är rörd men Sture är bara glad. Han försöker omfamna alla.

- Tänk att vi alla är här, bekymmersfria och vi kan bara njuta av livet utan att prata om att vädret är fel.

Den före detta bonden Axel skrattar åt piken, det kära gamla trätoämnet

… "alltid är det nå't fel på vädret", torkar torrt under ögonen och svarar "det vore bra med regn, det är mycket sol nu".

Spänningen och överraskningen släpper taget och de sätter sig tillsammans i gräset och återupptar det avbrutna kaffekalaset i det gröna.

- Här finns så det räcker, säger Tyra och häller upp. Hon bjuder runt sina fina bullar och kakor.

- Har du bakat själv, frågar Ester utan att tänka på *var*.

- Ja, svarar Tyra glatt.

- Men var då?

- I en bagarstuga.

- Var hittar man så'na?

- Det vet jag inte, en dag bara stötte vi på en och då sa Axel "nu kan du in och baka, käring" och då gjorde jag det och jag går dit då och då och bakar mera.

- Kan jag följa med någon gång? Och Axel, säg inte "käring" till Tyra.

Två samtidiga svar kommer.

- Javisst, inga problem, säger Tyra.

- Jodå, jag är kär i henne än, kär-ing i stället för älskling.

Både Sture och Ester skakar på huvudet åt denna förklaring.

Samtalet övergår till vilka av släkt och vänner som redan är i Himlen, vilka man har träffat, hur det är från dag till dag och Ester frågar om de träffat sin dotter som dog väldigt tidigt i cancer. Sture hade velat ha, och också fått, samma namn på sin dotter som de hade på sin, Ingegärd.

- Ja, vi har träffat Ingegärd och träffar henne ofta. Det är bra med henne och vi upphör aldrig att förundras över att allt blir bra här i Himlen. Den obotliga cancern är helt borta, hon är ung och vacker och precis som vi minns henne.

"Det är ju det som är grejen", tänker Sture, men nickar att han förstår.

- En dag vill vi träffa henne, eller hur, Sture?

- Visst, självklart och vi ska ju träffas fler gånger. Nu, första gången, känns det lite allvarligare när man pratar om det som var. Men se'n finns det säkert mer plats för skratt och skoj, så som vi hade det förut.

Ester, som den sist anländna, berättar om dem, som ännu är kvar på jorden … om sina och om deras barn, om barnbarn och ömsesidiga vänner. Kaffekalaset i gräset blir en enda lång minnesstund som avslutas med ett nytt kramkalas och ett "vi ses snart igen och då ..."

Sedan skiljs man åt och Ester är glad över att brodern och hans fru är lyckliga här i Himlen.

- Vad trodde du annars, säger Sture, trodde du kanske att Axel eller Tyra fastnat i skolan.

- Skolan, upprepar Ester tankspritt, hon är mentalt kvar i mötet nyss.

- Helvetet, alltså.

Ester vaknar till.

- Vad säger du? Skulle Axel eller Tyra hamna i Helvetet?

- Du hör ju inte på! Du är glad över att de är lyckliga här i Himlen och jag undrade "vad trodde du annars, trodde du att de var i skolan i Helvetet".

- Åh, det är klart att de är i Himlen ... och är lyckliga.

- Just precis.

ESTER OCH STUBBENS FÖRSTA POLARE

- I dag ska vi, ta mig fan, äntligen träffa mina första polare, Olof Palme och roliga gubbarna, skämtarna, men ... de jävligt kunniga och seriösa herrarna Beppe och Tage.

- Det var väldigt, du verkar otroligt imponerad av dem.

- Ja, det är jag verkligen ... av alla tre ... därför att de är fina människor. Eller *var* ska jag väl säga ... nu är de fina själar.

- Du var ju inte så förtjust i Beppe Wolgers när du levde. Och Tage Danielsson talade du inte mycket om ... mer om hans vansinnigt roliga partner Hasse Alfredsson.

- Det berodde ju på att jag inte begrep bättre. Beppe har skrivit mycket åt andra och var en mycket fin och mjuk person och Tage var ju ett snille som skrivit massor som jag inte hade en aning om. Efter att ha pratat med båda, har jag insett att allt de sagt, skrivit och gjort *måste* jag bara beundra dem för.

- Det där TV-programmet också?

- Nja ... det får väl vara ett undantag. Beppe var med där, jag vet, men den humorn uppskattade jag inte. Trots det ... Beppe har gjort så mycket annat som är fint. Han har till exempel skrivit texten till "Sakta vi går genom stan" med Monica Zetterlund.

- Ja, den är fin ...

- Plus mycket mer ...

- Jag tyckte väldigt mycket om hans god natt-program för barn på TV ...

- Ja, du ser ... och det finns mycket mer, som vi inte kan så väl.

- Tage, då?

- Han är en väldigt klok och seriös person. *Var*, menar jag. Fantastiskt goda idéer politiskt ... han och Palme har diskuterat mycket med varandra här ... samtalat, ska jag väl hellre säga, deras politiska uppfattning är rätt lika. Beppes och min också, om jag törs nämna mig samtidigt.

- Vad ska jag ha på mig, undrar Ester i ett anfall av oro inför att möta dessa herrar.

- Nu talar du som en nybörjare i Himlen.

- Vad menar du nu?

- För det första, är det märkvärdigare att möta Palme än att möta Jesus? För det andra, du är ju en själ ... en själ har inga kläder ... de känner inte dig från jorden och inte mig heller ... de ser oss som någon de sett på jorden, som de inte känner ... de ger oss alltså ett utseende ... med de kläder som denna någon hade. Förstår du?

- Jo, jag vet ju allt det där ... egentligen.

- Det är faktiskt rätt kul ... Palme har *en* bild av mig, Beppe har säkert en annan och Tage en tredje. En gång tänkte jag be dem beskriva hur jag ser ut, men jag avstod för att det kanske skulle förvirra umgänget. Jag vet inte ...

- Vad gör vi nu då?

- Vi börjar med frukost, så får vi se sedan. Vi kan ju prova med telepati, som vår kära ängel pratade om.

- Ängel och ängel ... har hon inget namn?

- Ingen aning, vi kan fråga.

Frukost och ängeln är även idag på solskenshumör

- Uppåt idag också, frågar Sture.

- Ja, det är kul idag också.

- *Vad*, vad är så kul?

- Jag vet inte ... allt.

Samtalet är på väg att bli snurrigt igen och för att få ordning på konversationen hoppar Ester in.

- Vad heter du, vi kallar dig för ängeln, men du har väl ett namn?

- Nej, jag har inget namn.

- Men dina kompisar, dina ängelkompisar, måste väl tilltala dig på något sätt.

- Vi änglar har inga kompisar. Vi är här för att serva er och det är fullt upp.

- Men du måste väl ledig ibland.

- Det handlar inte om det. För mig är min uppgift allt och jag älskar det. Jag, och även de andra änglarna, umgås inte, vi har fullt upp ...

inte bara att serva människosjälarna utan också att prata och ha trevligt tillsammans med dem.

- Jag förstår … kanske inte … men ändå, vi vill gärna ha ett namn på dig.

- Oj då, vi kan kanske konstruera ett namn … säger ängeln.

- Jag är konstruktiv just nu, säger Sture … M, som i Muhammed, A, som i Abraham och J, som i Jesus. Det blir Maj och det är en vacker månad och ett vackert namn.

- Är det bra, frågar Ester ängeln, som ser lite förvånad ut.

- Om ni behöver ett namn på mig är så det ett förträffligt namn, svarar ängeln och skrattar högt, ja, det är ju som jag sa, det är kul idag också.

Frukosten är över och de reser sig.

- Hej då, Maj, hälsar de, vi ses i morgon.

- Hej svejs, svarar ängeln Maj och ler för sig själv.

De går framåt och Sture funderar på vad de ska göra tillsammans. Hans polare är ju fortfarande ensamma i Himmelriket och Ester har ju aldrig varit road av lek och spel. Varpa är väl uteslutet, tänker han. Diskutera politik kan vi väl göra, men inte nu, första gången. Dricka kaffe och prata strunt, är väl gångbart men inte särskilt kul. Gå på puben och ta nå'n eller några öl och kasta pil plus att prata strunt vore väl bättre.

- Vad tänker du på, undrar Ester, du är så tyst, nästan som du var förr. Du är ju mycket pratsammare här i Himlen.

- Nja, jag funderade bara på vad vi ska ta oss för tillsammans med Palme och gänget. Puben var det bästa jag kom på.

- Men det är ju mitt på da'n!

- Gör det nå't?

- Man brukar väl inte gå på krogen mitt på da'n, heller? Då är väl kaffe bättre?

- Men mycket tråkigare. Vi har ju nyss fikat också.

- Det visar sig väl kanske vad vi gör.

De passerar några stugor under sin promenad och sedan hörs ett lätt lågmält, men ändå ett rop: Stubben!

Brett leende på en parkbänk sitter Olof Palme och solar sig.

- Stubben, det var länge se'n.

- Får jag presentera min fru, säger Sture, som vill att Palme ska se hon också finns med.

- Jaha, frun har kommit, välkommen, säger Palme och tar Esters hand.

- God dag eller hej, säger den lätt förvirrade Ester, som väl känner igen Olof Palme. Samtidigt undrar hon hur han ser henne efter Stures tidigare förklaring, men hon vill inte fråga.

- Gick resan bra, frågar Palme vidare.

- Resan? Esters förvirring bara ökar.

- Ja, kära lilla frun, säger Palme, som ser hennes tilltagande förvirring, jag menar slutet på ditt liv och uppvaknande här. Ingen resa i annan bemärkelse.

- Jo, det gick bra. Jag avslutade på Huddinge sjukhus med barn och barnbarn, inga smärtor och vaknade upp hos Sankte Per ... han var, jag menar, är väldigt trevlig. Och rolig med ...

- Ja, vi, Stubben och jag träffades där. Det är en skärpt gubbe du har.

Ester börjar bli varm i kläderna, spänningen släpper och hon är än mer kavat, då Palme tycker att hennes man är duktig.

- Ja, jag vet att han är skärpt, problemet var tidigare att han inte riktigt visste det själv.

- Jag förstod det mer och mer då vi talade med varandra för sjutton år sedan. Men jag försökte få honom på bättre tankar.

- Men min Sture har ju alltid varit socialdemokrat.

- Inte bättre tankar *politiskt*, men väl beträffande självförtroendet. Dessutom är han en jävel på varpa. Vi slår praktiskt taget alltid Beppe och Tage. Och du, Stubben, du säger ingenting, du ...

- Nej, det måste jag inte, ni klarar konversationen utmärkt ändå. Jag avvaktar eventuella dumheter ...

- Ser du ... vad sa du att du heter?

- Det sa jag inte ... eller jag menar, det sa Sture inte, men jag heter Ester.

- Just så, säger Palme, det berättade Stubben, men det hade jag glömt. Tillfälligt, hoppas jag. Min fru heter Lisbeth och en dag ska vi väl kunna träffas alla fyra. Men det kan gärna dröja ... vi har ju tid, här uppe.

Palme är i god form och glad att ha träffat Stubben, sist var det nästan för en månad sedan.

- Jo, säger han vänd mot Ester, har du märkt hur kaxig han blivit?

- Njae, vad då?

- Hm … "jag avvaktar eventuella dumheter".

Ester tittar lite förläget på sin man medan han och Palme skrattar tillsammans, "vi har haft väldigt roligt … och trevligt ihop, en riktig arbetare med huv'et på skaft och en adlig överlöpare".

Nu känner Ester verkligen att hon inte behöver känna oro eller ängslan inför denna person, som hon beundrat hela sitt liv. "Han är ju som vi … eller värre … jag menar lättsammare och full av skoj".

Det uppstår ett kortare ögonblick av "alla tittar på alla" innan Palme tar vid igen.

- Detta måste firas.

- Vilket ska firas, undrar Sture.

- Stubben, Stubben, nyss sa jag att du var skärpt. Vad tror du ska firas? Vi ska fira att din kära hustru Ester äntligen kommit hit och att du behagat dyka upp igen efter en månads frånvaro. Varpaspelandet var inte lika kul individuellt som i lag.

- Varför det, undrar Sture uppriktigt.

- Stubben, Stubben, igen, var finns det skärpte man jag nyss pratade om?

- Här, svarar Sture medan han tänker och så chansar han, lagspel är roligare för då får du nästan alltid vara med och vinna?

- Trots allt finns det lite skärpa kvar, grattis, säger Palme, nu går vi in på puben.

Det visar sig att det ligger en pub alldeles intill och de slinker in där, trots att det är mitt på da'n. Direkt, redan innan de hunnit sätta sig vid ett bord, känner Sture igen de två som sitter vid ett fint, och stort, fönsterbord.

- God dag, Beppe och god dag, Tage, säger han onödigt högt och de båda herrarna vänder sig tvärt om.

- Nämen Stubben, har du behagat återvända till dina vänner?

- Ja, frånvaron har sin naturliga i förklaring i och med att jag presenterar min fru, Ester, som kom för snart en månad sedan.

- Oj då, du är ursäktad.

Beppe Wolgers och Tage Danielsson kommer fram till Ester och hälsar. Ester får igen samma tanke "hur ser de mig …undrar om jag är vacker".

Alla sätter sig ner vid fönsterbordet. Två tomma koppar kaffe bärs ut av en manlig ängel, som frågar om de vill äta något.

- Nej, säger Palme, som nu tagit kommandot i gruppen, vi vill bara fira en viktig sak och då vill vi ha champagne.

I väntan på champagnen frågar Beppe och Tage Ester om hitfärden, om barn och barnbarn och Ester får berätta och känna sig uppskattad. Liksom Palme hoppas de att "vi i framtiden ska kunna träffas på åtta man högt" och ha det trevligt. De pratar också om varpaspelet och om att det nu är väldigt jämnt, när Stubben varit upptagen.

- Vi tre är väldigt jämna, säger Beppe, men Stubben är bättre och det betyder att han och Palme vinner för det mesta. De spelar alltid ihop.

- Varför det, kan ni inte byta lag, undrar Ester.

- Uteslutet, säger Tage, när vi någon gång vinner är detta faktum så roligt, att vi gärna förlorar för det mesta.

- Och, säger Palme, när de någon gång vinner är det så roligt för dem, att vi vinner gärna för det mesta.

- Va, säger Ester, det där låter konstigt.

- Strunt i det, säger Sture, det *ska* vara konstigt.

Champagnen kommer in och en liten skål med salta mandlar ställs på bordet. Ängeln fyller upp de fem glasen och Ester tittar fascinerad på de små, små bubblorna som stiger i glasen.

Olof Palme reser sig upp och tecknar åt övriga herrar att göra detsamma. Ester gör en ansats att resa sig, men Palme säger "sitt kvar kära Ester".

- Mina herrar, säger Palme, vi har nu glädjen att hälsa Ester välkommen i vår krets och hon ska känna sig innerligt välkommen som kvinna bland oss män. Säkert kommer vå krets att berikas av ytterligare kvinnor, men som jag sa tidigare, det kan vänta, vi har tid. Skål Ester och välkommen!

Alla höjer sina glas och Ester fnittrar till, "vad fjantigt egentligen … men kul". Så sätter sig herrarna och upptäcker så småningom att de salta mandlarna var snålt tilltagna. Eftersom champagnen är lättdrucken blir det sedan en beställning på ett litet större fat salta mandlar, "de är godare än salta jordnötter" anser Sture, varpå varsin pint öl av diverse sorter beställs in av herrarna.

- Jag tar gärna ett glas Madeira, om det gå bra, säger Ester, vars smak för öl trots allt är tämligen måttlig.

Naturligtvis går det bra, vad annars … i Himlen.

Alla pratar och har trevligt och Ester känner sig uppskattad, "det är inte klokt, att sitta här med dessa duktiga och berömda män, prata utan att ha komplex och dessutom känna att man duger, inte undra på att Stures självförtroende vuxit … mitt kanske också … i morgon…"

Mandlarna är slut och det börjar sina i glasen efter lång tid. Ännu är det dock eftermiddag och en del tid kvar av dagen.

- Ska vi ha nå't mer, undrar Palme och får avböjande svar, vilket han tycker är bra. Lagom är bäst.

- Vi kan väl ta en promenad tillsammans och prata om det som faller oss in. Varpa får vi köra senare om Ester tycker att det är okej.

- Det är okej, säger Ester genast, jag kan titta på eller hälsa på någon annan.

De fem börjar röra sig framåt, långsamt, då det är mycket att prata om. Stubbens polare, som det heter, frågar Ester om allt möjligt som hänt på jorden och en del kommenteras positivt och annat negativt, ja, med förfäran, då Ester berättar om attacken på tvillingtornen i New York.

- Ibland kan man tycka att det är skönt att inte vara kvar på jorden, särskilt när man hör talas om den ökande miljöförstöringen, om den ökande våldskriminalitet och om terrorism. Men å andra sidan kan man också önska att man kunde göra något åt det. De stackars människor som lever under eländet är det ju hemskt för och man är rädd för att det blir ännu fler som drabbas av katastrofer.

- Jag tror på att det goda i människan till slut vinner, säger Beppe. Någon gång måste även de värsta komma till insikt …

- Jag hoppas du har rätt, säger Palme, men just nu verkar det inte vara *så* positivt.

Ester vill inte vara den som fördystrar tillvaron och hon försöker berätta om alla de välgörenhetsorganisationer som kämpar för de fattigas bästa.

- Det blir nog bra, får hoppas att ansvariga politiker i alla länder blir inspirerade.

De vandrar vidare och samtalet glider ifrån de mörka framtidsbilderna mot lite gladare förhoppningar och snart är man igång och skojar med varandra igen. Det börjar bli dags att säga hej och gå tillbaka, då Palme plötsligt får ett infall.

- Det slår mig nu och är lattjo egentligen. Vi tre, jag, Beppe och Tage känner varandra sedan tiden på jorden och vi vet hur vi såg ut. Ni båda, Ester och Stubben, känner också säkert igen oss från tiden på jorden. Men ni, som har varit vanliga hederliga människor på jorden och inte blivit kända som vi, är ju för oss totalt okända vad utseendet beträffar. Ändå ser vi er som personer vi vet hur de ser ut. Visst är det väl egendomligt?

- Det där har jag redan pratat med Ester om. Jag pratade också om att ni tre ser tre olika utseenden vad gäller mig och detsamma när det gäller Ester. En gång tänkte jag fråga er hur jag ser ut och vad jag har för kläder på mig, men jag gjorde aldrig för jag tänkte att det kanske skapar någon sorts förvirring. Och här uppe är det virrigt nog ändå ...

Palme, Beppe och Tage berättar alla att de tänkt samma sak, men heller inte velat röra i saken, "kanske du, Stubben, skulle bli ledsen eller kränkt om du inte var känd nog för att ha ett utseende för oss".

- Ingen fara, kära vänner, kanske jag skulle känt mig mindervärdig första dagarna eller veckorna, men senare var jag klok nog och hade självförtroende nog att inse hur det är och att det är som det måste vara. Men eftersom jag tydligen duger bra ändå, är det inga bekymmer.

- Problemet är bara att du är för bra i varpa, säger Tage och samtalet avrundas med ett vänskapligt skratt.

De tar farväl av varandra med avsikten att träffas snart igen i sin vanliga varpamatch och Ester får sig tre kramar.

Under hemvandringen konstaterar Ester att Stubbens tre polare är underbara personer och att hon är glad att ha lärt känna dem.

PARADISET

- Nu orkar vi inte med att lära oss något mer.

Stures första kommentar för dagen tycker han är definitiv.

Ester har dock fått en del annat i huvudet och svarar undvikande. Hon tänker på de frågor de ställde tidigare till Sankte Per och att han önskade dem välkomna tillbaka om det dök upp nya funderingar. Med de nya funderingarna i huvudet föreslår Ester att de tar sin frukost i lugn och ro.

Frukosten är god, som vanligt, ängeln Maj är glad och trevlig, som vanligt och just som de ska tacka för sig kommer Ester fram med en fundering.

- Vi har träffat ett antal par, man och hustru, som här i Himlen lever lyckliga tillsammans. Men hur är det med frånskilda? Och omgifta? Och Muhammed, som hade rätt många fruar och Jesus hade väl ingen ...

Sture suckar och tittar ner i bordsskivan, "jag antar att du vill att vi försöker ta reda på det". Ester nickar och säger att hon inte vet hur, bara, "möjligen kan vi fråga Sankte Per igen".

I brist på bättre förslag håller Sture med och så reser de sig äntligen med ett "hej då, Maj, vi ses imorgon" och beger sig mot Himmelens port där de ska finna Sankte Per.

Allt är lika bedövande vackert som alltid, björkarnas stammar är vita, deras löv gröna, blåsipporna blåa och vitsipporna vita ... gullvivorna är gula och prästkragarna vita med gult i mitten. Allt är som det ska. På själva gärdesgården intill grinden sitter han troget väntande och troget mottagande den ena själen efter den andra. I handen har han ett par stora ... blåa ... blåklockor, noterar Sture, och självklart har de också rätt färg, även det är som det ska.

- Ja, hej igen, mina vänner, hälsar Sankte Per och höjer handen med blåklockorna.

- Hej, säger Ester och går rakt på sak. I mitt huvud poppade en fråga upp, som jag tänkte att du kunde svara på.

- Låt se.

- Vi två, säger Ester, var ett par på jorden och trots att vi dog med rätt långt mellanrum har vi funnit varandra och är lyckliga tillsammans här i Himlen.

Sankte Per nickar och avvaktar.

- Alla som vi träffat och varit par på jorden är det också i Himlen.

Sankte Per nickar igen.

- Då undrar jag hur det är med dem som skiljt sig och gift om sig?

- Jaha du, det undrar du ... egentligen jag också, för det händer aldrig att det kommer ett par till porten här. Alla kommer en och en. Hur de sedan löser problemen därinne vet jag inte ... men jag gissar att ...mja, eftersom de, som kommer hit och kommer in är goda själar, hittar man nog säkert sätt att umgås eller inte umgås på utan att någondera part mår dåligt.

Ester ser lite överraskad ut vid det svaret. Hon har inte tänkt på att man kommer ensam och hittar sin partner ... eller före detta partner, inne i Himlen, bortom Sankte Per. Det låter ju rimligt också, det han säger.

- Men Muhammed hade ju flera fruar, hur fungerar det?

- Det vet jag inte heller något om ... likadant som för de omgifta, antar jag. Du får fråga honom.

- Jesus, då. Han hade ju ingen fru ... Jag tror han hade någon kvinna i kretsen runt sig, Maria Magdalena eller nå't. Har han ihop det med henne här?

- Men kära, snälla, söta Ester, så du frågar ... jag *vet* inte. Fråga honom om det är viktigt.

Efter att tänkt efter en kort stund blir hon nöjd med svaren. Nästa fundering pockar på.

- Jag trodde, att bara de som levt på jorden kom till Himmelriket.

- Jamen, så är det ju.

- Änglarna som finns här ... Har de levt på jorden?

- Nej, naturligtvis inte.

- Naturligtvis? På vilket sätt är det naturligt?

- Jag menar bara, att de *inte* har levt på jorden, glöm ordet naturligtvis.

- Men varifrån kommer de då?

- Från ingenstans, de är här för att göra alla själar de tjänster de kan önska.

- Att de gör fina jobb har jag sett och uppskattat, men någonstans ifrån måste de väl komma.

- Okej då, suckar Sankte Per, de kommer från en annan värld.

- Vad för annan värld? En annan planet? Ett annat solsystem eller … ?

- Den värld ni som människor på jorden har en föreställning om hur Himmelriket är.

- Vad då? Det förstår jag inte.

- Har inte du både som barn och som vuxen tänkt dig en himmel med änglar, där allt är vackert?

- Jo vars, men det visste man ju, åtminstone som vuxen, att det var fantasier.

- Ja. Så kommer du hit efter döden och träffar mig. Du går vidare och träffar andra själar och allt är vackert och fantastiskt.

- Ja, nickar Ester.

- Och där finns änglar som fixar allt och det är ännu bättre.

- Ja, precis.

- Fast de kommer från din fantasivärld.

- Va, en gång till, vad säger du?

- De kommer från er och alla andra själars fantasivärld. Egentligen finns de inte.

- Det är inte möjligt, säger plötsligt Sture, som åhört hela samtalet med stigande förvåning.

- Jo, men så är det, vidhåller Sankte Per.

Ester och Sture ser på varandra och båda skakar långsamt på huvudena.

- Så vår ängel, Maj, finns egentligen inte … Hon och alla de andra som gör en massa jobb och är så vansinnigt trevliga …

Sture reflekterar högt och Ester lyssnar halvt frånvarande, "jag begriper ingenting".

- Men du, säger Sture plötsligt med hög röst, varifrån kommer du … som också jobbar här?

- Från samma ställe … nej, det är riktigt, jag finns inte heller, svarar Sankte Per.

Ester, som inte är nöjd med "så'na dumheter", tittar stint på honom.

- Så kan det inte vara. Du försöker bara komma undan med det riktiga svaret.

Sankte Per rycker till vid Esters tvära invändning och ser henne i ögonen. Han säger inget på en lång stund. Så samlar han ihop sig, tittar på de båda som står där och vill veta.

- Min uppgift är att förklara det som finns här i Himlen och jag vill och ska ha svar på allting. Men det finns en fråga jag inte kan svara på, *för jag vet inte själv* ... Jag vet inte varifrån jag och änglarna kommer, därför brukar jag ta till svaret "en annan värld" när någon frågar. Men den frågan får jag nästan aldrig. De som kommer, brukar aldrig undra över varifrån jag kommer.

Sankte Per tystnar och ser lite förlägen ut.

Ester tittar forskande på honom och Sture, den känslige, säger att "det är väl bättre att säga som det är".

- Det kan väl inte vara ett problem att säga att du inte vet.

Med ett litet snett leende tittar Sankte Per upp.

- Du, eller jag kanske borde säga ni, har rätt. Jag ska svara att jag inte vet nästa gång jag får samma fråga ... fast det lär dröja, den får jag nästan aldrig, som sagt var.

Han fortsätter.

- Paradiset är platsen för människornas själar och här finns allt det goda som man kan föreställa sig och det är egentligen inget konstigt med det. Ni lever här i en värld, som har skapats av det goda för er och era själar och den världen är ofelbar och, lustigt nog, rätt starkt påminnande om det ni föreställer er under jordelivet. För allas era själar är det bara att njuta och ta det lugnt. Tänk inte mer. Fråga inte mer. Ha det skönt och koppla av i Paradiset ... och, hälsa till Maj.